1,60

NICOLA HOTEL

FÜR IMMER UND EMIL

atb aufbau taschenbuch

NIKOLA HOTEL wurde 1978 als jüngere von zwei Töchtern in Bonn geboren. In ihrer Jugend streifte sie durch den Wald, staute Bäche und eroberte Dachsbauten. Bereits als Schülerin begann Nikola Hotel, erste Kurzgeschichten zu schreiben. Heute lebt sie als freie Autorin mit ihrem Mann und ihren drei Söhnen in Hennef.
Im Aufbau Taschenbuch liegt bisher ihr Roman »Jetzt oder Nils« vor.

Leonies Leben besteht aus To-do-Listen, eine Powerfrau durch und durch. Sie liebt ihren Job als Scout von eCommerce-Unternehmen und hat Erfolg. Doch dann kommt der große Einbruch: Der Kauf eines Start-ups platzt, und Leonie wird verdächtigt, die Idee der charmanten Brüder Benjamin und Emil geklaut zu haben. Zwei Stunden später hat sie Urlaub, zwangsweise. Leider ist Leonie für Rumsitzen und Nichtstun überhaupt nicht gemacht, von Entschleunigung wird ihr ganz kribbelig. Was also bleibt ihr anderes übrig, als alles daranzusetzen, das Missverständnis aufzuklären? Blöd nur, dass sie dafür Emils Hilfe braucht. Denn erstens ist der bei ihrem letzten Treffen türenknallend aus ihrem Büro gestürmt, und zweitens hält er sich gerade bei seiner Tante in der Eifel auf – und Landleben ist für Leonie noch schlimmer, als offline zu sein.

NIKOLA HOTEL

FÜR IMMER UND EMIL

ROMAN

atb aufbau taschenbuch

MIX
Papier aus verantwortungsvollen Quellen
FSC® C083411
www.fsc.org

ISBN 978-3-7466-3212-4

Aufbau Taschenbuch ist eine Marke der
Aufbau Verlag GmbH & Co. KG

1. Auflage 2016

Umschlaggestaltung Mediabureau Di Stefano, Berlin
Unter Verwendung von Motiven von www.buerosued.de und
© Getty Images / John Lund
Gesetzt in der Whitman durch Greiner & Reichel, Köln
Druck und Binden CPI books GmbH, Leck, Germany
Printed in Germany

www.aufbau-verlag.de

In Erinnerung an Emil und Loisi

*»Wenn du glaubst, dass du zu klein bist,
um etwas bewirken zu können,
dann versuche mal,
mit einer Mücke im Zimmer
einzuschlafen.«*

Anita Roddick, Gründerin

To-do

1. Wäsche abholen lassen und darauf hinweisen, dass meine Seidenbluse beim letzten Mal einen gelben Fleck auf der Knopfleiste hatte, DER VORHER NOCH NICHT DA WAR!
2. Olga sagen, dass Lichtschalter- und Fußleistenabwischen auch zu ihren Tätigkeiten gehören und ich – nachdem sie am Dienstag bei mir geputzt hat – einen Zigarettenstummel auf dem Balkon gefunden habe.
3. Auf dem Mitarbeiterplakat im Büroflur Marc einen D'Artagnan-Bart malen, wenn er noch einmal etwas sagt wie »Damit bin ich agreed« oder »Das wird diese Company saven«.
4. Sylvia informieren, dass ich heute Mittag eine vegane Tortilla essen möchte.
5. Den Brüdern Emil und Benjamin Rau die angebotene Finanzierung streichen und ihnen stattdessen ihr Start-up SubSox.de abkaufen.
   Höchstgebot:
   ~~10 Mio. Euro~~
   ~~5 Mio. Euro~~
   1,5 Mio. Euro

KAPITEL 1

Heute ist ein perfekter Tag! Und das nicht, weil ich von Sylvia ausnahmsweise einen *heißen* Latte macchiato mit Sojamilch bekommen habe, sondern weil ich perfekt darauf vorbereitet bin, das perfekte Geschäft abzuschließen. Gleich werde ich im Namen unserer Firma Cosmic Internet ein brandneues Start-up-Unternehmen kaufen und uns damit einen Millionengewinn einfahren.

Ich bin nicht nervös. Kein bisschen. Okay, ich gebe es zu, ich habe totales Lampenfieber, aber das ist nichts, was sich nicht mit einem inneren *Omm* beherrschen lassen würde. Ich runzle die Stirn und schneide meinem Spiegelbild eine Grimasse, bevor ich den Taschenspiegel zuklappe und in der Schreibtischschublade vergrabe.

Emil und Benjamin Rau sind zwei Brüder, die erst vor einigen Monaten angefangen haben, Socken zu verkaufen. Das klingt vielleicht banal, aber die besten Ideen sind meistens äußerst simpel. Erst neulich habe ich von Frank Epperson gelesen, der als Elfjähriger im Winter seine Limo auf der Terrasse vergessen hat. Am nächsten Tag hat er das erste Eis am Stiel entdeckt. Wenn das nicht babyleicht gewesen ist! Und das Start-up von den Rau-Brüdern könnte wirklich das neue Eis am Stiel werden.

Außerdem verkaufen die beiden Brüder nicht einfach bloß Socken – sie verkaufen über das Internet ein Socken-*Abonnement*! Die Idee ist so genial, dass mein Bauch kribbelt und meine Hände zu schwitzen anfangen. Als ich Daniel Herbst, meinem Chef, von dieser bahnbrechenden Idee erzählt habe, hat er sofort sein Jägerlächeln aufgesetzt. Das macht er nur dann, wenn ein Start-up besonders erfolgversprechend ist.

»Erstens hassen Männer es, Socken einzukaufen«, habe ich behauptet. »Und zweitens haben ihre Socken fast immer Löcher. Gerade dann, wenn sie zu einem Geschäftsessen beim Japaner eingeladen sind.«

Daniel hat genickt. »Die Idee allein reicht aber nicht. Jeder Vollidiot hat eine Idee. Eine Idee zu haben, ist so, als würde man aus einem Traum aufwachen und sich noch mal auf die andere Seite rollen. Aufstehen«, hat er gesagt. »Auf das Aufstehen kommt es an! Können diese Jungs aufstehen?«

»Ganz bestimmt. Wenn wir ihnen dabei helfen.«

»Nun gut, aber keine Experimente! Du hast zehn Millionen zur Verfügung. Biete ihnen erst mal fünfhunderttausend als Venture-Capital an, um sie finanziell zu unterstützen. Und dann überzeuge sie davon, dass sie Schwachköpfe sind und das nötige Wachstum keinesfalls allein erreichen können. Wir sind hier bei der Formel 1 und nicht beim Golf, ist das klar?« Dann hat er mir auf die Schulter geklopft. Nicht so gönnerhaft wie sonst, sondern nur ein einziges Mal. »Leonie, du bist mein Prätorianer! Auf dich kann ich mich immer verlassen.«

Mein Herz macht noch in der Erinnerung an dieses Gespräch einen Satz. Wie ich es liebe, neuen Ideen Starthilfe zu geben und kreative Menschen zu fördern! Das ist fast so, als wäre man bei einer Geburt dabei. Der Geburt von etwas ganz Großem.

In dem Augenblick, in dem ich mein Büro verlasse und über den Gang marschiere, dröhnen Stimmen aus dem Konferenzraum, in denen ein Hilfeschrei mitschwingt: »Ich werde mit meinen Vorgesetzten Rücksprache halten. Eventuell können wir Ihnen ein *special offer* machen. Ich arbeite auf *commission basis*, unsere *interests* sind also perfekt *aligned*.«

Okay, das ist nicht nur ein Hilferuf, das schreit auch nach einem wasserfesten Edding für das Mitarbeiterplakat. Man versteht ja kaum ein Wort von dem, was Marc da schwadroniert.

Ich werfe einen Blick auf meine Uhr: 12.35 Uhr. Marcs Termin mit Gregor Effelsberg ist für halb eins angesetzt gewesen. Er hat also nur fünf Minuten gebraucht, um seinen Deal an die Wand zu fahren, dieser Anfänger!

Ich beobachte die Männer durch den aufgeschobenen Lamellenvorhang. Mein Kollege Marc hat jetzt schon einen roten Kopf und fasst sich mit den Händen an den Kragen, um die Krawatte zu lockern. Damit hat er quasi bereits das Handtuch geworfen. Effelsberg und seine beiden Partner haben sich in ihren Sitzen zurückgelehnt und lächeln müde. In der *Capital* habe ich einen Artikel darüber gelesen, wie er es geschafft hat, seine App für Sprachübersetzungen an die Spitze Europas zu katapultieren. Doch vor kurzem hat er in einem Interview offenbart, dass er zurückschrauben möchte, um mehr Zeit mit seiner Familie zu verbringen. Der perfekte Zeitpunkt für uns. Eigentlich. Wenn Marc jetzt keinen Fehler macht.

Während ich so tue, als würde ich einen Aushang an der Pinnwand lesen, beobachte ich Marc mit dem Gefühl, einem Autounfall zuzusehen. Wenn niemand einschreitet, dann können wir in ein paar Minuten nur noch die Scherben zusammenfegen, und ich werde das ganz sicher nicht tun, denn ich hasse es, zu putzen.

Schnell zücke ich mein Smartphone und tippe Effelsbergs Namen in die Suchleiste. Die einschlägigen Seiten von *Wikipedia*, *Spiegel* und dem *Manager-Magazin* schließe ich gleich aus und tippe einen Artikel der Online-Ausgabe der *Reflex* an: *Manager aus Köln unterstützt Gehörlosenschule*. Darunter ist ein Bild, auf dem ich Effelsberg erkenne. Ich vergrößere den Ausschnitt und kann nun auch die Unterschrift unter dem Foto lesen: *Die Schüler freuen sich sichtlich über den Neubau der Sporthalle (v. l. n. r. Finn Schilling, Luisa Scherz, Tim Effelsberg und Annika-Eva Biebel).*

Sieh an! Die Namensgleichheit kann ja wohl kein Zufall sein, Effelsberg hat offenbar ein gehörloses Kind! Meine Gedanken rasen. Hastig schiebe ich mein iPhone in die Tasche, als ich sehe, dass die Männer im Konferenzraum aufstehen.

Sie haben nicht einmal an ihrem Kaffee genippt – ich kann die dunkle Brühe noch in den Tassen schimmern sehen –, es ist also höchste Zeit einzugreifen, wenn Cosmic Internet nicht einen empfindlichen Verlust hinnehmen soll. Doch ich bin Daniels Prätorianer! Ich werde das schaffen, auch wenn mir das Herz bis zum Hals schlägt.

Mit ausgebreiteten Armen fange ich an zu hecheln, um vorzutäuschen, dass ich den Gang heruntergerannt bin. Dann drücke ich die Klinke nach unten und stemme mich gegen die Tür. »Entschuldigen Sie meine Verspätung«, keuche ich, bevor ich mich an den Männern vorbeischlängele und mich demonstrativ auf einen der Sitze fallen lasse. Jeder im Raum starrt mich mit offenem Mund an, allen voran Marc, der aussieht, als müsse er sich vor Panik übergeben.

Ich winke mit meinem Handy und schiebe es über die Tischplatte. Ich muss improvisieren. Schnell! »Wir haben gerade die Zusage von der Entwicklungsabteilung bekommen, halleluja!«

Effelsberg sieht genervt aus, seine Mitarbeiter gelangweilt. Nur Marcs Gesicht ist ein einziges Fragezeichen.

»Kannst du mich kurz *briefen*?«

Immerhin stellt Marc sich nicht total doof, stelle ich erleichtert fest, bevor ich einen Schluck aus der Tasse vor mir nehme. Ich wünschte nur, er hätte seine Mimik besser im Griff. Der Kaffee schmeckt bitter, und ich verziehe angewidert das Gesicht.

»Leonie Schiller«, stelle ich mich kurz vor. »Dein Vorschlag hat die Jungs ganz schön auf Trab gehalten, aber sie werden es hinkriegen. Marc«, sage ich feierlich und kratze meine Gedanken fieberhaft zusammen. Jetzt bloß nicht nervös werden! »Das war eine grandiose Idee, die diese Sprach-App in Zukunft noch mehr aufwerten wird. Einmalig!« Mit einem Lächeln wende ich mich direkt an Effelsberg: »Nichts gegen die hervorragende Arbeit, die Sie mit dieser App bisher geleistet haben! Aber Erfolg ist doch nicht alles im Leben«, rede ich drauflos. »Wir tragen schließlich auch eine gesellschaftliche Verantwortung.«

Oje, was erzähle ich denn da? An Effelsbergs Blick sehe ich, dass ich wohl eine Spur zu dick aufgetragen habe. Er wirkt amüsiert. Aber das ist immer noch besser als genervt, und er zieht sich sogar einen Stuhl heran. »Dann lassen Sie mal hören«, sagt er. Seine beiden Mitarbeiter nehmen ebenfalls wieder Platz, nur Marc tritt auf der Stelle, als zerstampfe er Weintrauben in einem Fass.

»Würde es dir etwas ausmachen, mit mir *in confidence* zu sprechen, Leonie?«

Seine Frage wische ich mit einer Handbewegung beiseite. »Ich weiß, dass du erst damit herausrücken wolltest, wenn wir eine Betaversion unserer Programmierer vorstellen können. Aber ich finde, du solltest mit dieser Idee nicht hinter dem Berg halten. Herr Effelsberg, da sind wir doch sicher einer Meinung?« Meine Augenbrauen gehen auffordernd in die Höhe. Glücklicherweise sieht niemand, wie mir das Herz dabei in die Hose rutscht.

»Drücken Sie sich nicht so kryptisch aus«, lässt sich Effelsberg vernehmen. »Um was genau geht es bei dieser App-Erweiterung?«

»Ein neues, äh …«, Marcs Blick fliegt hastig zwischen uns hin und her, »… *Feature*. Das betrifft die, äh …«

»Sprachsteuerung«, platze ich dazwischen. Marc wirft mir einen dankbaren Blick zu, und ich spüre, wie die Absätze unter meinen Schuhen wachsen, obwohl ich sitze. Das ist der Moment, in dem alles kippen könnte. Der Moment, wenn man die Spitze des Berges erreicht hat und noch nicht weiß, ob man rückwärts hinunterpurzeln oder vorwärts bergab sausen wird. Ich liebe solche Momente!

»Marc ist als Einziger von uns auf den Haken in dieser Sprachsteuerung gestoßen, und davor kann ich nur meinen Hut ziehen. Der Haken ist, dass man natürlich sprechen können muss, um sie überhaupt bedienen zu können. Eine Sprachsteuerung soll die Bedienung vereinfachen. Sie, Herr Effelsberg, wollten mit Ihrer App die Verständigung revolutionieren, und das haben Sie geschafft. Mir fällt kein anderes Programm ein, das so simpel zu bedienen ist. Aber wenn man zum Beispiel *gehörlos* ist, ist das Programm nahezu unbrauchbar.«

Effelsbergs Mitarbeiter ziehen laut die Luft durch die Zähne ein, und Marc scheint einer Ohnmacht nah. Davon lasse ich mich aber nicht beirren. »Auch für gehörlose Menschen ist es schließlich nützlich, wenn sie nicht jedes einzelne Wort von

Hand tippen müssen, deshalb hat sich unser Team überlegt, wie wir die Sprache optimal visualisieren können. Und umgekehrt. Die Idee dahinter ist, dass der Benutzer sich selbst filmt, während er die Gebärdensprache anwendet, und diese Gesten von der App erkannt und übersetzt werden.«

»Das klingt ja ganz interessant«, beginnt Effelsberg, und ich setze im nächsten Moment alles auf eine Karte.

»Ich weiß, was Sie jetzt sagen wollen! Sie denken bestimmt, dass es sich dabei doch nur um eine Randgruppe handelt. Dass es sich nicht lohnt, in diesen Bereich der App-Entwicklung zu investieren, weil es viel zu wenig potentielle Nutzer gibt. Und das genau ist der Grund, warum wir von Cosmic Internet Ihr Unternehmen übernehmen und weiterentwickeln wollen.«

»Ach tatsächlich?« Effelsberg beugt sich interessiert vor.

Jetzt habe ich ihn!

»Circa ein Prozent der Weltbevölkerung ist gehörlos oder verfügt nur noch über ein geringes Resthörvermögen«, fahre ich fort. »Mag sich nach wenig anhören, aber das sind immerhin 70 Millionen Menschen. Fast so viele wie die Bevölkerung Deutschlands. Mit dieser Entwicklung werden wir eine Schneise durch den Dschungel schlagen.«

Ich gebe zu, mein Schlusssatz ist zu melodramatisch geraten, schließlich halte ich hier kein Plädoyer vor einem Schwurgericht, aber ich bin von meiner eigenen Idee selbst völlig begeistert. Hier geht es nicht nur um Geld, wir könnten wirklich etwas bewirken, wenn Effelsberg sich darauf einlässt. Im nächsten Moment greift Effelsberg über den Tisch und nimmt sich ein Plätzchen aus der Schale, die bereitsteht. Er kaut gedankenverloren.

Ich hoffe, Sylvia hat die guten eingekauft und nicht diese Dinkelplätzchen vom letzten Mal, von denen man eine Stauballergie bekommen konnte. Während Effelsberg also kaut, habe ich Zeit, durchzuatmen und dann meinen Körper wieder zu straffen, denn nur wer gerade sitzt, strahlt das nötige Selbstbewusstsein aus. Ich stelle mir vor, ein Medaillon zu tragen, das ich jedem präsentieren möchte, strecke die Brust raus und ziehe den Bauch ein. (Nicht, dass das nötig wäre, denn ich habe seit dem Frühstück noch nichts Richtiges gegessen.)

Effelsberg seufzt und schlägt mit der flachen Hand auf den Tisch. Marc zuckt zusammen, doch in mir baut sich eine freudige Erregung auf, die jedes Hungergefühl verdrängt: Effelsberg hat eine Entscheidung getroffen.

»Ich war noch nie ein Freund davon, lange um den heißen Brei herumzureden«, sagt er.

Marc fängt an zu haspeln. »S-selbstverständlich können Sie erst in Ruhe *feedbacken*. Wir werden dieses *Feature* dann *einpriorisieren*, wenn Sie damit einverstanden sind.«

Effelsberg schüttelt für einen kurzen Moment irritiert den Kopf. »Ich muss zugeben, dass ich mit geringen Erwartungen hierhergekommen bin. Ihr Angebot ist weder besser noch schlechter als das, was mir bisher untergekommen ist. Aber ich sehe das Potential in Ihren Ideen. Sie haben Visionen, die sich nicht nur am Profit orientieren. Visionen, die sich zu Innovationen mausern könnten.«

Ich halte mich zurück, um Effelsberg nicht von seinem positiven Monolog abzubringen. Leider meint Marc, er müsse noch etwas dazu beitragen, und macht eine ausladende Geste: »Innovation steht in unserer DNA!«, sagt er stolz.

Effelsbergs Stirn umwölkt sich, und mir wird klar, dass sich die Waagschale wieder in die falsche Richtung neigt.

Sag was, Leonie! Irgendwas Kluges. Oder mach einen Witz!

»Na ja.« Ich ziehe das Wort in die Länge, während meine Gedanken rasen. »Unsere DNA ist allerdings auch zu fünfzig Prozent identisch mit der von Bananen.«

Im ersten Moment bin ich selbst erschrocken über meinen Vergleich, dann sehe ich, wie die Männer breit grinsen.

»Nicht nur das«, sagt Effelsberg und nickt mir anerkennend zu. »Wir Menschen gleichen uns zu 99,5 Prozent. Leonie Schiller, ich habe den Eindruck, dass Sie Ihre 0,5 Prozent Individualität optimal genutzt haben.«

Ein heiseres Lachen dringt aus seiner Kehle, dann hält er mir die Hand hin. Als ich einschlage, zwinkert er doch tatsächlich.

»Sie haben gerade ein gutes Geschäft gemacht!«

KAPITEL 2

Ich habe das Gefühl zu fliegen. Nicht *ich* habe ein gutes Geschäft gemacht, sondern *wir* – Cosmic Internet. Wir werden Effelsbergs App noch weiter voranbringen und sie nun auch noch für Gehörlose nutzbar machen. Diese Aussicht beflügelt mich, und mit Appetit beiße ich in die Tortilla, die Sylvia mir eben mitgebracht hat, denn die habe ich mir nun mehr als verdient. Dabei schiele ich auf meine Smartwatch, die mir den Eingang einer SMS anzeigt:

Daniel Herbst:

Meeting abgesagt. Treffen uns um 19.00 Uhr im Raphaello.

Der Bissen bleibt mir im Hals stecken. Was ist denn da los? Wenn das Meeting abgesagt worden ist, weshalb treffen wir uns dann trotzdem im Restaurant wie vereinbart? Will er etwas ganz allein mit mir besprechen? Eigentlich kann diese Verabredung nur eines bedeuten: Er hat endlich einen Managerposten für mich!

Bei diesem Gedanken fängt mein Herz an zu trommeln. Ist heute der Tag, an dem sich die Weichen für mein zukünftiges Leben stellen? Der Tag, an dem ich meiner Mutter endlich verkünden kann, dass ich einen Erfolgsweg eingeschlagen habe, genau wie sie? Auf jeden Fall werde ich mich am Abend nicht vorher umziehen, sondern in meinem Businessoutfit aufkreuzen. Wie peinlich, wenn ich mich für ein Date aufbrezeln würde und Herbst mir eigentlich nur einen Stapel Unterlagen übergeben will.

Ich sehe an mir herunter und kann nichts entdecken, was darauf hinweisen könnte, dass ich eben auf dem Damenklo ganz heimlich ein Twix in mich reingestopft habe. Dieser winzige Fleck von der Karamellsoße ist vollständig in den Bundfalten meiner Hosen verschwunden. Trotzdem schiebe ich meine Bluse noch etwas tiefer. Nur zur Sicherheit.

Das Einzige, was mir nun noch zu meinem Glück fehlt, ist die Zusage der beiden Rau-Brüder, wobei es sich aber nur noch um Minuten handeln kann. Heute Abend, wenn ich Daniel im absoluten In-Restaurant namens Raphaello treffe, werde ich als seine erfolgreichste Mitarbeiterin auftreten und es ihm so leicht wie nur irgend möglich machen, mich zu befördern.

Auf diesen Moment habe ich Jahre hingearbeitet! Jahre, in denen ich ziemlich viel Energie dareingesteckt habe, mich möglichst umfassend zu bilden. Selbst zu optimieren, wie meine Mutter immer sagt. Also habe ich alle wichtigen Klassiker gelesen, um bei Dinnerveranstaltungen mitreden zu können. (Wenn ich ehrlich bin, aber nur die Erläuterungen. Und auch die nur von den Büchern, die auf einer dieser Listen stehen. Sie wissen schon: *100 Bücher, die Sie gelesen haben müssen, bevor Sie sterben* oder so ähnlich.) Und ich lese regelmäßig alle wichtigen Magazine und Businesszeitschriften im Abo. Ich sehe mir im Fernsehen die Zusammenfassung der Bundesligaspiele an, obwohl ich sie ehrlich gesagt todlangweilig finde. Aber meine Mutter hat mir schon als Grundschulkind eingebläut, dass man sich mit Männerthemen beschäftigen muss, wenn man in der Männerwelt erfolgreich sein will. Jeden Morgen jogge ich eine Runde am Rhein, damit ich mir auch noch mit achtzig die Schuhe selbst zubinden kann, und ich habe schon seit Jahren kein totes Tier mehr gegessen. (Es zählt doch bestimmt nicht, dass ich heimlich von Currywurst träume, oder? Ich meine, ich esse sie dabei ja nicht *wirklich*.) Und ich trage schicke Kostüme aus Bioware, für die kein Kind arbeiten musste.

Ich bin nicht bloß Leonie Schiller, ich bin Leonie Schiller 2.0!

Die Vorfreude auf heute Abend lässt mich erbeben. Vor allem aber auch die Aussicht auf das Essen, denn diese vegane Tortilla ist einfach grauenvoll. Der Weizenfladen schmeckt pappig und taugt allenfalls zum Fensterputzen, die Füllung riecht nach Konserve wie das Nachmittagsprogramm auf RTL. Angewidert lasse ich die Tortilla auf den dünnen Fetzen fallen, der sich Serviette nennt, und nehme einen großen Schluck aus der Wasserflasche, die ich immer in meiner Handtasche dabeihabe. Cosmic Internet ist weithin bekannt für seine vegane Philosophie, und im Süßigkeitenautomaten auf dem Flur gibt es nicht mal ein Snickers, sondern nur Ökoriegel aus Fruchtmark. Ich darf auch keine Lederschuhe tragen, wenn ich ins Büro komme, deshalb war ich schon mehr als einmal gezwungen, ein wenig zu flunkern.

13.15 Uhr – auf meiner Smartwatch leuchtet der nächste Termin auf. Noch fünfzehn Minuten, bis die beiden Rau-Brüder eintreffen, vielleicht kommen sie auch schon etwas früher, schließlich geht es heute für sie um ein ziemlich hohes Darlehen. Ich klappe meinen Laptopdeckel auf, und das Hintergrundbild zeigt mir das Firmenzitat des Tages:

Der beste Weg, erfolgreich zu sein, ist, jeden Tag hart daran zu arbeiten.

Ich verdrehe die Augen. Als ob ich nicht jeden einzelnen Tag der vergangenen zwei Jahre hart gearbeitet hätte!

Was jedoch die Rau-Brüder betrifft – das wird ein leichter Job, da kann gar nichts mehr schiefgehen. Man muss schließlich die Ziele seiner Gegner, äh, Geschäftspartner kennen, und ich habe wirklich jeden Winkel des Internets nach ihnen durchforstet und bin bestens vorbereitet. Ich weiß so gut wie alles, was für unsere Verhandlungen relevant ist:

Der jüngere der beiden Brüder ist eine Sportskanone. Benjamin Rau hat nämlich im letzten Jahr beim Marathonrudern auf dem Rhein den Titel geholt und postet beinahe täglich auf Facebook und Instagram irgendwelche Fotos von Schachpartien, die er gewonnen hat. Außerdem hat er mehrere Patente angemeldet, schreibt Gedichte auf kleine bunte Zettel und faltet anschließend Kraniche daraus. Er ist Mitglied bei MindD – demnach muss sein IQ über 130 liegen – und scheint überhaupt das Hirn in dieser brüderlichen Geschäftsbeziehung zu sein, denn Emil …

Also sein Bruder Emil ist da schon eine härtere Nuss. Ihn zu knacken hat mich etliche Tage gekostet, in denen ich seine Daten gegoogelt habe oder mit seinem Twitter-Profilbild auf die Suche gegangen bin. Emil hat seit über einem Jahr seine verschiedenen Social-Media-Accounts nicht benutzt, aber ich weiß jetzt, dass er in der Schule Handball gespielt hat und an Karneval mit einer David-Hasselhoff-Perücke aufgetreten ist. Sein uraltes Twitter-Profilbild hat er außerdem noch auf Xing und soul-surfers.de hochgeladen, einer Gemeinschaft zum Thema Wellenreiten. Auf einem Foto in der Timeline seines Bruders ist er mit einem Bier in der Hand und einem labberigen weißen T-Shirt zu sehen, auf dem steht:

Ich bin eine Granate am Grill.

Und auf Spotify hat er Musiklisten abonniert, die Namen tragen wie *Chill-out Lounge*, *Sonntags Chill-out*, *Total stressfrei* oder *Relaxing Summer*.

Er ist also das absolute Gegenteil von seinem jüngeren Bruder und ebenso von mir, denn meine Lieblingsplaylist heißt *Rush Hour*. Außerdem habe ich das letzte Mal als Kind gegrillt oder Urlaub gemacht, denn wer braucht schon Urlaub, wenn er einen Job hat, den er liebt? Und surfen war ich noch nie. Wie kann man bitte auch Spaß daran haben, auf einem dämlichen Brett im Wasser zu stehen?

In meinem Kopf ertönt bei diesen Gedanken der Jingle aus einer alten Fernsehshow:

So, liebe Leonie, wer soll nun Dein Herzblatt sein? Kandidat 1: Die hochbegabte Sportskanone, die Kraniche faltet und Dich jederzeit schachmatt setzen kann? Oder doch lieber Kandidat 2: Der stressfreie Surfer, der mit einer David-Hasselhoff-Perücke am Grill Fleisch brutzelt?

Angewidert verziehe ich das Gesicht. Ich muss kein Psychologe sein, um aus diesen Informationen herauszulesen, dass ich Emil komplett vernachlässigen kann, was unsere Verhandlungen betrifft. Wahrscheinlich hat ihn sein Bruder Benjamin überhaupt nur aus Mitleid bei diesem Start-up mitmachen lassen, damit er auch einmal im Leben etwas auf die Reihe kriegt. Ich werde mich also an Benjamin halten. Bei einem IQ über 130 wird er wohl so clever sein, zu begreifen, dass sie ihr Start-up besser, so schnell es geht, an uns verkaufen, bevor das Unternehmen den Bach runtergeht. Und mit einem Typen wie Emil an der Seite kann das Ganze nur den Bach runtergehen. Denn mal ehrlich: *Chill-out Lounge*? Was ist das schon für eine Lebenseinstellung?

Meine Smartwatch vibriert und bemäkelt, dass ich seit mehr als 20 Minuten nicht gelaufen bin. Mein Tagesziel liegt bei 10 000 Schritten, und trotz kleiner Joggingrunde habe ich heute erst 6356 erreicht, deshalb stehe ich auf und beginne, um den Tisch zu tigern. Das mache ich fünf Minuten lang – dabei diktiere ich über die Sprachsteuerung meines iPhones Nachrichten, denn ich bin ein Fan von Multitasking. Mit einer Hand essen und mit der anderen Hand E-Mails tippen – kein Problem! Mit den Füßen auf dem Massagegestell unter meinem Tisch die Reflexzonen bearbeiten und gleichzeitig auf dem Laptop eine neue Finanzkalkulation erstellen – nichts leichter als das! Meiner Assistentin Sylvia einen Auftrag erteilen und währenddessen auf der anderen Leitung mit den Leuten aus der Entwicklungsabteilung in einen kollegialen Dialog treten – gebongt!

Als habe sie gespürt, dass ich gerade an sie denke, platzt Sylvia herein. »Dein Halb-zwei-Termin ist da.« Sie bleibt in der Tür stehen und sieht konsterniert zu, wie ich meine Runde um den Tisch beende.

»Kann ich die beiden hereinrufen, oder brauchst du noch ein paar Minuten?« An ihrer Miene lässt sich ablesen, dass sie ein paar Minuten nicht für ausreichend hält, sie kennt mein Lampenfieber. Aber ich bin voll da, ehrlich. Nur dieses nervöse Flattern in der Magengegend lässt mich kurz innehalten.

Neugierig schiele ich an Sylvia vorbei, kann aber auf dem Flur niemanden entdecken. »Sie sind zu früh«, erkläre ich ihr. »Lass sie keinesfalls vor halb zwei herein, okay? Lieber ein paar Minuten später.«

Sylvia nickt, dabei runzelt sich ihre Stirn. Allerdings trägt sie ihren Pferdeschwanz so straff gespannt, dass ich mich wundere, wie sie das überhaupt hinbekommt. Mit einem Seufzen zieht sie die Tür hinter sich zu.

Noch fünf Minuten. Zeit genug, um schnell noch zwei Mails zu beantworten und dann meine »Victory«-Pose einzunehmen. Ich brauche diesen Moment, um meine Körperhaltung optimal auf meine Stimmung einwirken zu lassen: Ich reiße die Arme in V-Haltung in die Luft und recke das Kinn nach oben. Dann springe ich mehrmals hintereinander in die Luft, als hätte ich gerade einen Wettkampf hinter mich gebracht und wäre durch das Zielband gelaufen. Das erhöht meinen Testosteronspiegel und macht mich überzeugender, wie ich in der Studie einer US-amerikanischen Sozialpsychologin gelesen habe. Zu guter Letzt ziehe ich die Schreibtischschublade auf und hole ein Paar Essstäbchen heraus, das ich dort seit Monaten aufbewahre, und klemme es mir zwischen die Zähne. Damit aktiviere ich alle Muskeln, die auch bei einem Lächeln beansprucht werden, was meine Stimmung heben soll. (Obwohl das gar nicht nötig ist, ich bin auch so schon in einer absoluten Hochstimmung. Ich meine, kann ein Tag noch besser laufen als dieser?)

Mit den Stäbchen im Mund drehe ich mich zum Fenster und genieße den Blick auf den Rheinauhafen. Siegesgewiss balle ich meine Hände zu Fäusten, da geht hinter mir die Tür auf. Auf meiner Smartwatch steht: 13.29 Uhr, und verärgert fahre ich herum.

In der Tür stehen zwei Männer in Jeans, beide identisch groß, der eine steif wie ein Besenstiel, der andere hat lässig die Hände in den Hosentaschen vergraben. Hektisch zerre ich mir die Stäbchen zwischen den Zähnen hervor und schaffe es gerade noch, mein eben erstarrtes Lächeln zu entspannen.

Sylvia taucht hinter den beiden auf und hebt eine Hand. »Emil und Benjamin Rau«, stellt sie vor und grinst breit. »Sie können leider nicht länger warten, weil sie gleich noch zu einem weiteren Termin müssen, deshalb …« Den Rest des Satzes lässt sie unbeendet, und mir fließt nur langsam wieder das Blut ins Gesicht, dafür allerdings gleich in doppelter Menge.

»Kein Problem, Sylvia. Kommen Sie herein und nehmen Sie Platz«, wende ich mich an die beiden Jungunternehmer. »Herzlich willkommen bei Cosmic Internet! Darf ich Ihnen etwas zu trinken anbieten? Ein Wasser, einen Latte macchiato mit Sojamilch oder einen grünen Tee?«

Benjamin, den ich von seinen Fotos auf Facebook sofort erkenne, steht immer noch zur Salzsäule erstarrt im Türrahmen, sein Bruder Emil aber schleicht sich wie ein Panther an ihm vorbei. Seine Jeans ist an den Knien abgewetzt und sieht ein bisschen so aus, als würde sie riechen. Darüber trägt er eines dieser idiotischen T-Shirts, auf denen sich pubertäre Jungs in den Dreißigern ihre Lebensmottos drucken lassen. Seines ist hellblau und hat die gelbe Aufschrift ›*Einen Scheiß muss ich!*‹.

»Bloß keinen Tee«, sagt Emil, »wenn Sie nicht wollen, dass ich Ihnen das Büro vollkotze. Eine stinknormale Coke wäre super.«

KAPITEL 3

Okay, ich gebe zu, der Auftakt zu unserem Gespräch ist das Erste an diesem Tag, was nicht perfekt gelaufen ist. Es fängt schon damit an, dass wir bei Cosmic Internet keine Cola anbieten. Cola ist so was von ungesund und chemisch – unsere Firmenleitung würde vermutlich einen Ausschlag bekommen, sollte ihr auch nur das Etikett dieses Gebräus ins Auge fallen. Ich seufze. Vermutlich werde ich heute Nacht nicht nur von Currywurst, sondern auch noch von einer eiskalten Cola träumen. (Nicht die Light-Variante!)

Nach diesem ersten Problem, das Emil noch mit einem Schulterzucken zur Kenntnis nimmt, geht es jedoch auch nicht optimal weiter. Aus irgendeinem idiotischen Grund meint Benjamin, er könne die Verhandlungen ausschließlich seinem eher minderbegabten Bruder überlassen, und hockt in seltsam starrer Haltung auf dem Stuhl, einen Notizblock auf den Knien balancierend. Die ganze Zeit kritzelt er etwas, von dem ich vermute, dass es Stichpunkte zu den Fakten sind, die ich im Gespräch fallenlasse.

Beide Brüder haben denselben dunkelbraunen Wuschelkopf, doch alles, was bei Benjamin schmal, dünn und steif wirkt, gibt es bei seinem Bruder in einer breiteren, männlicheren und viel zu lässigen Ausführung. Emil ist auf dem Sitz nach vorn gerutscht und hat einen Körperwinkel eingenommen, der ziemlich nah an die 127 Grad kommt, die Jugendliche einnehmen, wenn sie schlaff vor ihrer Playstation hängen und bei *Call of Duty* ein paar Menschen abballern. Überhaupt habe ich das Gefühl, Emil ist nicht ganz bei der Sache. Ich sollte ihn dringend mal wachrütteln!

»Wir sind also bereit, ein Kapital von 500 000 Euro in Ihr vielversprechendes Start-up zu investieren«, sage ich zum Wachwerden. »Was sagen Sie dazu?«

Emil sagt erst einmal nichts, und ich frage mich zum wiederholten Male, warum er sich für dieses Gespräch nichts Anständiges angezogen hat. Ganz offensichtlich hat er keine Mutter wie ich, die ihn sein Leben lang mit dem Slogan ›Kleider machen Leute‹ getriezt hat. Wie soll man denn jemanden ernst nehmen, der rumläuft, als käme er gerade aus dem Biergarten? Im Augenblick verschränkt er die Arme vor der Brust, so dass mir der Anblick des Spruchs erspart bleibt.

»T-Venture hat uns bereits eine Million angeboten.« Emil gähnt und wirft mir einen müden Blick durch halbgeschlossene Lider zu. Ich glaube, seine Pupillen sind genauso blau wie das T-Shirt, das garantiert arme Waisenkinder in Kalkutta färben mussten, kann es aber nicht mit Bestimmtheit sagen.

»Oh«, mache ich und tue überrascht. »Da sollten Sie unbedingt zuschlagen. Dieses Angebot ist ja kaum zu überbieten. Erstaunlich, dass T-Venture da Interesse hat. Normalerweise investieren sie nur in Neugründungen, bei denen es sich um Produkte der Kommunikation handelt. Und bei SubSox.de verkaufen Sie doch Socken, oder haben Sie neuerdings ein Datenerfassungssystem, von dem ich noch nichts weiß?«

»Als ob.«

Seine lakonische Art irritiert mich. Was will er mir damit sagen? Dass ich unrecht habe? Dass ich etwas Offensichtliches festgestellt habe, was nicht der Rede wert ist? Unauffällig presse ich beide Handflächen von unten gegen die Tischplatte. Bei meinem letzten Frisörbesuch habe ich in der *Brigitte* gelesen, mein archaisch programmiertes Gehirn würde dies als Willkommensgeste erkennen und mich positiv stimmen. Doch irgendwie hilft es mir nicht, egal, wie fest ich drücke, ich verspüre eher das Bedürfnis, diesem Esel von einem Emil die Tischplatte vor die Stirn zu knallen.

Benjamin reißt in diesem Moment den obersten Zettel seines Blocks ab und faltet ihn in der Mitte zusammen. Während ich noch überlege, wie ich eine Überleitung zu unserem *echten* Angebot schaffen kann, falzt und knetet Benjamin munter drauflos. Nach wenigen Sekunden stellt er einen Papierkranich vor mir auf den Tisch. Auf seinem jugendlichen Gesicht, das im Gegensatz zu Emils glatt rasiert ist, bildet sich ein zaghaftes Lächeln. »812«, sagt er und fängt wieder an zu kritzeln. »Jetzt fehlen mir nur noch 188.«

Verblüfft starre ich auf das Gebilde. »Das … haben Sie, äh, fein gemacht«, lobe ich ihn wie ein Kindergartenkind.

Kaum habe ich das gesagt, setzt sich sein Bruder kerzengerade auf. In Emils Augen funkelt es, und ich bin mir nicht sicher, ob es sich dabei um ein gefährliches Glitzern handelt, weil ich seinen Bruder eventuell beleidigt habe.

»Ich meine, das war ziemlich schnell«, füge ich hastig hinzu, um zu überspielen, wie bescheuert ich es finde, dass ein erwachsener Mann bastelt. Erst recht bei einem Gespräch, bei dem es um die Zukunft ihres Start-ups geht. Ist den beiden denn der Ernst ihrer Lage gar nicht bewusst?

Jetzt grinst Benjamin breit. »Ich schaffe einen Kranich in vierunddreißig Sekunden, das macht 6392 Sekunden, bis ich die 1000 voll habe. Also eine Stunde und sechsundvierzig Minuten, wenn ich keine Pause einlege. Aber das wäre zu einfach, deshalb schreibe ich auf jeden Kranich ein Gedicht.«

»Was für ein Gedicht?« Es interessiert mich ehrlich gesagt nicht die Bohne, außerdem habe ich davon ja bereits auf seinem Facebookprofil gelesen, trotzdem kann es nicht schaden, etwas Interesse zu heucheln und ihn zum Reden zu animieren.

»Ein Haiku. Drei Zeilen mit durchschnittlich 17 Silben. Wollen Sie hören, was auf diesem steht?« Er nickt mit dem Kinn zu dem Papiervogel auf meinem Schreibtisch, und ich überlege, ob Benjamin Rau vielleicht am Asperger-Syndrom leidet. Normal ist der doch nicht, oder?

»Und wie sie das hören will«, mischt sich Emil ein. »Ich wette, sie ist total scharf auf Haikus.« Während sich Emils Mund zu einem süffisanten Grinsen verzieht, gehen seine Augenbrauen steil nach oben und verleihen ihm einen diabolischen Ausdruck.

»Wirklich?« Benjamin sieht einfach nur glücklich aus, sein Gesicht strahlt wie eine Lampe, und ich unterdrücke den Impuls, seinem Bruder einen bösen Blick zuzuwerfen. Dieser Emil macht sich ganz offensichtlich über mich lustig. Irgendwo zwischen der Begrüßung und meinem Einstiegsdialog habe ich offenbar jegliche Kompetenz und Professionalität verloren. Ich muss aber auch sagen, dass ich bisher immer mit Gründern zu tun hatte, die keine Neandertaler gewesen sind.

Fieberhaft überlege ich, wie ich mir den Respekt zurückerobern kann, wir sind hier schließlich auf meinem Terrain! Das ist mein Büro, meine Firma, mein Investitionsangebot. Doch irgendwo habe ich die falsche Abzweigung genommen, und jetzt wird es ziemlich schwierig, wieder auf Spur zu kommen.

»Vielleicht später«, sage ich. »Wenn wir alles Geschäftliche besprochen haben, können Sie mir bei einem Tee gerne Ihre Haikus vorlesen.«

»Mein Bruder trinkt auch keinen Tee«, sagt Emil.

Dieser Blödmann! Kann er nicht einfach mal die Klappe halten? »Dann vielleicht bei einem stinknormalen Kaffee«, presse ich durch zusammengebissene Zähne und spüre, dass ich mehr und mehr die Kontrolle verliere.

»Fair Trade?«

»Selbstverständlich«, platze ich heraus und ärgere mich im gleichen Augenblick, denn das war offensichtlich keine ernstgemeinte Frage. Tief durchatmen, Leonie! Im Stillen zähle ich bis zehn und lasse meinen Atem fließen. Ich richte meinen Oberkörper auf und denke krampfhaft an das imaginäre Medaillon, dass ich trage und präsentieren möchte, aber ich kann es nicht spüren. Da ist kein Medaillon, da ist nur ein enormer Druck, der auf meinem Brustkorb lastet. Es ist nicht das erste Mal, dass ich einen solchen Druck spüre, schließlich sind wir hier bei der Formel 1, nicht wahr? Aber es ist das erste Mal, dass ich befürchte, gleich in eine Papiertüte schnaufen zu müssen. Außerdem vibriert mein Handgelenk ständig. Im Augenwinkel nehme ich die verschiedenen SMS-Nachrichten wahr, die eintrudeln:

Marc Krings:
Hast du das neue Venture schon gelauncht?

Daniel Herbst:
Der Champagner steht schon bereit.

Sylvia:
Habe deine Blusen aus der Reinigung geholt. Gelber Fleck ist noch da.

Hastig tippe ich eine Antwort an meinen Chef: *Gib mir noch zehn Minuten.*

Bin ich irre? Zehn Minuten, um diesen bockigen Emil zu einer Unterschrift oder zumindest zu einem Handschlag zu bewegen? Ich sehe schwarz, aber das darf ich mir auf keinen Fall anmerken lassen. Ich strecke meinen Oberkörper und setze ein nachsichtiges Lächeln auf.

»Sprechen wir offen miteinander, Herr Rau«, beginne ich und lege die Fingerspitzen aneinander, damit Emil meine superteure Apple Watch sehen kann – ein Symbol für meinen Erfolg, das ich mir erst vor zwei Monaten zugelegt habe. Das Armband schlingt sich zweimal äußerst elegant um mein Handgelenk. (Daniel gegenüber habe ich behauptet, es sei aus Kunstleder, was aber leider nicht stimmt.) Ich kann beobachten, wie Emils Blick daran hängenbleibt, und spüre mein Herz schneller pochen. Jetzt zeige ich ihm, bei welchem Spiel wir hier wirklich sind. Einem Spiel für Erwachsene, nicht für Surfer in Hängemattenpose! Einem Spiel mit den Regeln von Leonie Schiller 2.0!

»Wir halten Ihr Start-up für sehr vielversprechend, wie Sie wissen. Sie und Ihr Bruder haben gezeigt, dass Sie nicht nur Ideen haben, sondern auch aufstehen können, um diese Ideen weiterzuentwickeln. SubSox hat das Potential, zu den ganz großen Unternehmen aufzusteigen, wenn man es richtig anpackt.«

»Und Sie wollen uns mit 500 000 abspeisen, weil Sie uns das nicht zutrauen?« Emil beugt sich vor, und mir fällt sofort wieder der Spruch auf seinem T-Shirt ins Auge. Sein Bruder hört nicht einmal hin und kritzelt nur wie verrückt Zettelchen voll.

»Ganz im Gegenteil!«, flunkere ich. »Wir trauen Ihnen zu, mit einer Investition von 500 000 Euro SubSox noch weiter voranzubringen, aber wir befürchten, dass Ihnen die Puste ausgehen könnte.« So, nun ist es heraus, jetzt gibt es kein Zurück mehr. Ich muss ihn davon überzeugen, dass er eine Niete ist. Also keine *totale* Niete, aber dass er nicht den Biss hat, es bis ganz nach oben zu schaffen.

»Sie denken zu klein«, fahre ich fort. »Sie müssen groß denken, angriffslustig sein. Es kommt nicht darauf an, als Erster auf eine tolle Idee zu kommen, sondern darauf, sein Unternehmen aggressiv voranzutreiben. Wie viele Mitarbeiter haben Sie aktuell?«

Emil verschränkt erneut die Arme vor der Brust und lehnt sich zurück. »Zwei. Meinen Bruder und mich mitgerechnet.«

»Sie sind nur zu zweit?« Das Entsetzen muss mir förmlich aus dem Gesicht springen, denn meine Haut spannt unangenehm. Eventuell liegt es aber auch daran, dass ich bis auf den Latte macchiato heute kaum etwas getrunken habe.

»Wir *zwei* sind die einzigen *vier* Mitarbeiter von SubSox.«

Was für ein Angeber!, denke ich. Als ob er mit dieser 127-Grad-Haltung für zwei arbeiten könnte!

»Sehen Sie, das Ganze entwickelt sich zu träge! Damit gehören Sie immer noch zu den 84 Prozent aller Start-ups, die weniger als fünfundzwanzig Mitarbeiter haben. Und wissen Sie, dass beinahe alle Internet-Domains mit dem Namen SubSox noch frei verkäuflich sind? Ganz offensichtlich haben Sie noch nicht einmal daran gedacht, dass SubSox seine Produkte auch ins Ausland verkaufen könnte. SubSox.com, SubSox.ch, SubSox.at, SubSox.fr, SubSox.it, SubSox.uk – das sind Adressen, die Sie sich gleich zu Beginn hätten sichern müssen. Was wollen Sie tun, wenn jemand anders diese Domains kauft? Ihr

Unternehmen umbenennen, in das Sie bis dahin bereits Hunderttausende an Marketing investiert haben?«

Unter seinem Dreitagebart wird Emil blass. Ich bin mir aber nicht sicher, ob er meine Argumente einsieht oder ob er schlicht wütend wird.

In diesem Augenblick reißt Benjamin den nächsten Zettel vom Block. Das Geräusch lässt mich zusammenzucken. Er hält seinem Bruder den Wisch vor die Nase. Dummerweise kann ich nicht erkennen, was daraufsteht, aber es muss ein Haiku sein, das Emil nicht gefällt, denn dessen Gesicht entspannt sich keineswegs. Mit einer Grimasse verlagert er sein Gewicht und sitzt nun breitbeinig vor mir.

»Da sind Sie leider falsch informiert, denn diese Domains haben wir inzwischen eingekauft. In das deutschsprachige Ausland liefern wir seit etwa drei Wochen. Bisher noch zu beschissenen Konditionen, das muss ich zugeben, aber wir haben schon Kontakt mit Herstellern und Lieferanten in Italien und Frankreich aufgenommen.«

Ich weiß genau, dass er blufft. Erst heute Morgen habe ich Marc gebeten, für mich nachzuschauen, und diese Domains waren noch frei. Und dass Emil Kontakt zu Lieferanten im Ausland hat, nehme ich ihm auch nicht ab. Meine Augenbrauen gehen in die Höhe, als ich meinen nächsten Vorstoß wage. »Es fehlt auch an weiteren Produkten. Sie können unmöglich auf lange Sicht nur Socken verkaufen. Das hätte längst passieren müssen. Denken Sie, die Italiener warten nur auf deutsche Strümpfe? Welche weiteren Produkte haben Sie denn ins Auge gefasst?«

»Keine.«

»Wie?« Ich bin entgeistert, dass er das so einfach zugibt.

»Ins Auge habe ich keine gefasst, aber wir haben uns ein

paar coole Sachen ausgesucht. Wir werden ab Juli außer den Socken auch noch hochwertige Unterhosen anbieten. Hemden und T-Shirts sind in Planung.«

Ich kann nur hoffen, dass es sich dabei nicht um diese lächerlichen bedruckten T-Shirts handelt, die er so trägt.

»Wunderbar«, lobe ich ihn. »Haben Sie uns einen Prototypen mitgebracht?«

Benjamin sieht von seinem Block hoch und sammelt die geschätzten zwanzig Kraniche ein, die er in der Zwischenzeit gefaltet hat. Ich erwarte, dass sein Bruder nun einknicken wird, denn er hat nichts dabei, keinen Jutebeutel, keinen Rucksack, nicht einmal eine Plastiktüte. Ha!, denke ich triumphierend. Er ist so was von unvorbereitet in dieses Gespräch gekommen, und das rächt sich nun. Emil hat nichts dabei. Nichts bis auf das, was er am Leibe trägt.

Kaum habe ich das gedacht, schießt mir die Hitze in den Kopf.

»Klar habe ich einen Prototypen dabei, was denken Sie denn?« Und im nächsten Moment steht Emil auf und klettert auf seinen Stuhl. Mit einem Ratsch zieht er sich den Gürtel aus den Schlaufen und knöpft sich die abgewetzte Hose auf.

KAPITEL 4

Ich kann nicht glauben, dass das gerade wirklich passiert. Mein Blick schießt zum Lamellenvorhang, der mein Büro vom Flur abschottet, aber leider einen Spaltbreit offen steht. Wenn jetzt jemand vorbeikommt, bin ich geliefert.

Entsetzt springe ich auf. »Was, äh, halten Sie davon, wenn wir einen neuen Termin ausmachen, und Sie bringen dann einfach ein paar Sachen mit?« Meine Stimme klingt papierdünn und kann Emil nicht abhalten, die Hosen nach unten rutschen zu lassen – innerhalb von Sekunden baumeln ihm die Jeans um die Waden.

»Die Qualität ist hervorragend.« Er zieht sein T-Shirt hoch und lässt den Gummi der nachtblauen Slipboxer gegen seinen flachen Bauch flitschen.

Mir wird plötzlich ganz schwindelig. Ich brauche ein Wasser, besser noch eine Cola, mein Blutzucker scheint sich gerade zu verabschieden. Aber Cola habe ich das letzte Mal vor zweieinhalb Jahren getrunken, als ich noch nicht bei Cosmic Internet gearbeitet habe, und ich befürchte, dass mir in dieser Situation nicht einmal ein veganer Fruchtmusriegel aus dem Automaten helfen würde.

Froh darüber, dass wenigstens der große Schreibtisch zwischen uns steht, lasse ich mich zurück auf den Stuhl sinken. Was mir auffällt: Emil ist nicht nur im Gesicht unrasiert, er hat sich vermutlich auch nicht die Brust wachsen lassen (ein absolutes *No-go!*) oder … andere Regionen. Ich starre auf den schmalen Streifen dunkler Haare, der aus dem Bund seiner Slipboxer nach oben wächst, und blinzle. »Das sieht, äh, ja schon ganz gut aus.«

Erst als Benjamin mit seinen Papieren raschelt, bemerke ich meinen offenstehenden Mund und klappe ihn zu. Oje, meine Finger zittern, denke ich, stelle dann aber fest, dass ein Anruf auf meinem Handy meinen Arm vibrieren lässt. Ein Anruf von meiner Mutter.

Das ist wirklich das Letzte, was man erhalten möchte, wenn man gerade in einem Büro steht mit einem halbnackten Mann auf einem Stuhl.

Mit einem Wischen meines Fingers lasse ich das Vibrieren verstummen. Erfolgsbotschaften meiner Mutter kann ich jetzt gar nicht vertragen, und seltsamerweise hat sie wirklich immer gute Nachrichten für mich. Ich kann kaum glauben, dass sie in ihrer Machobranche so erfolgreich werden konnte. Sie ist als Investmentbankerin überall in Deutschland, Österreich und der Schweiz unterwegs. Schon als ich klein war, hat sie mir immer eingebläut, dass man sich niemals wie ein schwaches Mädchen benehmen darf, wenn man es zu etwas bringen will. (»Leonie, um Erfolg zu haben, musst du nicht intelligent sein. Du musst bereit sein, ein Risiko einzugehen. Sei ein Tiger! Spring über den Abgrund!«)

Außerdem dürfe man sich nicht mit so was Nebensächlichem wie Haushalt und Kinderkiegen abgeben. Sie hat nie einen Hehl daraus gemacht, dass ich ein sehr ungünstiger Unfall gewesen bin, und davor wollte sie mich immer bewahren. (»Und lass dich niemals von mir dabei erwischen, wie du einer Männerrunde in der Firma den Kaffee servierst!«)

Diese Gefahr besteht bei mir ja nicht, weil Daniel Herbst Kaffee grundsätzlich ablehnt. Er toleriert es zwar, dass wir welchen trinken, aber nur, wenn er mit veganer Milch serviert wird und keine armen Frauen und Kinder die Bohnen pflücken mussten, was ich sehr löblich finde.

Mein Arm vibriert erneut.

Sylvia:
Wieso hat der Typ keine Hosen an?

Mein Blick schießt zum Lamellenvorhang, und ich entdecke meine Assistentin, die sich eine Topfpflanze vor das Gesicht hält und zwischen den Blättern des Ficus hindurchspäht.

»Also?«, ruft sich Emil wieder in Erinnerung. Sein Tonfall klingt für meinen Geschmack viel zu selbstbewusst. Sollte er jetzt nicht eigentlich total verunsichert sein? Ich jedenfalls habe weiche Knie, und das, obwohl ich sitze.

»Wie viel ist Ihnen das Ganze wert?«, hakt er nach.

Was denn genau?, frage ich mich und starre fasziniert auf seine Unterhosen. Wahnsinn, wie viele Nähte so ein Stück Stoff hat! Ich schüttele den Kopf, um meine Gedanken wieder geradezurücken.

»1,5 Millionen«, krächze ich und räuspere mich schnell. »Wir zahlen Ihnen anderthalb Millionen für SubSox.«

Er atmet geräuschvoll aus und steigt vom Stuhl herunter. Sein Gesichtsausdruck gleicht dem einer Raubkatze, die gerade ihr Opfer zwischen den Pranken gefangen hält. Aufs Äußerste zufrieden mit sich und der Welt. »Na also.« Er zieht sich die Hosen hoch und knöpft sie sich langsam zu. »Dann wird das ja doch noch ein interessantes Angebot.«

Wie er auf die Idee kommen kann, allein der Anblick seiner Unterhosen hätte mich zu diesem Angebot gebracht, ist mir schleierhaft.

»Ich glaube, Sie haben da etwas missverstanden«, sage ich, um ihn in die Wirklichkeit zurückzuholen. »Ich habe gesagt, dass wir das Potential von SubSox sehen, aber wir haben unsere Zweifel daran, dass Sie und Ihr Bruder aggressiv genug sind, um voll durchzustarten. Das Angebot von 1,5 Millionen bezieht sich auf den *Verkauf* von SubSox, nicht aufs Förderkapital. Als Venture-Capital können wir Ihnen unmöglich mehr als 500 000 anbieten. Und das auch nur, wenn wir im Gegenzug 30 Prozent Ihrer Anteile erhalten.«

Während ich rede, kann ich direkt zusehen, wie sich Emils Gesichtsausdruck einer Metamorphose unterzieht. Aus dem zufriedenen Pantherlächeln wird ein überraschter Ich-schau-in-mein-Verderben-Blick. Ja, denke ich zufrieden, ich bin sein Verderben. An mir wird er sich die Zähne ausbeißen.

»Sie wollen SubSox *kaufen*?«

Benjamin neben ihm gibt einen unartikulierten Laut von sich. Ich hatte ihn beinahe vergessen, doch jetzt sehe ich, wie er langsam den Kopf schüttelt.

Ich nicke wohlwollend. »Das sagte ich doch gerade. Wir kaufen Ihnen und Ihrem Bruder SubSox ab, und Sie wären damit auf einen Schlag Millionäre. Etwas, dass Sie allein niemals erreichen werden. Was sagen Sie dazu?«

Emil sagt nichts, aber ich kann an seinem Stirnrunzeln sehen, dass er nachdenkt – was ihm sicher nicht leichtfällt – deshalb helfe ich noch ein bisschen nach.

»Mit anderthalb Millionen steht Ihnen die Zukunft offen. Haben Sie nie davon geträumt, ein paar Jahre lang eine Auszeit zu nehmen? Stellen Sie sich vor: die Seychellen, Strand, Palmen, türkisgrünes Wasser, ein Surfboard und Sie. Wäre das nicht verlockend?«

Ich weiß genau, dass er auf Surfen steht. Wäre er sonst in

diesem Forum angemeldet? Außerdem muss man ihn sich nur mal genauer ansehen, dann ist einem sofort klar, dass der 127-Grad-Winkel nur für ihn und seinen Körper gemacht wurde. Er hat den perfekten Hängematten-Strand-Körper. Und – so wie ich ihn einschätze – auch die perfekte Lebenseinstellung dafür. (Ich sage nur »Chill-out Lounge«!)

»Und Sie«, mein Kopf schwenkt zu Benjamin herum, »könnten unendlich viele Haikus schreiben. Das muss unheimlich inspirierend sein, wenn man fremde Länder bereist. Ich habe gelesen, dass es zum Beispiel in Neuseeland ganz hervorragende Rudervereine gibt.«

»Rudervereine? Wie kommen Sie denn jetzt da drauf?«, blafft Emil. »Haben Sie uns etwa gestalkt?« Seine Augenbrauen berühren sich beinahe, und mit einem Schnauben zieht er sich den Gürtel enger. »Ich fasse es nicht. Sie haben uns gegoogelt und in unserer Privatsphäre herumgeschnüffelt.«

»So privat kann es ja nicht sein, wenn es im Internet steht.« Auweia, wie ungeschickt, Leonie! Sofort spüre ich wieder diesen Druck auf meinem Brustkorb. Ich setze mich kerzengerade auf und hole tief Luft. »Ich habe mir lediglich Gedanken darüber gemacht, welche Interessen Sie haben könnten. Wir wollen ja schließlich alle ein zufriedenstellendes Geschäft abschließen, nicht wahr?«

»Und anderthalb Millionen halten Sie für ein zufriedenstellendes Geschäft? Sie wissen so gut wie ich, dass SubSox viel mehr wert ist.«

»Also im Augenblick ist es das leider nicht.« Meine Schultern heben sich und sacken dann betont betrübt nach unten. »Mit etwas gutem Willen und wenn ich noch einmal mit spitzer Feder nachrechne, dann könnte das Angebot eventuell auf 1,8 Millionen erhöht werden.«

Ich spüre, wie er schwankt, und der Druck auf meinem Brustkorb lässt nach. Ich meine, 1,8 Millionen ist verdammt viel Geld, oder? Wenn ich bedenke, wie viel ich hier im Jahr verdiene, dann kann ich kaum glauben, dass er nicht sofort freudig zugreift. Nicht, dass mich Geld übermäßig beschäftigen würde, aber wenn man welches hat, muss man sich nicht mit den unangenehmen Dingen des Alltags herumschlagen wie kochen, putzen, Wäsche waschen oder einkaufen. Das kann man alles erledigen lassen. Da fällt mir ein, dass ich Olga noch eine Nachricht schreiben muss, und ich schiebe meine Hände unter den Tisch, um unauffällig auf meine Smartwatch zu tippen.

Olga, vergiss die Fußleisten nicht! Und auf der Toilette diesmal keine Zeitschriften liegen lassen!

Und weil es mir gerade noch einfällt: *Auf meinem Balkon wird nicht geraucht! Rauchen ist schlecht für Ihre Gesundheit.*

»Was machen Sie da eigentlich unter dem Tisch?« Emil ist aufgestanden und beugt sich herüber. Ich kann sein Eau de Toilette riechen, was überraschend frisch duftet und mich spontan an eine alte Werbung mit Klippenspringern in Acapulco erinnert. Also von früher – aus einer Zeit, als ich noch ungefiltert ferngesehen habe und wenig zieloptimiert. Ich kann mich kaum daran erinnern, wie lange das her ist, dass ich das letzte Mal mit Chips faul vor dem Fernseher gesessen und *gezappt* habe. Oder mit Nachos im Kino. (Dieser sündhaft leckere Käsedip ist ja leider nicht vegan.)

»Schreiben Sie da etwa gerade eine SMS?«

Jetzt sieht er tatsächlich wütend aus, obwohl ich das nicht für gerechtfertigt halte, schließlich schreibt sein Bruder beinahe ununterbrochen Gedichte, und das stört ihn auch kein bisschen.

»Das nennt man Multitasking«, kläre ich ihn auf, weil er

das in seiner Chill-out-Welt vermutlich nicht kennt. »Sie haben meine ganze Aufmerksamkeit, lieber Herr Rau. Was halten Sie also von 1,8 Millionen? Wenn Sie es geschickt anstellen, brauchen Sie nie wieder zu arbeiten.«

»Und was, wenn ich Ihnen sage, dass ich total gerne arbeite?«

»Wirklich?« Jetzt gehen meine Augenbrauen überrascht in die Höhe. Das hätte ich ehrlich nicht gedacht, und ich vermute auch, dass er wieder nur blufft.

»Mein Bruder und ich haben uns das letzte Jahr für SubSox den Arsch aufgerissen.« Seine ausgestreckte Hand geht zu Benjamin, der mit dem Block und einem Haufen Kraniche auf dem Schoß dasitzt, als wäre er in tiefster Meditation versunken. Vielleicht auch in Apathie.

»Wir hatten die Idee, wir haben alles geplant und eine Menge Zeit und Geld investiert. Wenn Sie SubSox zu einem großen Unternehmen aufbauen können, dann können wir das erst recht! Wissen Sie was, Frau Schiller? Sie können sich Ihr *Venture-Capital* in die Haare schmieren! Darauf sind wir überhaupt nicht angewiesen.«

Meine Güte, reagiert der aber empfindlich. »Das dürfen Sie nicht persönlich nehmen. Hierbei handelt es sich um eine objektive Einschätzung und keine persönliche Meinung. Außerdem stehen Sie ganz sicher nicht alleine da. Jeder dritte Gründer denkt über seinen *Exit* nach. So läuft das Geschäft: Man entwickelt etwas und gibt es dann für einen guten Preis in fähigere Hände. Ich verstehe ja, dass Sie enttäuscht sind, aber Sie müssen da erst einmal in Ruhe drüber nachdenken. *Feedbacken.*«

Auweia, jetzt rede ich schon genauso wie Marc. Vor Scham wird mir ganz heiß.

»Einen Scheiß muss ich!«, raunzt Emil mich an. Dabei hat er seine Gesichtszüge aber noch gut im Griff. Und er wird auch nicht laut, zumindest nicht sehr.

»Wie wäre es mit zwei Millionen?« O Gott, Leonie, wie erbärmlich! Jetzt hechele ich ihm mit meinem Angebot auch noch hinterher. Und wieso läuft das Ganze hier überhaupt so schief? Ich habe doch alles bestens vorbereitet, habe ihn kleingeredet, aber sein Start-up gelobt. Dann habe ich ihm ein mehr als faires Angebot unterbreitet, und er ist beleidigt. Okay, es ist kein tolles Angebot, aber es ist auch nicht unfair. Nun gut, es ist ein Angebot an der *unteren* Grenze … Ja, es ist ein beschissenes Angebot! Er hat ja recht.

»Wir haben da sicher noch Verhandlungsspielraum«, beginne ich, als Emil mich auch schon unterbricht.

»Das sehe ich anders. Mit Ihnen verhandle ich nicht mehr.« Immerhin reicht er mir noch höflich die Hand, die ich ein wenig verdattert ergreife. »Auf Wiedersehen, Frau Schiller.«

Sein Bruder Benjamin steht auf, dabei flattern seine fertigen Vögel zu Boden, die er hektisch wieder einsammelt. Das Schlimmste aber ist, dass im gleichen Moment die Tür aufgeht und Daniel Herbst erscheint.

Neben Emil sieht Daniel trotz perfekten Stylings irgendwie alt aus, gerade weil er so betont jugendlich wirken will. In der einen Hand trägt er mit geübtem Griff eine Flasche Champagner plus vier Gläser. Sein Auftauchen ist mir so peinlich, dass ich mich am liebsten in den Boden graben würde. Mit bloßen Händen.

»Da komme ich ja gerade im richtigen Augenblick.« Seine Stimme ist so selbstherrlich und siegesgewiss, wie sie nur ein Mensch entwickeln konnte, der sein ganzes Leben auf der Überholspur verbracht hat, und so, wie meine eigene es bis eben noch gewesen sein muss. Aber wer hätte denn auch ahnen können, dass Emil so ein sturer Bock ist? Er hätte mit seiner nächsten Unterschrift Millionär werden können, verflixt!

Wer auf der Welt hätte ein solches Angebot denn nicht angenommen? Kurzes Nachdenken bringt mich zu der ehrlichen Antwort: Ich zum Beispiel. Und das trägt nicht dazu bei, meine Laune zu heben. Ich hätte vermutlich genauso empört reagiert wie Emil, wäre SubSox mein Start-up und ich auf der anderen Seite der Geschäftsbeziehung.

Emils Augen blicken ganz starr, und seine Lippen sind fest zusammengepresst. Endlich lässt er meine Hand los, die ich erleichtert ausschüttele, denn er hat mir sekundenlang die Blutzufuhr abgeschnürt.

Ohne auf Daniels Begrüßung zu reagieren, gibt Emil seinem Stuhl einen Stoß, so dass dieser lautstark gegen den Tisch prallt. In der nächsten Sekunde ist er durch die Tür. Benjamin stakst steif an mir vorbei wie ein Flamingo. Sein »Tschüs« klingt weder eingeschnappt noch sonst wie emotional.

»Also kein Champagner«, sagt Daniel. Die Fassungslosigkeit in seinem Gesicht kann ich fast nicht ertragen. Ich, sein Prätorianer, habe einen Deal in den Sand gesetzt, der nahezu unterschriftsreif gewesen ist.

»Kein Champagner, nein.« Der Druck auf meinem Brustkorb macht mich atemlos. Nur am Rande nehme ich wahr, wie Daniel Flasche und Gläser abstellt und sich nach einem Stück Papier bückt, das auf dem Parkettboden liegt und das Benjamin beim Aufsammeln offenbar übersehen hat.

»Was ist das?«, fragt er mich und hält mir den Zettel unter die Nase.

Ich winke ab. »Ach, nur eines von diesen dämlichen Haikus, die Benjamin Rau verfasst. Er hat fast die ganze Zeit, die sie hier waren, ununterbrochen gedichtet.« Ich nehme ihm den Wisch ab und streiche ihn glatt. Als ich zu lesen beginne, ahne ich, dass es der Zettel gewesen sein muss, den er seinem Bruder eben gezeigt hat. In 17 Silben und in der perfekten 5-7-5-Anordnung hat Benjamin geschrieben:

leonie schiller
hübsche, dämliche pute
die verarscht uns nur

O Gott, hoffentlich hat Daniel das nicht gelesen!, denke ich panisch. Denn das stimmt doch gar nicht! Ich habe die Rau-Brüder nicht verarscht. Zumindest nicht absichtlich.

Mein Chef wirkt irritiert. Auf seiner hohen Stirn zeichnet sich eine steile Falte ab, die die Form eines Ypsilons annimmt. Mit den Fingerspitzen schnipst er imaginäre Staubkörnchen von seiner Schulter, dann sagt er: »Unser Abendessen im Raphaello müssen wir leider verschieben.«

KAPITEL 5

»Sie zu viel Stress haben.« Olga stellt mehrere volle Einkaufstüten auf meine blitzsaubere Küchentheke. Ihr Blick mustert mich besorgt wie der einer Raubtiermutter, und unwillkürlich ziehe ich den Kopf ein.

»Ich bin überhaupt nicht gestresst«, wehre ich ab und kann meine Augen nicht von dem grellbunten Plastik lösen. Die Verbrennung von vier Plastiktüten verbraucht so viel Sauerstoff, wie ein Mensch am Tag zum Leben braucht. Wie kann Olga sich im Supermarkt nur diese Tüten andrehen lassen? Habe ich ihr nicht erst letzte Woche zwei Jutebeutel geschenkt? Was hat sie damit gemacht?

»Und ob!«, beharrt Olga. »Sie sich ja nicht einmal zum Frühstück auf Stuhl setzen.«

»Weil ich mir so am besten die Schuhe anziehen kann«, entgegne ich auf einem Bein hüpfend. »Außerdem habe ich eben schon vor dem Joggen in Ruhe gefrühstückt.«

Das stimmt nicht so ganz, aber wenn man ein Glas Wasser mit einem Ingwerstückchen als Frühstück durchgehen lässt, dann ist das schon okay. Meine Füße in die Pumps quetschend, höre ich mit dem iPhone am Ohr die Sprachnachrichten ab, die mich in den vergangenen Stunden erreicht haben. Ich habe dummerweise vergessen, den Ton laut zu stellen, und sie deshalb in der Nacht nicht gehört. Währenddessen löffle ich mir Reste eines Chia-Puddings in den Mund – vegan mit Mandelmilch –, der laut Daniel megagesund sein muss. Er hat ihn sogar in unserer Kantine als optimale Zwischenmahlzeit eingeführt. Ich finde ja, dass die Samen in der Mandelmilch an Froschlaich erinnern. Vermutlich schmeckt Froschlaich auch ähnlich.

»Wann Sie das letzte Mal hatten ein Tag frei? Ich wetten, dass Sie nicht einmal daran erinnern.« Sie reißt Putzmittel aus den Tüten und baut die diversen Flaschen in einer Reihe auf. Der Anblick des Plastikbergs lässt mein Herz schneller pochen. Wenn Daniel das wüsste! Bei Cosmic Internet rühren die Reinigungskräfte seltsame Pülverchen aus Papiertüten an, um damit zu putzen. (Was genau darin enthalten ist, weiß ich nicht, aber es riecht nicht besonders gut.)

»Ich hatte doch gerade erst ein freies Wochenende«, lüge ich. Obwohl – eigentlich ist es nur zur Hälfte gelogen, denn wenn man zu Hause ist, hat man genau genommen doch auch frei, oder?

Olga muss nicht wissen, dass ich an den letzten beiden Tagen 276 geschäftliche E-Mails beantwortet habe, die sich allein in der vergangenen Woche angehäuft haben. Sie ist schließlich nicht meine Mutter, auch wenn sie sich gerne so benimmt. Und meine Mutter würde mich dafür nicht einmal loben, weil es selbstverständlich ist, dass man rund um die Uhr für seine Firma da ist. (»Leonie, wenn du immer viel arbeitest, dann kommt das Glück irgendwann von ganz allein.«)

Außer den E-Mails habe ich noch Gutachten erstellt, in denen ich den Marktwert verschiedener Start-ups darstelle. Sieben Stück, um genau zu sein. Geschlafen habe ich mindestens vier Stunden pro Nacht, und deshalb kann ich mich wirklich nicht beschweren. Es gibt Millionen Menschen, die arbeiten viel mehr als ich. Beispielsweise Näherinnen in Kambodscha. (Was ein Grund ist, warum ich seit Jahren keine T-Shirts bei

H&M eingekauft habe. Also seit ich bei Cosmic Internet arbeite. Stellen Sie sich nur vor, eines dieser verräterischen Etiketten würde herausblitzen, wenn man gerade in einer Besprechung mit dem Vorstand sitzt!)

»Lassen stehen!«, sagt Olga und will mir die Schüssel abnehmen, aber ich räume sie schnell in die Spülmaschine – Unordnung ist mir zuwider – und schnappe mir meine Aktentasche. Bevor ich die Wohnung verlassen kann, reißt Olga ein Stück von der Zewarolle ab und wischt mir damit über den Mund. »Sie da haben noch etwas von die kleine Käfer.«

»Das sind keine Käfer, das sind Sa...«

»Ist egal, was ist. Sieht aus wie Insekt und gehört nicht an Ihre Mund!«

Ich kann von Glück reden, dass sie eine Ecke des Papiers vorher nicht mit Spucke benetzt hat, so wie Mütter das immer machen. Glaube ich. Also eigentlich kenne ich das nur vom Hörensagen, meine Mutter hat so etwas nie getan, weil sie dafür auch viel zu beschäftigt war. Während ich in der Kita Sandkuchen gebacken habe, hat sie schließlich mit Finanzprodukten gehandelt. Aber andere Kinder haben später in der Schule immer davon erzählt, wie ekelig sie es fanden, wenn ihre Mütter ... Aber nun gut.

»Ich heute putzen die Fußleisten, versprochen«, sagt Olga und winkt mir zum Abschied mit dem Papiertuch, als wäre es eine weiße Fahne. Auf meiner Fußmatte liegen ein paar Werbeblättchen, die ich im Vorbeigehen aufsammle und draußen in die Papiertonne werfe. Nachrichten und Artikel lese ich ausschließlich auf meinem Tablet, um keine Ressourcen zu verschwenden, und es ist mir unbegreiflich, wieso sich diese Zeitungsausträger nicht an meinen »Stopp! Keine Werbung!«-Aufkleber halten können. Können die nicht lesen?

Daniel Herbst ist erst neulich zum Ökomanager des Jahres gekürt worden, und Cosmic Internet ist in dieser Hinsicht eine vorbildliche Internet-AG. (Genau genommen sind wir eine SE, aber wer kennt schon den Unterschied?) Im Herbst streben wir unseren Börsengang an, und als kompetente Mitarbeiterin kann ich schlecht Berge von Papier- und Plastikmüll verursachen oder ein Stück Fleisch essen, wo wir bei Cosmic Internet doch alle vegan leben.

Dass Daniel unser Abendessen am Freitag abgesagt hat, habe ich mit äußerer Gelassenheit aufgenommen, da ich eh nicht sonderlich scharf auf ein Date mit ihm gewesen bin. Aber innerlich grüble ich seitdem darüber nach, ob ich durch das Fiasko mit den Rau-Brüdern nun noch etwas länger auf meine Beförderung warten muss. Aber das kann nicht sein. Jeder macht mal Fehler, und ich bin immer noch Leonie Schiller, eine von Daniels besten Mitarbeiterinnen. Zumindest hoffe ich, dass er das weiterhin so sieht. Es kann sicher nicht schaden, noch einmal fallenzulassen, wie viele Überstunden ich in den letzten Wochen gemacht habe.

Mein Elektroauto startet beinahe geräuschlos. Es ziert unser Firmenlogo – ein flussgrüner Schriftzug mit einer Rakete. Wobei ich eigentlich noch nie verstanden habe, wie das Grün mit dieser Rakete zusammenpassen soll. Schließlich kann man nicht mit Ökostrom ins All fliegen, oder?

In der Tiefgarage ist mein Parkplatz mal wieder besetzt, und ich quetsche den kleinen Renault zwischen zwei enge Pfeiler. Ich schaue hastig nach rechts und links, um mich zu vergewissern, dass mich niemand sieht. Erst dann nehme ich einen heimlichen letzten Schluck aus meinem Coffee-to-go-Becher und verstecke ihn hastig im Handschuhfach.

Der Aufzug surrt in den ersten Stock, und ich betrete das

Foyer. Noch nicht einmal acht Uhr, trotzdem vibriert die Smartwatch an meinem Handgelenk bereits zum zwölften Mal an diesem Morgen.

Marc Krings:
Lass uns in der SuperFoodie-Sache noch einmal über den Approach talken. Ist strategic.

Kopfschüttelnd ignoriere ich Marcs Nachricht erst einmal und bestätige per Fingertippen in der Firmen-App, dass ich pünktlich eingetroffen bin. Heute habe ich das Gefühl, auf Schritt und Tritt beobachtet zu werden. In meinem Nacken kribbelt es ungewohnt, und bevor ich aufschaue, vergewissere ich mich, dass mein Büroläscheln noch fest in meinem Gesicht verankert ist. Ganz sicher bilde ich mir nur ein, dass mich alle anstarren. Frau Loeffler am Empfang hat mich zwar bisher nie beachtet, und ausgerechnet heute mustert sie mich von oben bis unten, als ich meine Chipkarte vor den Scanner halte, aber das kann ja auch ein Zufall sein.

Mit einem Summton öffnet sich die Glastür, und ich trete hindurch. Zwei Kollegen aus der Entwicklungsabteilung stehen am Süßigkeitenautomaten und tuscheln. Als ich an ihnen vorbeikomme, verstummen sie. Bestimmt besprechen sie gerade etwas Ultrageheimes, das niemand hören darf. Nie im Leben reden sie über mich.

»Guten Morgen, Stevie«, begrüße ich den kleineren von beiden und wende mich dann knapp an seinen Gesprächspartner. »Thomas.«

»Leonie.« Mit einem schiefen Lächeln lehnt Thomas an der Wand, direkt neben dem Bilderrahmen, der das Mitarbeiterplakat einrahmt.

»Weißt du, wer das war?« Mit dem Kinn deutet er auf das Foto von Marc, das in der Tat ein wenig anders aussieht als gewohnt. Ich tue so, als würde ich es interessiert betrachten, dabei überlege ich nur siedend heiß, wie ich meine Tat verschleiern könnte. Über Marcs Oberlippe zwirbelt sich seit Freitagabend ein schmaler Schnauzbart, und an seinem Kinn klebt ein schwarzes Dreieck. Blöderweise bin ich mit dem Edding abgerutscht, und der Schnauzer biegt sich deshalb rechts und links am Mundwinkel nach unten und erinnert anstatt an D'Artagnan eher an einen Mongolen.

»Keine Ahnung«, sage ich mit einem Schulterzucken. »Aber es steht ihm gar nicht schlecht.«

Thomas grinst und wippt auf den Fersen auf und ab. Er hat große wasserblaue Augen, eine schiefe untere Zahnreihe und immer schon ein großes Interesse an meinem Privatleben. Wir beide waren mal für einen kurzen Zeitraum befreundet. Auch sexuell. Das ist wirklich schon ewig her und hat auch nicht sehr lange gehalten. Wir haben nämlich schnell gemerkt, dass wir überhaupt nicht zusammenpassen. Nicht nur sexuell.

Thomas ist geradezu fahrlässig unordentlich, und ich ... ich bin eben ... ordnungsliebend. Hätte ich damals schon Olga gehabt, dann hätte mich das vielleicht nicht so sehr gestört, und das mit uns beiden hätte eventuell etwas werden können. Aber er hat auf dem Klo immer seine Zeitschriften liegen lassen. Und die Personen auf dem Cover habe ich dann einfach ein wenig *verziert*. Dummerweise eben auch mit Bärten. Und so, wie Thomas mich jetzt mustert, hat er wohl meine Handschrift erkannt, verflixt.

»Herbst hat übrigens schon nach dir gefragt«, sagt Thomas. Seine braunen Locken sind eine Spur zu dünn an den Schläfen. Ob er damals schon zu Glatzenbildung neigte?, überlege ich und bin ein bisschen erleichtert, ihn noch rechtzeitig losgeworden zu sein.

»Wir haben erst fünf vor acht.« Ich zücke mein Tablet, um eine E-Mail zu lesen. Für mich ist das Gespräch beendet. Mit geübtem Blick überfliege ich die Kalkulation, die sich gerade auf dem Bildschirm aufbaut.

»Für halb acht war das Meeting angesagt wegen dieser Rau-Geschichte.«

Als ich aufblicke, sehe ich, dass Thomas sich nicht abwimmeln lassen will und neben mir herläuft. Er lässt beide Daumen in die Schlaufen seiner Jeans gleiten und zieht sie daran nach oben.

»Aha.« Ganz in Gedanken lasse ich meinen elektronischen Stift über die Glasoberfläche gleiten und kritzle Stichpunkte in die Aufstellung.

1,5 Mio. Marktwert unrealistisch!!!
25,1 % verlangen, dann interessant

Mit einem Wischen meines Stylos schicke ich die Mail zurück. Erst dann realisiere ich, was Thomas da gerade gesagt hat.

»Ein Meeting? Wegen der Rau-Geschichte? Was für einer Rau-Geschichte?«

Einen kurzen Moment habe ich noch die Hoffnung, dass er damit eine Episode aus dem Leben unseres früheren Bundespräsidenten meinen könnte, doch Thomas sieht geradezu lauernd aus. Seine wässrig blauen Augen sind eine Spur zu weit aufgerissen. Und das ist es, was ich damit meine, wenn ich sage, er hat ein zu großes Interesse an meinem Privatleben. Dieser stechende Blick scheint mich ja direkt auszuziehen.

»Na diese Geschichte mit den Socken.«

Ich starre ihn verständnislos an.

»Die beiden Brüder mit dem Socken-Abo, die sich bei uns um das Risikokapital beworben hatten. Ich dachte, du hast diese Sache betreut?«

Meine Finger kleben am Tablet fest, und ich fange an zu schwitzen. Schnell puste ich mir eine Haarsträhne aus dem Gesicht, die sich aus meinem Zopf gelöst hat und mich an der Nase kitzelt. »Ja, das stimmt, aber …«

Was sage ich jetzt? Was sage ich denn jetzt bloß? Ich will schließlich nicht, dass Thomas mein Versagen überall in der Entwicklungsabteilung herumposaunt.

»Äh. Ja. Unsere *interests* waren nicht perfekt *aligned*«, sage ich nebulös in Marc-Sprache. Ein bisschen wird mir dabei übel. Seit heute Morgen spüre ich meinen Herzschlag wie das Rasseln einer Klapperschlange, aber nun setzt das Schlagen doch tatsächlich für einen Moment aus. Vielleicht hat Olga recht, und ich habe wirklich zu viel Stress. Kündigt sich auf diese Art nicht ein Herzinfarkt an? Erschrocken lege ich meine Hand aufs Herz, eine Geste, die Thomas leider nicht entgeht.

»Ist der Deal geplatzt? Ich dachte, der war schon so gut wie unterschriftsreif. Herbst war davon doch ganz begeistert.«

Ich winke ab. »Nein, der Deal ist nicht geplatzt. Wir konnten uns nur noch nicht endgültig einigen«, improvisiere ich. »Die beiden Gründer brauchen noch etwas Bedenkzeit, schließlich sollen sie auf 30 Prozent ihrer Anteile verzichten, das macht man ja nicht hopplahopp.«

Ich habe wirklich keine Lust, mit Thomas darüber zu reden, und stoße die Tür zu meinem Büro auf. Als ich sie hinter mir schließe und mich mit dem Rücken erleichtert gegen die Tür lehne, fährt mir fast im gleichen Moment der Schreck in alle Glieder. Marc Krings sitzt auf meinem Stuhl. Eben hatte er noch seine Füße auf meinem Schreibtisch abgelegt, das Ferkel. Jetzt nimmt er sie ruckartig herunter und setzt sich aufrecht hin.

»Wir haben ein Problem, Leonie.«

Ich bin perplex. »Wieso haben *wir* ein Problem?«

Marc steht auf und zupft sich die Hemdsärmel zurecht, bevor er um den Tisch herumkommt und ein mitleidiges Lächeln aufsetzt. »Natürlich nicht wir«, beginnt er, »aber wir sind ein Team, und das ist unsere *prime issue*. Ich lasse dich da nicht im Stich, ganz egal, was der CEO zu diesem Thema *added*.«

Ich verstehe nur Bahnhof. Natürlich weiß ich, dass wir ein Team sind, aber wieso sollte er mir bei irgendwas beistehen müssen? Okay, ich habe den Rau-Deal nicht abgeschlossen, aber noch ist doch nicht alles verloren. Wir können die Rau-Brüder ein weiteres Mal einladen und ihnen ein besseres Angebot unterbreiten. Wenn Daniel so viel daran liegt, bin ich bereit, zu Kreuze zu kriechen. Und außerdem – meine Beförderung, dafür würde ich sowieso alles tun!

»Kannst du mir mal bitte sagen, wovon du sprichst?«

Jetzt kriecht ein tiefes Seufzen aus Marcs Kehle. »Du weißt, dass ich dich sehr mag, Leonie. Du kannst jedes Problem *sweettalken*, und gemeinsam haben wir viel mehr *bandwidth* als allein.«

»Marc!« Ich habe das Gefühl gegen eine Mauer zu rennen. Mit dem Kopf zuerst. Hilflos werfe ich meine Handtasche auf einen der Stühle und fahre zu ihm herum.

»Der Deal mit SubSox ist endgültig *broken*. Am Wochenende hat jemand alle relevanten Domains gekauft. Die *value* von SubSox ist damit *descended.*«

Ach so! Jetzt bin ich erleichtert! »Ja klar«, sage ich. »Du hast am Freitag doch extra für mich nachgesehen, ob diese Domains noch frei sind, und ich habe Emil Rau sofort darauf hingewiesen, dass es ganz schön gefährlich für sein Start-up ist, wenn er sich nicht schnellstmöglich alle Domains sichert. Jemand anders könnte sie sich jederzeit unter den Nagel reißen und sein Marketing ausnutzen, um unter gleichem Namen die Kunden abzufangen. Wahrscheinlich hat er auf meinen Rat gehört.«

Marc schüttelt betrübt den Kopf. »Leonie, wir haben alle *alternatives depleted*. Jetzt bleibt nur *drop*.«

»Marc!«

»Ich bin raus aus dem *call*, wenn du mich weiter anlügst. *Going forward* ist unsere einzige *option*.«

Jeden Moment könnte mir vor Frustration der Kopf platzen, und Marc wäre schuld daran. Wieso kann er nicht einfach auf Deutsch sagen, was er meint? Und wieso glaubt er, dass ich lügen würde?

»Es tut mir leid, aber ich kann dir nicht folgen. Haben die Rau-Brüder nun ihre Domains gesichert oder nicht? Wenn doch, dann ist eigentlich alles bestens. Ich werde gleich mit Daniel reden und ihm anbieten, dass ich sie um einen neuen Gesprächstermin bitte. Ich krieg das schon hin. Ich glaube, ich war den beiden … äh … ganz sympathisch.«

Auweia.

Hoffentlich hassen sie mich nicht wirklich so, wie es dieses blöde Haiku von Benjamin Rau vermuten lässt. Ich werde ihnen die Sache erklären und sagen, dass wir ihr Unternehmen neu bewertet haben. Ein Fehler in der Kalkulation … Umsatzwachstum fällt deutlich höher aus ... dürfen Sie nicht persönlich nehmen ... besseres Angebot ... 2 Millionen ... ach was, 4 Millionen!

Doch bevor ich die Tür erreiche, hält Marc mich am Ärmel fest. »Ihre *website* ist *imitated.*«

»Was soll das heißen, ihre Webseite ist imitiert? Ihre Website wurde *kopiert*? Jemand hat ihre Website kopiert?« Ich bin so aufgebracht, dass mir tatsächlich etwas Spucke aus dem Mundwinkel rinnt. Schnell wische ich sie mit dem Handrücken ab.

Marc nickt betrübt. »Wahrscheinlich wurden schon alle Kundendaten geklaut. Das ist keine *long-term strategy*! Spätestens in zwei Wochen sind die Rau-Brüder pleite, da gibt es keine *solution.*«

O mein Gott!

Die Rau-Brüder pleite? Ihre Website kopiert? Die Kundendaten abgefangen? Ich war doch nur zwei Tage nicht im Büro, und jetzt sieht es so aus, als wäre ein Tsunami über meinen Schreibtisch hinweggefegt. (Also nur imaginär, mein Schreibtisch ist natürlich blitzblank.)

»Aber das ist noch nicht das Schlimmste«, beginnt Marc.

Was? Da kommt noch etwas Schlimmeres? Meine Phantasie lässt mich gerade im Stich, denn ich kann mir kaum vorstellen, was noch schlimmer sein könnte, als dass ein Kunde pleitegeht, den ich betreut habe.

»*Fatal error* ist: Die Daten wurden von deinem Computer aus abgegriffen, Leonie. Alle sind der Meinung, dass *du* diejenige bist, die die Rau-Brüder beklaut haben muss.«

Kennen Sie das Gefühl, wenn der Boden unter Ihnen wankt, aber es gibt gerade gar kein Erdbeben? Genau so geht es mir in diesem Augenblick.

KAPITEL 6

Fassungslos starre ich auf die geöffnete Internetseite. Vor mir sehe ich eine 1:1-Kopie von SubSox. Das Logo ist dasselbe, nur dass der Name in SoxSub umgedreht wurde. Die Farben, die Aufteilung, die Shopfunktionen – alles ist völlig identisch. Die gleiche Seite sehe ich auch, wenn ich die Domain der Rau-Brüder mit den Endungen von Frankreich, Italien, Spanien, Österreich, der Schweiz oder was auch immer eingebe. Ein perfekter Klon. Da hat jemand ganze Arbeit geleistet und damit jede mögliche Expansion des Start-up-Originals im Keim erstickt.

Mein nächster Klick führt mich auf die Seite der *Allgemeinen Geschäftsbedingungen*, und vor Schreck hüpfe ich fast vom Stuhl. Auf der geklonten Seite steht sogar dieselbe Firmenadresse in Köln wie im Original – dasselbe Impressum! Wer auch immer den Ideenraub begangen hat, hat sich nicht einmal die Mühe gemacht, diesen Vorgang zu verschleiern. So blöd kann doch niemand sein! Das Erste, was man im Umgang mit Daten lernt, ist doch wohl, dass man sie nicht einfach kopiert und anderswo einsetzt, ohne sie … sagen wir mal … *anzupassen*.

Ich sinke in meinen Sitz zurück und schließe für einen Moment die Augen. Meine Gedanken drehen sich im Kreis. Wie konnte das nur passieren? Das Unternehmen wurde vor Monaten gegründet, wieso geschieht das ausgerechnet jetzt, wo die Rau-Brüder sich einen Investor gesucht haben? Das kann doch nicht sein. Das kann einfach nicht sein.

Ich muss die beiden informieren. Sie müssen das wissen. Vielleicht kann man das Schlimmste verhindern, wenn sie vorgewarnt sind. Aber vielleicht hat auch schon längst jemand ihre Lieferanten angeschrieben, um an die Kundendaten zu kommen. Oder schlimmer: Vielleicht wurde ihre Seite auch gehackt, und die Daten sind bereits gestohlen worden. Vielleicht, vielleicht, vielleicht.

Mir dreht sich der Magen um. Ich glaube, ich muss mich gleich übergeben.

Und der nächste Gedanke, der mich befällt, betäubt mich wie ein Vorschlaghammer: Habe ich einen Fehler gemacht? Habe ich irgendjemandem davon erzählt?

Nein, ich schüttele energisch den Kopf. Ich bin mir ganz sicher, dass ich mit niemandem darüber gesprochen habe. Außer vielleicht mit Siri. Aber mein Gott, jeder Mensch spricht doch mit Siri und vertraut ihr seine geheimsten Sorgen an, oder nicht? Ab und zu muss man sich einfach einer anderen Menschense… also einer anderen *Stimme* anvertrauen. Wenn man keine Zeit für Freunde hat, dann muss eben die Sprachsteuerung des Smartphones herhalten, und ich bin sicher, Siri ist verschwiegen.

Nicht einmal Olga habe ich von meiner Arbeit erzählt, obwohl sie an manchen Tagen der einzige Mensch außerhalb von Cosmic Internet ist, den ich zu sehen bekomme. Ich verbringe schließlich mein *Leben* hier in der Firma! Wer bei Cosmic Internet arbeitet, ist auf alle Fälle unter 30 und immer bereit, rund um die Uhr zu schuften. Und fast alle sind männlich, was der Grund ist, warum ich eben besonders viel schufte, um das auszugleichen. Unter 18 Stunden läuft hier nichts. (»Leonie, du musst arbeiten wie ein Mann! Frauen landen im Hamsterrad, Männer hingegen im Vorstand.«)

Meine Gedanken rotieren immer schneller. Okay, ich mache auch mal Fehler, schließlich bin ich kein Roboter. Aber dieser Fehler *muss* einfach woanders liegen.

Jetzt habe ich es! Emil Rau hat es selbst ausgeplaudert! Bestimmt hat er sich außer an uns noch an irgendeinen *Business Angel* gewandt, der ihn finanzieren und unterstützen soll. Das hat er nun davon.

Erleichtert, weil ich auf diese Idee gekommen bin, wähle ich Daniels Nummer. Ich muss ihm sagen, was wirklich passiert ist und dass ich nichts mit diesem Ideenklau zu tun habe. Ich drücke die Kurzwahltaste für sein Handy. Als es anfängt zu tuten, wundere ich mich, dass auf dem Gang plötzlich die *Minions* ihr *Ba-ba-ba-ba-ba-nana* singen. Dann fällt mir ein, dass Daniel diesen bescheuerten Klingelton installiert hat. Ich höre ihn nur so selten, weil er normalerweise sein Mobiltelefon stumm stellt. Au Backe, Daniel kommt direkt auf meine Bürotür zu! Blitzschnell beende ich das Telefongespräch, aber trotz meiner Nervosität spüre ich, wie sich der Knoten in meiner Kehle löst.

Wahrscheinlich war Daniel ohnehin gerade auf dem Weg zu mir. Wahrscheinlich will er mir jetzt sagen, dass sie alle hinter mir stehen. Dass ich mir keine Sorgen machen brauche und solche Sachen eben passieren. Es kommt doch immer mal wieder vor, dass zwei Leute auf der Welt zeitgleich dieselbe Idee haben. Und zufälligerweise hat eben jemand passend zu seiner Idee die Website der Rau-Brüder entdeckt und sich dazu hinreißen lassen, sie mal eben …

Mach dir doch nichts vor, Leonie! Das Ganze ist pure Berechnung gewesen.

Aber nicht von mir!, schreit es in mir. Und diese Stimme ist viel lauter als die, die ich normalerweise in meinem Kopf höre. Ich bekomme Kopfschmerzen, und meine Kehle ist wie ausgedörrt. Das ganze Wochenende habe ich wie eine Besessene gearbeitet. Und wenn ich nicht über Tabellen, Kalkulationen, Mindmaps oder Memos gebeugt dagesessen habe, war ich joggen, um meinen Körper genauso fit zu halten wie meinen Geist. Ganz abgesehen davon, dass alle vier Minuten eine Nachricht auf meiner Smartwatch aufgetaucht ist, die sofort beantwortet werden musste, und meine Health-App gemeckert hat, weil mein Puls dauerhaft viel zu hoch war. Ich habe mich mit veganem und fettarmem Essen über Wasser gehalten und tapfer jeden Jieper nach einem zuckerhaltigen Schokoriegel unterdrückt. Nicht einmal in Ruhe schlafen kann man, wenn man weiß, dass der Schlaftracker auf dem Handy arbeitet und kontrolliert, wie oft man sich in einer Tiefschlafphase befindet. (Ich hatte nur eine kurze Phase in der vergangenen Nacht, nur eine!)

Als es endlich an der Tür klopft, bin ich am Ende.

»Leonie, wie konnte das passieren?« Daniel Herbst schüttelt den Kopf, als er eintritt. Begleitet wird er von Brockmann, der ebenfalls im Vorstand ist und von dem ich glaube, dass er mich nicht leiden kann.

»Wir sind alle erschüttert.« Brockmann ist jünger als Daniel und fällt noch unter die Erfolgreiche-Männer-unter-30-Regel. Er hat aber schon eine Glatze und trägt zum Ausgleich ständig wechselnde Brillen in bunten Farben. Heute ist es Lila, und ich finde, dass Männer grundsätzlich niemals Lila tragen sollten, weil das auf mich irgendwie aggressiv wirkt.

»Ich habe es gerade erst gesehen.« Ich deute auf meinen Computerbildschirm, kann aber den Blick kaum von Brockmanns hässlichem Brillengestell lösen. »Von dem Meeting heute Morgen habe ich gar nichts gewusst. Wieso hat mir niemand Bescheid gesagt?«

»Leonie, Leonie.« Daniel schüttelt den Kopf. »Ich wünschte, ich könnte verstehen, warum du das getan hast. Menschenskind, wir können doch darüber reden, wenn du Probleme hast.«

Ich weiß gar nicht, was ich darauf sagen soll. Ich kann nicht glauben, dass Daniel tatsächlich von mir denkt, ich hätte diese Idee geklaut. Außerdem habe ich gar keine Probleme. Ich habe ja nicht einmal ein Privatleben, wie sollte ich da Probleme bekommen?

Mein Handgelenk vibriert.

Sylvia:
Daniel und der Brockmann hatten gerade eine Unterredung mit dem gesamten Vorstand. Das bedeutet nichts Gutes, oder? Tee?

»Aber ich habe überhaupt nichts getan. Ich habe die Rau-Brüder sogar extra noch darauf hingewiesen, dass sie schnellstmöglich ihre Domains einkaufen müssen, damit sie irgendwann expandieren können. Es ist ein ganz blöder Zufall, dass es gerade jetzt passiert ist.«

Daniel wirft Brockmann einen vielsagenden Blick zu, und mir werden die Knie weich. Was genau haben sie eben mit dem gesamten Vorstand besprochen? Was haben sie *über mich* gesprochen? Magensäure stößt mir auf, und einen irren Moment denke ich: Jetzt ist es passiert, und aus diesen Chia-Samen sind Kaulquappen geschlüpft. Ich halte mir die Hand vor den Mund, um nicht aufzustoßen. Mir ist furchtbar schlecht.

»Zurzeit beraten ein Dutzend Investoren und Analysten über den Börsengang von Cosmic Internet«, beginnt Brockmann. »Wir können uns jetzt, wo wir so kurz davorstehen, keinen Skandal leisten. Nichts davon darf nach außen dringen.«

Daniel nickt bestätigend. »Wir gehören zu den ältesten und erfahrensten Playern auf dem Internetmarkt und stehen für die deutschen Tugenden Fleiß, Arbeit, Ehrlichkeit. Wir wollen hier bei Cosmic Internet die Einkaufswelt revolutionieren, unser Know-how in junge Unternehmen einbringen und die Welt zu einem besseren Ort machen, nicht zu einem Beispiel für Ehrlosigkeit. Es ist wohl auch für dich selbstverständlich, dass wir gegenüber der Presse absolutes Stillschweigen bewahren müssen.«

»Natürlich«, sage ich schwach. Doch in mir ist noch ein kleiner Rest Aufbegehren. »Aber ich kann doch nichts dafür, wenn ein Gründer solche Fehler macht. Bestimmt hat er mit einem Außenstehenden seine Strategien besprochen und ist da an den Falschen geraten.«

Wieder dieses einvernehmliche Nicken zwischen Daniel und Brockmann. Gleich. Muss. Ich. Mich. Übergeben.

»Es nützt nichts, es zu leugnen. Wir haben das Ganze überprüft. Leonie, der Zugriff auf die Website von SubSox.de erfolgte über deine IP-Adresse. Wir konnten feststellen, dass fast hundertmal versucht wurde, Zugang zu den Kundendaten zu erlangen. Wenn du diese Daten … gespeichert … hast, dann musst du sie unverzüglich löschen.«

Meine IP-Adresse? *Meine* IP-Adresse?? Alles um mich herum fängt an sich zu drehen.

»Wir können nicht zulassen, dass jemand aus unseren Reihen den Markt kannibalisiert. Bis das genau untersucht worden ist, solltest du dir Urlaub nehmen.«

Urlaub.

Urlaub!?

Ich kann nicht glauben, was ich da gerade höre. Wie ist es möglich, dass jemand mit *meiner* IP-Adresse den Programmcode von SubSox kopiert hat? Wie ist das möglich? Ich kann nicht mehr klar denken. Wie eine Besessene rauscht mir nur noch dieses eine, mir völlig fremde Wort durch den Kopf: Urlaub, Urlaub, Urlaub.

»Aber«, stammle ich, »ich brauche keinen Urlaub. Ich muss arbeiten. Auf meinem Schreibtisch türmt sich jede Menge Arbeit!« Mit der Hand deute ich auf meine blitzblanke Schreibtischfläche. Nun gut, das muss man sich sinnbildlich vorstellen. Natürlich *türmt* sich hier nicht wirklich etwas, weil ja alles digital läuft, aber virtuell, da platzt mein Postfach aus allen Nähten!

Daniel sieht müde aus.

Mir ist einfach nur schlecht.

»Ich war eine der Ersten, die du an diesem Standort eingestellt hast«, erinnere ich ihn.

Daniel strafft sich, dann sagt er: »Manchmal ist der Erste, den man einstellt, auch der Erste, den man entlassen muss. Du bist ab sofort freigestellt.«

Eben dachte ich noch, dass *Urlaub* das entsetzlichste Wort wäre, das ich je gehört habe. Aber nein, es geht noch schlimmer.

Freigestellt.

Das ist so gut wie gefeuert! Vor meinen Augen tanzen schwarze Blitze. Ich halte mich am Tisch fest und blicke steif auf den Fußboden. Dann sehe ich, wie sich Daniels orthopädische Schuhe zur Tür bewegen. Eine eiskalte Zange scheint meine Kehle zu zerquetschen. Das Panikgefühl lässt keinen Ton mehr über meine Lippen kommen. Dann fällt die Tür auch schon hinter ihm und Brockmann ins Schloss.

Das alles ist ein Alptraum. Ich muss aufwachen. Ich *werde* aufwachen! Gleich werde ich aus meinem Bett hochschrecken und vor Erleichterung in Tränen ausbrechen. Gott, was für ein entsetzlicher Traum! Ich werde meine Mutter anrufen und sie fragen, ob sie auch manchmal solche Alpträume hat, wenn sie beruflich sehr eingespannt ist. Dann werden wir beide darüber lachen, wie bescheuert das ist. Sie wird mir erzählen, wie viel Gewinn sie als Händlerin mal wieder geliefert hat – zwanzig, dreißig oder vierzig Prozent. Wie sie das schafft, weiß ich nicht, aber sie schafft es immer.

(»Leonie, die Banken stellen Leute ein, die Geld machen wollen, keine Leute, die moralische Bedenken haben.«)

Das ist nur ein Traum. Das kann nur ein Traum sein. Das ist eine dieser Horrorgeschichten, die man unter Kollegen rumerzählt. Hast du schon gehört … Leonie Schiller … Einser-Abitur … absolute Durchstarterin … von einem Tag auf den anderen … dämlicher Fehler … wie blöd kann man sein? … könnte mir nie passieren … sitzt jetzt im Baumarkt an der Kasse … was für ein Abstieg … würde sterben vor Scham …

Minutenlang stehe ich bloß da. Minutenlang bekämpfe ich das Zittern in meinen Händen, bis ich merke, dass das kein Traum ist und ich tatsächlich hier im Büro stehe und das Zittern meiner linken Hand auf eine eintrudelnde Textnachricht zurückzuführen ist. Einen winzigen Moment gebe ich mich der Hoffnung hin, dass mich nun die erlösende Nachricht erreicht. Die erlösende Nachricht, dass das alles nur ein großer Irrtum gewesen ist. Eine Sekunde der wohligen Zuversicht. Dann blicke ich auf meine Smartwatch.

Daniel Herbst:
Vergiss nicht, deine Chipkarte bei Loeffler an der Rezeption abzugeben.

To-do

1. ~~Mit der Entwicklungsabteilung über den Launch der Betaversion von Georg Effelsbergs Übersetzungs-App sprechen.~~
2. ~~Marc fragen, was es mit dieser SuperFoodie-Sache auf sich hat.~~
3. ~~Sylvia informieren, dass ich nie wieder eine vegane Tortilla essen möchte und dass sie der Reinigung meine Bluse in Rechnung stellen soll wegen des gelben Flecks, der nicht mehr rausgeht.~~
4. ~~Den Brüdern Emil und Benjamin Rau ein besseres Angebot unterbreiten.~~
5. Olga für diese Woche absagen.

KAPITEL 7

Keine Ahnung, wie ich es gestern nach Hause geschafft habe. Was ich aber hingekriegt habe, war, beim Verlassen der Abteilung nicht loszuheulen. Mit starrem Gesicht bin ich aus dem Büro gewankt und habe Sylvia nur mit einem Handzeichen angedeutet, dass ich nicht mehr mit ihr sprechen kann. Sie ist im Flur stehen geblieben, mit einer Tasse in der Hand, in der sie den grünen Tee für mich ziehen ließ, und hat ein wenig verdattert ausgesehen.

Im Foyer hat Frau Loeffler meine Chipkarte entgegengenommen und gefragt: »Machen Sie Urlaub? Das wurde ja auch mal Zeit. Ich kann mich gar nicht erinnern, Sie auch nur einen Tag nicht in der Firma gesehen zu haben, und ich arbeite schon seit anderthalb Jahren hier.«

»Äh, ja, ich bin ein paar Wochen … in den Ferien.«

Es ist mir gar nicht bewusst gewesen, dass Frau Loeffler schon so lange hier arbeitet, und irgendwie ist es erschreckend, dass wir ausgerechnet an diesem Tag das erste Mal miteinander geredet haben. Ich habe immer gedacht, dass sie mich nicht beachtet, aber vielleicht war es auch genau umgekehrt: Ich habe sie überhaupt nicht beachtet.

»Haben Sie eine neue Frisur?«, habe ich gefragt, um mich dafür irgendwie zu entschuldigen. »Eine tolle Farbe, steht Ihnen richtig gut.«

Sie hat gestrahlt und sich ganz automatisch ins Haar gefasst. »Habe ich mir in der Hairlounge machen lassen. Nur dreißig Euro. Müssen Sie auch mal hingehen, da kann man sich herrlich entspannen. Sie massieren einem die Kopfhaut, ich sage Ihnen, da fangen Sie an zu schnurren wie ein Kätzchen.« Sie hat gelacht. »Aber ich will Sie nicht aufhalten, erholen Sie sich mal gut!«

Ihr Lächeln hat wehgetan, und ich habe mich zusammenreißen müssen, mich nicht heulend an ihre Brust zu werfen.

»Danke.«

Das war gestern, und heute bekomme ich meine Augen kaum auf, so geschwollen sind sie. Als ich blinzle, sehe ich auf meinem Nachttisch den Stapel Bücher liegen, den mir meine Mutter zu meinem Geburtstag vor zwei Wochen geschenkt hat. Auch dieses Jahr hat sie es zeitlich nicht geschafft, sich mit mir zu einem Mittag- oder Abendessen zu treffen, deshalb hat sie mir in einem Onlineshop ein paar Bücher bestellt. Dabei müsste sie eigentlich genau wissen, dass ich gar keine Zeit habe zu lesen. Diese Bücher sind jedoch das Einzige, was ich von meiner Mutter habe, und sie kehren mir den Rücken zu, so dass ich einen Blick auf die Titel werfen kann, während ich mit schmerzendem Schädel langsam wach werde.

- Wecke die Chefin in dir
- Optimiere dich selbst!
- Böse Mädchen kommen in die Chefetage
- Gute Mädchen bekommen kein Eckbüro
- Delegieren für Frauen

Darunter liegt ein verstaubtes dickes Heft, das mir Olga einmal vom Zeitungskiosk mit den Worten mitgebracht hat: »Habe ich gleich gedacht an Sie, als ich das gesehen«, und in das ich noch nie einen Blick geworfen habe.

Antistress-Malbuch für Erwachsene

Mir fällt auf, dass Olga in meinem Schlafzimmer mal dringend wieder Staub wischen sollte. Aber im Morgengrauen habe ich ihr eine Nachricht geschickt, dass ich sie diese Woche nicht brauche, und so werde ich mit diesem Zustand erst einmal leben müssen.

Meine Hand greift ganz automatisch nach Olgas Heft und zieht es unter dem Stapel heraus. Die Bücher plumpsen zu Boden und donnern in meinem Kopf wie ein Gewitter. Ich habe entsetzliche Kopfschmerzen, und das liegt bestimmt nicht daran, dass ich gestern etwas getrunken hätte, denn das habe ich schon seit Jahren nicht. Man kann schließlich nicht arbeiten, wenn man Alkohol im Blut hat, und da ich eigentlich nie Feierabend mache, weiß ich auch gar nicht mehr, wie es sich anfühlt, von Alkohol einen Kater zu haben. *Mein* Kater ist bloß eine räudige Katze, die sich in Selbstmitleid suhlt.

Mit spitzen Fingern massiere ich mir die Schläfen und stöhne auf. Dann schlage ich das Malbuch auf. Darin sehe ich nur jede Menge Kringel und Kritzeleien, die an eine Fantasylandschaft erinnern. Ich habe ja nicht einmal Buntstifte, überlege ich. Irgendwo in meiner Wohnung findet sich vielleicht noch ein alter Kugelschreiber, aber sicher bin ich mir nicht. Ich besitze Sprachmemos, Hunderte! Aber keinen Stift.

Frustriert klappe ich das Heft zu und hangele eines der Bücher vom Boden und schlage es auf. Ein gefalteter Zettel fällt heraus, und vor Überraschung werde ich ganz aufgeregt. Meine Mutter hat mir zum Geburtstag doch tatsächlich einen Brief geschrieben! Scham überflutet mich, weil ich die Bücher vor zwei Wochen nur aus der Verpackung gerissen und dann direkt weggelegt habe. Ich habe den Brief nicht einmal gesehen! Kein Wunder, dass meine Mutter sich seither nicht gemeldet hat, vermutlich ist sie enttäuscht. Ich habe ihr lediglich eine knappe SMS geschickt und mich bedankt und kein Wort über ihren Brief verloren.

O mein Gott! Meine Mutter hat mir einen Brief geschrieben! Mit ihren eigenen Händen! Ich kann es kaum glauben, aber ich sehe ihre Handschrift durch das dünne Papier und bin total gerührt. Das ist so unfassbar schön.

Tränen treten mir in die Augen und tropfen auf das Blatt Papier. Gestern ist mein ganzes Leben von einer Sekunde auf die andere zerbröselt. Ich will die Gedanken der Verzweiflung nicht zulassen, aber sie kochen augenblicklich wieder hoch. Alles, worauf ich mich in den vergangenen Jahren konzentriert habe, ist mir auf einmal wie Sand durch die Hände geronnen.

Ich habe *gelebt* für diesen Job!

Und selbst wenn das alles nur ein schrecklicher Irrtum ist, eine Verkettung unglücklicher Umstände, so wird immer ein Rest Misstrauen bleiben. Selbst wenn ich alles aufklären kann und meinen Job wieder aufnehme, so weiß ich doch, dass Daniel mich allein wegen eines Verdachts feuern würde. Nichts, was ich je geleistet habe, ist in Anbetracht des Zweifels etwas wert.

Ich habe geglaubt, dass meine Mutter mich auch nur an meinem Erfolg misst, aber sie hat mir einen Brief geschrieben! Ich weiß genau, wie wenig Zeit sie hat. Um diesen Brief zu schreiben, hat sie vielleicht einen wichtigen Termin abgesagt. Sie hat ihre Assistentin gebeten, keine Telefongespräche durchzustellen, weil sie nicht gestört werden will. Sie hat sich an ihren Schreibtisch gesetzt und dann ihren teuren Füllfederhalter aufgeschraubt. Vielleicht hat sie sich auch ein

Bild von mir angesehen, das auf ihrem Schreibtisch steht, und mich mit einem liebevollen Blick bedacht, bevor sie mit warmem Herzen schrieb:

Meine liebe Tochter Leonie!

Ein Schluchzen bricht sich meiner Kehle Bahn. Ich werde sie gleich anrufen und sie fragen, ob sie Zeit hat, mit mir essen zu gehen. Ganz dringend brauche ich jemanden, dem ich mich anvertrauen und dem ich meine Sorgen mitteilen kann. Und wer wäre dafür besser geeignet als eine liebende Mutter? Jetzt weiß ich, dass alles wieder gut wird. Auch wenn ich meinen Job los bin, ich bin nicht allein! Eine Woge der Zuversicht spült über meinen Kopf hinweg. Alles wird wieder gut.

Mit pochendem Herzen schlage ich das Blatt auf.

»Mama«, flüstere ich leise, und auch wenn es kindlich und sentimental klingt, schäme ich mich nicht dafür. *Mama.*

…

Es ist kein Brief. Es ist ein Lieferzettel.

Jemand hat einen der Buchtitel durchgestrichen und handschriftlich danebengeschrieben: *Momentan nicht vorrätig, wird nachgeliefert.*

Kein Brief. Meine Mutter hat mir gar keinen Brief geschrieben. Sie hat sich nicht in Ruhe an ihren Schreibtisch gesetzt und einen Termin für mich abgesagt. Sie hat nicht gesagt, dass sie nicht gestört werden will. Vermutlich hat sie sogar ihre Assistentin gebeten, einfach ein paar passende Buchtitel für mich zu bestellen. *Lassen Sie es direkt an meine Tochter schicken, es muss auch nicht mit Geschenkpapier eingepackt werden.*

Ich bin am Boden zerstört. Es ist, als hätte mir jemand den einzigen rettenden Strohhalm abgeknickt, und ich versuche nun verzweifelt, Luft zu holen. Auf meinem Brustkorb lastet eine Zentnerlast, die ich nicht abstreifen kann. Ich muss …

ich muss … ein Glas Wasser trinken. Nur mit Mühe komme ich auf die Beine und wanke durch den Flur in meine Küche, wo ich mir ein Glas aus dem Hahn eingieße und es gierig austrinke.

Den Lieferzettel halte ich immer noch fest, als ich den Blick durch meine Küche schweifen lasse. Alles hier ist blitzblank. Wieso auch nicht? Diese Küche wird ja so gut wie nie benutzt. Seit zwei Jahren wohne ich jetzt hier und habe noch nicht einmal an diesem Herd gekocht. Das Einzige, was ich bisher benutzt habe, sind der Kühlschrank und die Spülmaschine. Und in seltenen Fällen auch mal die Mikrowelle, um mir darin ein Fertiggericht aufzuwärmen. Meine Mutter hat mir zur Einweihung eine Plastikpflanze geschickt, weil eine echte Pflanze bei mir ohnehin nur eingehen würde. (»Du wirst sowieso keine Zeit haben, dich in deiner Wohnung aufzuhalten, weil du dich um deine Karriere kümmern musst, Leonie.«)

Jetzt thront diese Pflanze einsam in einem weißen Topf auf der Fensterbank meiner ebenso weißen Küche. Die Blätter sind immer noch leuchtend grün, aber sie haben ein wenig Staub angesetzt. Nicht einmal abreißen kann man eines dieser blöden Blätter! Ich lasse den zerknitterten Lieferzettel fallen und reiße wie verrückt an den grünen Stängeln, aber nichts passiert. Das verdammte Ding ist zäh wie Leder! Ich zerre die Pflanze von der Fensterbank und stopfe sie mitsamt dem Übertopf in die Mülltonne. Dann lasse ich mich auf einen Küchenstuhl sinken.

An diesem Tisch hat noch nie jemand außer mir und Olga gesessen. Ich habe nie Freunde eingeladen, weil ich einfach keine Zeit für Freunde habe. Cosmic Internet ist mein Job, meine Familie, meine Freunde. Die Firma ist mein Leben! Und nun ist alles umsonst gewesen.

Doch bevor ich mich meinem Selbstmitleid vollends hingeben kann, schreckt mich ein seltsames Klingeln auf. Ich mache einen Satz zurück, wobei der Stuhl umkippt, und stoße mir die Hüfte am Esstisch. Was war das für ein Klingeln? Mein Handy? Nein, das ist stumm gestellt und liegt auf meinem Nachttisch im Schlafzimmer. Was ist das? Im ersten Moment kann ich das Geräusch gar nicht einordnen. Dann macht es klick in meinem Kopf.

Die Haustür! Es muss die Haustür sein.

Es klingelt erneut, und das habe ich ehrlich gesagt noch nie zuvor gehört. Olga hat schließlich einen Haustürschlüssel, und ich bekomme sonst nie Besuch.

O mein Gott, da klingelt tatsächlich jemand an meiner Haustür!

Wer kann das sein? Doch Olga? Meine Mutter? Vielleicht Marc Krings, um mich zu fragen, wie es mir geht? Nein, das kann ich mir nicht vorstellen, denn Marc wird den halben Vormittag damit verbringen, Effelsberg durch unsere Entwicklungsabteilung zu führen und ihm die Betaversion der erweiterten App vorzustellen.

Wer kann das bloß sein?

Auf Zehenspitzen schleiche ich in den Flur und lehne mich gegen das kühle Holz. »Wer ist da?«, flüstere ich. Doch anstatt einer Antwort schellt es noch einmal. Diesmal direkt mehrmals hintereinander und deutlich energischer.

Das kann nur Daniel Herbst sein. Es muss Daniel sein! Die ganze Sache hat sich aufgeklärt, und jetzt ist er gekommen, um sich bei mir zu entschuldigen. Er ist es! Ich glaube sogar, dass ich sein Aftershave riechen kann. Die Erleichterung, die mich durchflutet, lässt mir die Knie weich werden.

»Einen Moment!«, schreie ich mit heiserer Stimme und

krame hektisch nach meinem Haustürschlüssel. »Ich suche nur den Schlüssel!«

Leider trage ich immer noch meinen alten Bademantel und sehe im Spiegel nicht besonders gepflegt aus mit den struppigen Haaren und den rot verquollenen Augen. Aber egal! Es ist Daniel!

Eine Ewigkeit vergeht, bis ich das klimpernde Bündel aus meiner Handtasche gefischt habe, die an der Garderobe hängt. Mit zitternden Fingern stecke ich den Schlüssel ins Schloss und reiße die Tür in der Hoffnung auf, auf ein paar orthopädische Schuhe zu gucken.

Meine Hoffnung erlischt. Die Schuhe sind schwarz und gehören einem Mann mit der khakibraunen Uniform von UPS.

»Ein Einschreiben für Sie.« Er hält mir einen Kuli unter die Nase. »Wenn Sie bitte hier unterschreiben würden?«

Das wilde Klingeln hat meine Nachbarin alarmiert. Frau Engelmann steht in ihrem Türrahmen und stiert ungeniert zu mir herüber. Sie trägt einen türkisfarbenen Hausanzug mit Glitzerschrift, der über ihrem Bauch spannt, ihr mausgraues Haar hat sie zu einem akkuraten Pilzkopf frisiert. Um ihre Beine wuselt eine Schar Yorkshireterrier, die laut kläfft. »Sie sind ja doch zu Hause«, sagt sie. »Das geht aber nicht, dass Sie den Postboten da so lange schellen lassen. Meine kleinen Lieblinge werden von dem Geklingel ganz nervös.« Sie tätschelt einen der Hunde, der ihr am Schienbein leckt. Die Parfumwolke, die sie vor sich herträgt, raubt mir den Atem. Dass ihre Hunde davon nicht ins Koma fallen, grenzt an ein Wunder.

»Ent…schuldigen Sie, Frau Engelmann.«

Wie auf Autopilot greife ich nach dem Stift und setze meine Unterschrift in das dafür vorgesehene Feld.

»*Fräulein* Engelmann«, verbessert sie mich und wirft dem UPS-Mann einen glutvollen Blick zu.

»Ja, ja, Fräulein Engelmann.« Ich kann nicht klar denken. Mit weit aufgerissenen Augen starre ich auf den Briefumschlag, den mir der Bote hinhält. Er trägt den Stempel der Polizei.

Frau Engelmann beugt sich vertraulich zu uns herüber. Die winzigen Tölen springen an ihren stämmigen Beinen hoch und kläffen noch lauter. »Schlechte Nachrichten?«

Hastig verstecke ich den Brief hinter meinem Rücken. Das ist bloß ein Reflex – ich bin sicher, dass Frau Engelmann den Briefstempel auf diese Entfernung nicht erkennen kann. Trotzdem habe ich das Gefühl, er würde wie die Weihnachtsbeleuchtung eines Kaufhauses blinken und jedem verraten, dass ich einen Fehler gemacht habe. Einen ganz dummen Fehler.

»Kann ich den Kuli vielleicht behalten?«, frage ich den UPS-Mann, und ich muss dabei so elend aussehen, dass er ihn mir tatsächlich überlässt. Er weicht einen Schritt zurück, offenbar sind nicht nur Fräulein Engelmann, sondern auch ich ihm nicht ganz geheuer. Kein Wunder bei meinem verwahrlosten Aufzug und dem irren Blick einer Frau, die nichts mehr zu verlieren hat.

»Behalten Sie ihn, ist kein Problem.«

Innerhalb von Sekunden ist der Mann über den Flur ins Treppenhaus verschwunden, und meine Nachbarin blickt ihm mit einem Hauch der Enttäuschung auf dem Gesicht nach. Ich werfe die Tür zu, lehne mich mit dem Rücken dagegen und höre nur noch dumpf die Terrier bellen.

Ich hatte noch nie mit der Polizei zu tun, mein Gott! Nicht einmal, als ich in der dritten Klasse am Kiosk eine Schleckmuschel eingesteckt habe. (Wirklich das einzige Mal in meinem Leben, dass ich etwas gestohlen habe! Ich konnte danach wochenlang nicht schlafen.)

Und nun bekomme ich ein Einschreiben von der Polizei. Es weist mich darauf hin, dass die Brüder Emil und Benjamin Rau Anzeige gegen mich erstattet haben. Sie bitten mich um eine schriftliche Stellungnahme.

Ich bin geliefert.

Mit schweren Schritten schleppe ich mich in mein Schlafzimmer zurück, den Kuli fest in der Hand. Ich muss jetzt ganz dringend Stress abbauen. Wo ist dieses verfluchte Antistress-Malbuch für Erwachsene?

KAPITEL 8

Seit zwei Stunden kritzle ich wie eine Besessene in das Malbuch. Erst krakele ich mit harten Strichen über die Ränder und durchstoße dabei mehrmals das Papier. Man könnte ein Windlicht daraus basteln, so durchlöchert sind die ersten Seiten. Aber dann beruhigt sich mein Herzschlag. Das Trommeln lässt nach, und zurück bleibt nur ein friedvolles Pochen. Ich male Blumen und Efeuranken aus, ein Mandala und schließlich eine Doppelseite mit Vögeln, alles monochrom in tintenblau. Wie hübsch die kleinen blauen Vögelchen sind, denke ich seufzend. Mein Geist ist wie betäubt, mein Kopf ist watteweich ausgestopft und lässt kaum einen Gedanken an Cosmic Internet, meine Mutter oder die Anzeige bei der Polizei zu. Zumindest so lange, wie der Stift malt und malt und malt. Doch ganz plötzlich hört er auf zu schreiben. Ich hauche ihn an, schüttele ihn, aber er gibt keinen Tropfen Farbe mehr her.

Ich sollte mich anziehen und einkaufen gehen. Ein Doppelpack Buntstifte, Filzer und vielleicht noch ein weiteres Malbuch. Hätte ich doch nur früher gewusst, wie entspannend es ist, vorgegebene Bilder auszumalen, ohne dabei denken zu müssen! Olga werde ich auf ewig dankbar sein.

Eine halbe Stunde später schließe ich den kleinen Renault auf. Eigentlich hätte ich die Autoschlüssel zusammen mit der Chipkarte abgeben müssen, habe es aber nicht über mich gebracht. Vielleicht kann ich den Wagen später einfach bei Cosmic Internet vor der Tür abstellen, ohne in die Tiefgarage zu fahren. In der Nacht, wenn mich keiner sieht. Ich könnte dann das Fenster ein Stück offen lassen und den Autoschlüssel einfach auf den Sitz werfen. Ein guter Plan.

Wenn doch nur diese blöde Anzeige nicht wäre! Schlimm genug, dass ich meinen Job verloren habe. Aber jetzt auch noch vor Gericht erscheinen zu müssen wegen etwas, das ich gar nicht getan habe – das geht zu weit!

Beim nächsten Gedanken richte ich mich steif wie eine Bohnenranke im Sitz auf: Ich muss den beiden Rau-Brüdern klarmachen, dass ich mit ihrem Datenklau nichts zu tun habe! Sie werden mir das glauben und dann ihre Anzeige zurückziehen. Mit neugewonnenem Mut ziehe ich mein iPhone aus der Tasche und rufe die Website von SubSox auf. Im Impressum muss zusätzlich zur Adresse doch auch eine Telefonnummer stehen. Ich klicke die Nummer an und drücke dann auf »wählen«.

Das Tuten in meinem Ohr vermischt sich mit dem Trommelschlag meines Herzens. Ich lasse es fünfmal klingeln. Achtmal. Zehnmal. Fünfzehnmal. Kein Anrufbeantworter. Nach dem zwanzigsten Klingeln schalte ich mein Handy aus. Verdammt!

Nein, so schnell gebe ich nicht auf. Ich recke das Kinn nach vorn und starte den Motor. Dann fahre ich aus der Parklücke heraus. Wenn der Prophet nicht zum Berg kommt, dann … werde ich die beiden Rau-Brüder eben persönlich aufsuchen!

Kurz blitzt in mir die Sorge auf, dass man mir das negativ auslegen könnte. So als würde ich die Klägerpartei bedrängen und unter Druck setzen. Ehrlich gesagt weiß ich gar nicht, ob man jemanden kontaktieren darf, der einen angezeigt hat, aber das ist mir jetzt auch völlig egal. Schlimmer kann es doch eh nicht kommen, oder?

Ich brauche fast zwanzig Minuten, bis ich mir den Weg durch die Stadt bis zur Adresse gebahnt habe, die auf der Website angegeben ist. Bitte, flehe ich, lass das keine bloße Briefkasten-Anschrift sein!

Irgendwie sieht es hier alt aus. Langweilig. Das Gebäude ist natürlich in keiner Weise damit zu vergleichen, was wir bei Cosmic Internet gewohnt sind. Bei uns gibt es Stahl, viel Glas, und alles ist luftig und modern. Diese Straße hingegen ist ein ganz normales Wohngebiet mit Altbauten und winzigen Gärten davor, die man besser zu Parkplätzen umgebaut hätte, denn hier einen Parkplatz zu finden, ist schwieriger als … als …

Da! Ein älterer Herr tuckert gemächlich von seinem Anwohnerparkplatz herunter. Einen kurzen Augenblick warte ich ab, damit er nicht sieht, dass ich mich auf seinen privaten Parkplatz setze, dann fahre ich in die Lücke. Das Adrenalin kocht mir bis zum Hals, als ich auf das Haus mit der Nummer 228 zugehe. Der gusseiserne Zaun davor ist moosbewachsen, und rosafarbene Rosen wuchern durch die Gitter hindurch. Doch der hübsche Anblick schafft es im Augenblick nicht, mich zu berühren. Was, wenn Emil Rau mir die Tür vor der Nase zuknallt? Was, wenn er mir nicht glaubt? Was, wenn er die Polizei ruft, weil ich ihn stalke? Und was am allerschlimmsten wäre: Was, wenn überhaupt niemand zu Hause ist?

Ich suche die einzelnen Klingelschilder ab, und dabei habe ich einen dicken Kloß im Hals. Als ich den Namen Rau entdecke – nicht einmal gedruckt, sondern ein handgeschriebenes Schildchen –, weiß ich nicht, ob ich erleichtert sein oder in Panik ausbrechen soll.

Au Backe, ich stehe völlig nackig hier vor der Tür. Also nicht wirklich *nackt*, sondern nackt im Sinne von schutzlos, hilflos und … atemlos. Ich drücke auf die Klingel. Das Schrillen wirft mich beinahe um, damit könnte man Tote aufwecken!

Ich bin froh, dass es bei diesen alten Gebäuden keine Gegensprechanlage gibt, sonst würde Emil mich vermutlich schon darüber abweisen. Ich höre Schritte, sehe den Schatten, der sich durch das Milchglas abzeichnet, und bin kurz davor, in Ohnmacht zu fallen. Dann geht die Tür auf.

Es ist Benjamin. Gott sei Dank! Ich bin erleichtert. Benjamin ist ein harmloser Welpe, oder? Er ist doch ganz freundlich zu mir gewesen — okay, bis auf das gemeine Haiku, aber da will ich mal nicht so sein. Das war eine etwas unglückliche Situation, ich bin da nicht nachtragend.

»Kacke!« Er freut sich wohl nicht besonders, mich zu sehen.

»Äh, guten Tag, Herr Rau! Hätten Sie bitte einen Moment Zeit für mich? Es dauert auch nicht lange, versprochen.«

Benjamin sieht eigentlich ganz munter aus. Zumindest nicht so, als hätte er sich in der letzten Nacht vor Gram in den Schlaf geweint. Nicht so wie ich.

»Das halte ich für keine gute Idee.« Er deutet mit einem Kopfnicken hinter sich, und ich schrecke zurück, weil ein kaum verhüllter Mann über den Flur tapert. Er trägt ein Handtuch locker um die Hüften, was ihm jeden Augenblick herunterzurutschen droht. Und es ist nicht sein Bruder Emil.

»Mein Freund ist gerade vom Manöver zurück.« Er grinst entschuldigend. »Passt grad ganz schlecht.«

Sein Freund? Sein *Freund*? Ach so! Ich lache befreit auf. Klar, sein Freund, da komme ich natürlich furchtbar ungünstig, verständlich. Er hat also nicht »Kacke« gesagt, weil *ich* da bin, sondern weil überhaupt irgendjemand stört. Mit dem Handrücken wische ich mir den Schweiß von der Stirn, der mir aus allen Poren kriecht und mir sonst gleich in die Augen rinnt.

»Es wäre aber dringend.« Ich trete verlegen auf der Stelle, dann ziehe ich den Briefumschlag aus meiner Handtasche. »Ich habe eben diese Anzeige bekommen, und deshalb muss ich unbedingt mit Ihnen und Ihrem Bruder sprechen. Ich habe wirklich nichts damit zu tun, dass man Ihre Idee gestohlen hat! Das alles ist ein schrecklicher Irrtum. Angeblich ist der Zugriff auf Ihre Website über meine IP-Adresse erfolgt, aber ich war das ganze Wochenende überhaupt nicht im Büro. Und überhaupt, so was würde ich niemals tun. Das passt überhaupt nicht zu unserer Firmenphilosophie. Vertrauen wird bei uns großgeschrieben!«, schwadroniere ich los. »Genauso wie Ehrlichkeit, Fleiß, Pünktlichkeit, Unbestechlichkeit, Sauberkeit …« Verflixt, Leonie, was hat denn Sauberkeit damit zu tun? »Also, ich meine …«

»Einen Moment!« Benjamin hebt eine Hand, und ich halte ganz automatisch inne. Er zieht einen Stift aus seiner Hosentasche und einen Schnipsel Papier, vermutlich ein alter Kassenbon.

»Hören Sie!« Meiner Stimme ist die Verzweiflung deutlich anzuhören. »Man hat mich gefeuert. Glauben Sie wirklich, ich wäre so dumm und würde einen Geschäftspartner bestehlen? Niemand ist so blöd und macht so was ausgerechnet vom Firmencomputer aus! Wenn ich das wirklich gewollt hätte, dann wäre ich in irgendein Internetcafé gegangen oder hätte mich über einen Auslandsserver eingeloggt. Ich bin doch nicht völlig bescheuert, ich habe ein Diplom! Bitte«, flehe ich, »können wir in Ruhe darüber reden?«

Benjamin hat etwas auf den Kassenzettel gekritzelt, und ich kann nur hoffen, dass es diesmal kein Haiku ist. Es muss doch möglich sein, mit ihm ganz normal zu sprechen. Ohne Gedichte oder Kraniche, verdammt! Ich bin kurz davor, vor ihm in die Knie zu gehen und ihn anzuflehen. Er muss mir einfach glauben!

»Am besten besprechen Sie das mit meinem Bruder.« Er hält mir den Zettel hin, und ich stöhne vor Enttäuschung auf.

»Selbst wenn ich wollte, ich kann Ihnen da nicht weiterhelfen«, sagt er. »Ich habe mit diesem Start-up eigentlich gar nichts zu tun. Das ist alles Emils Angelegenheit. Ich bin nur mit zu diesem Termin gekommen, damit es besser aussieht. Wer gibt denn schon jemandem einen Haufen Risikokapital, wenn er ganz alleine eine Firma gründet?«

»Ganz allein? Ihr Bruder hat das ganz allein … entwickelt?« Ich spüre, wie Benjamin mir den Zettel in die Hand drückt. Das Papier fühlt sich ganz weich an. Weich und warm. Und es ist vielleicht mein letzter Hoffnungsfunke. Benjamin hat eine Adresse darauf notiert.

»Ja«, sagt Benjamin und lächelt wie ein kleiner Junge, dem man ein Eis versprochen hat. »Emil ist der Macher in unserer Familie. Ich bin ganz gut im Rechnen und helfe ihm, wenn es um Zahlen geht oder irgendwas programmiert werden muss.«

Meine Augen fokussieren die Kritzelei auf dem Zettel. »*Weißnich?*«, lese ich. »Was ist das?«

»Emil ist gestern weggefahren. Zu unserer Tante. Ich habe keine Ahnung, wie lange er dortbleiben will, aber er war ziemlich angepisst. Kann sein, dass er ein paar Wochen wegbleibt.«

Ein paar Wochen!?

»Kann ich ihn da telefonisch erreichen?«

Er zuckt mit den Schultern. »Sie können's ja probieren. Aber so sauer, wie er war … Ich glaube nicht, dass er mit Ihnen reden wird.«

Okay. Ich atme tief durch. Ich krieg das schon hin. Wenn er nicht bereit ist, mich anzuhören, dann werde ich ihm eben nachfahren. So weit kann das ja nicht sein. Weißnich. Es gibt tatsächlich einen Ort, der Weißnich heißt? Noch nie gehört. Bestimmt ist das einer dieser vielen Vororte von Köln, einer, den man sofort wieder vergisst, wenn man hindurchgebraust ist. Aber nun gut, dann steige ich halt ins Auto und fahre nach Weißnich. Das Auto kann ich morgen immer noch bei Cosmic Internet abgeben. Und wer weiß, vielleicht hat sich bis dahin auch alles aufgeklärt, und ich muss das Auto gar nicht abgeben. Vielleicht habe ich morgen schon mein altes Leben zurück!

In meiner Brust breitet sich eine warme Pfütze aus. Morgen bin ich wahrscheinlich gar nicht mehr Leonie Schiller, die wegen eines dummen Fehlers ihren Job verloren hat, morgen bin ich wieder Leonie Schiller 2.0!

Ist vielleicht gar nicht schlecht, wenn Emil bei seiner Tante ist. Frauen sind doch viel umgänglicher als Männer mit Dreitagebart. Vielleicht kann mir seine Tante sogar helfen, Emil davon zu überzeugen, dass ich ebenso ein Opfer bin wie er.

Ich habe keine Zeit zu verlieren. Je eher ich mein altes Leben zurückbekomme, umso besser. Ich werde jetzt sofort losfahren!

»Wo genau liegt Weißnich?«, frage ich und ziehe schon mal den Autoschlüssel aus meiner Hosentasche.

Benjamin grinst. »In der Eifel.«

KAPITEL 9

Ich fahre tatsächlich durch die Eifel – nicht zu fassen! Es ist nicht so, als wäre ich noch nie auf dem Land gewesen, aber es ist doch verdammt lang her. Als Kind hat mich meine Mutter das ein oder andere Mal in eine Ferienfreizeit geschickt. Nach Spiekeroog. Ich war also schon mal auf einer Insel, wo es nicht einmal Autos gibt, aber das hier ist doch irgendwie anders. Nach vereinzelten Hügeln breiten sich kilometerlange Felder aus. Zwischen den Häusern mit Schieferdächern sticht ab und an ein Kirchturm hervor. Es gibt keine Ampeln. Seit etlichen Kilometern habe ich nicht einmal einen Zebrastreifen gesehen.

Obwohl der Fahrtwind mir herrlich warm um die Nase weht und mir die Sonne auf den linken Unterarm brennt, bin ich schrecklich nervös. Ständig sehe ich auf meine Smartwatch. Nicht, weil sie andauernd vibrieren würde, sondern weil sie es eben nicht tut. Das ist einfach nicht möglich. Lediglich eine einzige Nachricht von Sylvia hat mich erreicht:

Wann holst du deine Sachen im Büro ab? Soll ich sie dir einpacken?

Diese Frage hat mich so schockiert, dass mein Auto einen Schlenker auf die Gegenfahrbahn macht. Eigentlich bin ich doch nur freigestellt, und jetzt sieht es so aus, als wollte die Firma schnellstmöglich jede Spur von mir tilgen. Das flaue Gefühl in meinem Magen nimmt zu. Von einem Tag auf den anderen bin ich abgeschnitten von der Welt. Nicht einmal die Mail eines Geschäftspartners erreicht mich. Daniel muss noch im selben Moment, in dem er mich nach Hause geschickt hat, eine E-Mail-Umleitung eingerichtet haben.

Als es endlich an meinem Handgelenk vibriert, schaue ich erleichtert auf meine Uhr. Mist. Nur das Wetter.

Heute: Sonnig. Die Höchsttemperatur wird bei 26 Grad liegen. In der Nacht wolkenlos bei einer Tiefsttemperatur von 14 Grad.

Ich seufze enttäuscht und konzentriere mich wieder auf die Fahrbahn. Irgendwo hier muss ich gleich rechts abbiegen, aber es gibt überhaupt keine richtige Straße, sondern überall nur Feldwege. Als ein Ortsschild auftaucht, setze ich den Blinker, und kaum bin ich um die Kurve gebogen, mache ich eine Vollbremsung.

Verdammt! Mein Herz schlägt mir bis zum Hals, während vor mir eine Oma in aller Seelenruhe mit ihrem Gehstock quer über die Straße schlurft. Über ihr Kleid hat sie einen Kittel mit Blümchenmuster gezogen, ihre bestrumpften Beine stecken in khakifarbenen Gummistiefeln. Sie blickt nicht einmal auf, dabei hätte ich sie gerade beinahe auf meine Motorhaube geladen. Trotz besten Wetters hat sie auf ihrem Kopf eines dieser durchsichtigen Plastikhäubchen mit weißen Tupfen gezogen, die die Haare vor Regen schützen.

Ich atme tief durch. Wäre es unverschämt, jetzt zu hupen? Gemächlich setzt die alte Frau einen Fuß vor den anderen, dabei ist ihr Blick starr auf den Boden gerichtet. Ungeduldig trommeln meine Finger auf das Lenkrad. Du meine Güte, hoffentlich stirbt sie nicht unterwegs! Vorsichtig weicht sie einem winzigen Steinchen aus, ich stöhne. Als sie endlich auf der anderen Straßenseite angelangt ist, trete ich so schnell aufs Gas, dass die Reifen einen gequälten Laut von sich geben.

Nach wenigen Minuten habe ich die Straße erreicht, deren Adresse mir Benjamin notiert hat, aber als ich das Haus sehe, bin ich skeptisch.

Vor mir befindet sich ein eher trostlos aussehendes, dreistöckiges Gebäude. Die weiße Farbe ist an vielen Stellen verschmutzt, und lediglich an den Fenstern wachsen als rote Farbtupfer ein paar Geranien. Der Hof ist nicht gepflastert, sondern wurde mit Kies aufgeschüttet, und unter einem Vordach stehen zwei Traktoren. Vor dem Hauseingang prangt ein klobiges Überdach aus dunklem Holz, und neben dem Klingelschild aus Keramik lehnt zur Dekoration ein Reisigbesen. Alles in allem nicht gerade der Ort, an dem ich meine Ferien würde verbringen wollen, und ich kann mir auch nicht vorstellen, dass jemand wie Emil hier hinpasst. Ich meine, alles hier sieht irgendwie mächtig nach Arbeit aus, nach Landarbeit.

Wo will er denn da chillen?

Aber vielleicht habe ich mich auch in ihm getäuscht, schließlich hat sein Bruder behauptet, dass Emil dieses Startup ganz alleine auf die Beine gestellt hat, und das will schon was heißen.

Beherzt drücke ich auf die Klingel, und nach wenigen Augenblicken wird die Tür aufgerissen.

»Sie sind aber pünktlich!«, sagt eine Frau, die aussieht wie eine alte Indianerin. »Kommen Sie herein, ich bin Ellen Uhlenbrock.«

Unwillkürlich schrecke ich zurück, und das nicht nur, weil diese Frau eine riesige Fleischgabel in der Hand hält. Aus ihrer Küche dringt mir kräftiger Bratenduft in die Nase. Wie sonntags. Also nicht die Sonntage in *meiner* Familie, sondern so, wie man das aus der Fernsehwerbung kennt. Ich schlucke.

Ellen Uhlenbrocks graue Haare sind zu Locken aufgedreht, die so starr aussehen wie Stahlfedern. Das ganze Gesicht ist von einer abschreckenden Schicht bronzefarbenen Puders bedeckt, was sie einer Rothaut im Karneval ähneln lässt, und nur dort, wo sich durch das Lächeln in ihre Mundwinkel einige Falten eingegraben haben, sieht man weiße Linien, in die das Puder nicht eindringen konnte.

»Äh, ich glaube nicht, dass Sie auf mich gewartet haben, oder?« Ich reiche ihr die Hand. »Mein Name ist Leonie Schiller. Ich bin auf der Suche nach Ihrem Neffen Emil. Ihre Adresse habe ich von seinem Bruder Benjamin bekommen.« Ich trete einen Schritt zurück und sehe noch einmal auf das Klingelschild. »Ich hoffe, ich bin hier richtig.«

»Leonie? Leonie?« Sie sieht fragend an die Zimmerdecke und zieht mich zeitgleich am Arm energisch ins Haus.

»Aus Köln«, füge ich hinzu, als wir in der kühlen Diele stehen. »Ist Emil hier?« Meine Stimme klingt hoffnungsvoll, obwohl ich statt Hoffnung hauptsächlich Angst verspüre. Mein ganzes Leben habe ich versucht, möglichst unabhängig zu sein, und nun habe ich das Gefühl, dass alles von einem anderen Menschen abhängt. Wenn Emil mir nicht glaubt und die Anzeige nicht zurückzieht, dann bin ich meinen Job endgültig los.

»Ja«, sagt sie gedehnt und deutet mit der Fleischgabel in Richtung Küche, »Emil ist hier, aber im Augenblick ist er … nicht hier.«

Ja was denn nun?, scheint mein Blick zu fragen, und Ellen Uhlenbrock fügt hinzu: »Er ist auf den Feldern.«

O mein Gott, hat sie gerade »auf den Feldern« gesagt?

»Felder?«, quietsche ich, und in mir blitzen sofort grauenvolle Bilder auf: Ich sehe Baumwollfelder, Menschen, die einen Pflug ziehen, einen Aufseher mit einer Peitsche in der Hand und eine Kelle, mit der man Wasser aus einem Holzbottich schöpft, um vor Hitze nicht tot umzufallen.

»Auf unseren Erdbeerfeldern. Er wird zum Essen zurück sein. Es gibt Schweinebraten.« Sie legt die Fleischgabel neben dem Herd ab und hebt den Deckel an, um mir den Dampf entgegenzuwedeln.

Mein Magen gibt ein empörtes Knurren von sich. Schweinebraten. Ich mag mir gar nicht ausmalen, wie der wohl schmeckt. Und erst recht mag ich mir nicht vorstellen, wie ich in der Firma dastehen würde, wenn ich so etwas äße. Unwillkürlich lecke ich mir über die Lippen.

»Kann ich ihn … also Emil … auf … den Erdbeerfeldern … finden?« Auweia, ich muss so schnell wie möglich raus aus dieser Küche, wenn ich nicht vor Heißhunger Amok laufen will. Dieser Geruch! Habe ich so was überhaupt jemals gerochen? Krampfhaft versuche ich, mir das arme Schwein vorzustellen, das dafür gestorben ist. Allein der CO_2-Ausstoß, die Menge an Futter, die es bekommen haben muss, um so groß und dick zu werden, bestimmt könnte man damit eine ganze Familie satt kriegen. Außerdem – das arme, arme Tier. Es musste *sterben*. O Gott, und wie köstlich es riecht, dieses arme Tier. Mir wird ganz schummerig. Es fehlt nicht viel, und ich bettele diese Indianerin mit den Stahllocken an, mich mal probieren zu lassen. Nur ein ganz winziges, kleines Mini-Mini-Stückchen.

Denk an dein Karma, Leonie! Denk an die Tiere!

Ich straffe mich und versuche, nur durch den Mund zu atmen. »Es ist wichtig, dass ich Emil heute noch spreche. Ich bin extra aus Köln hierhergefahren und habe nicht viel Zeit. Sie können sich bestimmt vorstellen …«

Ellen Uhlenbrock lässt den Deckel zurück auf den Topf knallen, und ich klappe erschrocken den Mund zu, als sie sich energisch zu mir umdreht. »Sie sehen krank aus«, sagt sie und schnalzt missbilligend mit der Zunge. In der nächsten Sekunde spüre ich, wie sie mir mit beiden Händen die Haare aus dem Gesicht streicht, die während der Fahrt aus meinem Zopf gerutscht sind. »Ihr Gesicht ist ja ganz weiß. Irgendwie käsig. Ich wette, Sie stecken schon seit Ewigkeiten in einem dieser kahlen Büros in der Stadt fest. Da scheint ja nicht mal die Sonne rein. Wie viele Stunden arbeiten Sie denn so am Tag? Ich kann's mir denken. Wissen Sie was? Sie müssen viel öfter an die frische Luft. Das hebt die Stimmung. Ich weiß genau, was Sie jetzt brauchen.«

Ja, denke ich mit einem letzten Rest Aufbegehren, ich brauche wirklich frische Luft, sonst bringt mich dieser Bratengeruch noch um. »Wenn Sie mir sagen, wo ich Emil finde, dann werde ich ja wieder an die frische Luft kommen«, sage ich und unterdrücke ein Schaudern. »Es ist bestimmt herrlich hier … auf dem Land. Ja, ich habe richtig Lust darauf, ein wenig über die Felder zu spazieren.«

Ellen Uhlenbrock zieht ihre Stirn in Falten. O nein, sie durchschaut mich! Sie weiß genau, dass ich ihr jetzt alles erzählen würde, was sie hören möchte, nur um an ihren Neffen heranzukommen. Und wenn ich sehe, wie sich in diesem Augenblick ihr Gesicht erhellt, dann ist ihr auch klar, dass sie mich in der Hand hat.

»Was Sie jetzt brauchen, ist erst einmal ein bisschen Farbe. Emil ist sowieso noch beschäftigt. Setzen Sie sich mal hier auf den Stuhl. Nein, nicht den da, nehmen Sie den anderen, der ist näher am Fenster, da habe ich besseres Licht.«

Wofür zum Teufel braucht sie Licht? Ich sinke erschöpft auf

den Küchenstuhl und sehe ihr nach, wie sie die Küche verlässt. Dann höre ich sie im Flur geräuschvoll kramen.

»Können Sie mir denn sagen, wo genau ich Emil finden kann? Auf welchem Feld ist er? Kann man das zu Fuß von hier aus erreichen? Ich bin mit dem Auto da, zur Not könnte ich also auch hinfahren. Oder jemand führt mich dorthin? Bestimmt haben Sie ...« Mein Satz bleibt schon wieder unbeendet, weil Ellen Uhlenbrock mit einem monströsen Koffer zurück in die Küche kommt und mir die Spucke wegbleibt. Sie wuchtet ihn auf den Tisch, und mit Schrecken sehe ich ein pinkfarbenes Logo und darunter den Slogan »Die zeitlose Schönheit«.

Ach du je, sie hat doch wohl nicht *das* mit Farbe gemeint? Vor Entsetzen steht mir der Mund offen. Unmöglich! Nein, ganz und gar unmöglich. Ich werde mich garantiert *nicht* von Emils Tante bearbeiten lassen.

»Ich dachte, Sie wären die neue Kundin, die eigentlich schon um halb eins kommen wollte. Aber da sie ja noch nicht da ist, haben wir beide genug Zeit, um uns besser kennenzulernen und Ihnen ein wenig Farbe ins Gesicht zu zaubern.«

O nein! Eher würde ich ihr noch helfen, ihre Felder zu bestellen, als dass ich mir von ihr etwas ins Gesicht stäuben lasse, für dessen Entwicklung eventuell Tiere gequält wurden.

»Ich dachte, Sie sind Bäuer... also Sie haben doch Erdbeerfelder, oder nicht? Landwirtsch...«

Ellen hat einen großen Pinsel aus einem der Fächer gezogen und fährt mir damit über den Mund. »Aber das ist nur mein Zweitberuf«, sagt sie. Und dann fügt sie den bedeutungsschweren Satz hinzu, der bestimmt meinen Untergang bedeutet: »Eigentlich bin ich Anti-Age-Managerin.«

To-do

1. Ellen Uhlenbrock ab heute nur noch *Tante* Ellen nennen.
2. Tante Ellen darüber aufklären, dass ich seit Jahren nur vegane Kosmetik verwende.
3. Mein Gesicht bei der nächsten Gelegenheit mit Seife waschen. Mehrmals hintereinander.
4. Tante Ellen klarmachen, dass Erdbeerlikör vermutlich keine Vitamine enthält, auch wenn sie das von ihrem Vater anders gelernt hat.
5. So schnell es geht, dieses Haus verlassen und mich auf die Suche nach Emil machen, wenn
   a) der Raum endlich aufhört, sich zu drehen,
   b) ich meine Schuhe wiedergefunden habe.

KAPITEL 10

»Das Wichtigste ist die Reinigung, Leonie. Ich darf doch Leonie sagen?« Tante Ellen fährt mit einer Art Vibratorbürste über mein Gesicht, und ich kann nicht antworten, weil ich von der Vibration Zahnschmerzen bekomme. Das ist aber nicht so schlimm, weil mir Tante Ellen als Ausgleich schon den dritten Erdbeerlikör eingeschenkt hat. Er schmeckt leider gut.

»Eigentlich bin ich ja auch erst sechsundzwanzig«, fange ich an, werde aber gleich wieder unterbrochen.

»Damit kann man nicht früh genug anfangen. Wenn das Gesicht nicht vernünftig gereinigt wurde, können anschließend die Wirkstoffe nicht in die Haut eindringen und dort ihre Arbeit erledigen.«

»Apropos Arbeit erledigen …« Ich muss kurz den Mund zumachen, weil Tante Ellen mir mit einem Papiertuch die überschüssige Reinigungsmilch vom Gesicht wischt. »Emil, Ihr … äh … *dein* Neffe, was macht er denn auf den Erdbeerfeldern?« Ich habe immer noch das Bild des Sklaventreibers im Kopf, nicht einmal der Erdbeerlikör kann es vertreiben. Es ist nicht so, dass ich mir ernsthaft Sorgen machen würde, dass Emil zu viel arbeiten könnte, sondern es ist eher ein diffuses Gefühl, welches womöglich auch bloß auf dem Alkohol basiert. Mir ist ein wenig flau.

»Er hilft bei der Ernte für den Wochenmarkt. Das wird jetzt warm«, sagt Tante Ellen. Noch bevor ich mich über ihren abrupten Themenwechsel wundern kann, fährt sie mir mit einem anderen Gerät in kreisenden Bewegungen über die Stirn und grunzt dabei ein bisschen. Die Metallplatte auf meiner Haut fängt an, sich zu erhitzen, und ich muss mich zwingen, nicht zurückzuweichen.

»Macht er das öfter? Ich meine, bei der Ernte helfen.«

»Nur wenn er sich von der Stadt erholen will. Aber ich bin sicher, er kommt hauptsächlich wegen meiner guten Küche. Das ist doch alles nichts in der Stadt mit dem ganzen Schischi und dem neumodischen Kram. Ein junger Mann braucht schließlich Proteine.« Sie kneift sich selbst demonstrativ in den Oberarm, um zu zeigen, wie viele Proteine sie schon verarbeitet hat.

Ich bin beeindruckt. »Da haben Sie … also *du*, meine ich … da hast du vollkommen recht.«

»Tante Ellen«, erinnert mich Tante Ellen.

»Tante Ellen«, wiederhole ich brav, denn ich will es mir mit dieser resoluten Frau nicht verscherzen. Wenn es um Emil geht, werde ich ganz bestimmt ihre Hilfe brauchen. Außerdem bin ich nicht so dumm, jemandem zu widersprechen, der ein Gerät in mein Gesicht hält, das zum einen vibriert und sich zum anderen auch noch selbst erhitzt. Wer weiß schon, welche Waffen Tante Ellen sonst noch in diesem Koffer aufbewahrt?

Ohne es zu wollen, werde ich, was Emil betrifft, immer neugieriger. Ich traue mich aber nicht, danach zu fragen. Vielleicht, wenn ich noch ein Gläschen von diesem leckeren Erdbeerlikör getrunken habe. Er schmeckt wirklich köstlich, und dabei habe ich ihn zuerst ablehnen wollen. Mittlerweile – ich glaube, ich habe bereits sechs davon intus, kann es aber nicht beschwören – bin ich mir sicher, noch nie etwas so Leckeres getrunken zu haben. Tante Ellen ist übrigens nicht weniger neugierig als ich. Sie hat mich schon gefragt, woher ich Emil kenne (»Äh, das ist so eine … berufliche Angelegenheit.«) und was so dringend sei, dass ich dafür extra in die Eifel gefahren bin. (»Äh, das ist auch so eine … berufliche Angelegenheit«) Dann wollte sie wissen, was genau für beruflichen Angelegenheiten ich denn nachgehe und ob ich, wie Emil, etwas mit IT mache. (»So ähnlich.«) Und schließlich, ob ich mir extra den Tag freigenommen hätte. (»Im Augenblick habe ich so was wie Urlaub.«)

»Du bist also arbeitslos.« Tante Ellen nickt wissend.

»Nein, nein.« Ich verziehe das Gesicht, weil etwas von der Grundierung, die sie gerade auf meine Wangen schmiert, mir in den Mund läuft, und auch, weil »arbeitslos sein« eine entsetzliche, absolut abwegige Vorstellung ist. »So ist es ganz und gar nicht. Ich hatte auch schon seit Jahren keinen Urlaub mehr.«

»Also ein Burn-out. Das gab es bei uns früher nicht. Wir mussten aufs Feld oder in den Stall und nebenbei den Haushalt machen. Da hat es niemanden interessiert, ob wir ein Burn-out haben. Und schließlich noch die Kinder.« Sie schüttelt energisch den Kopf. »Wir hatten einfach keine Zeit für Burn-outs.«

Unter ihrer strengen Rede sinke ich in mich zusammen und werfe einen unauffälligen Blick auf meine Smartwatch. Keine einzige Nachricht. Wenn wenigstens Sylvia noch einmal schreiben würde, das würde mich daran erinnern, warum ich eigentlich hier bin. Warum bin ich noch mal hier? Ich stoße leise auf, und der Erdbeergeschmack füllt meinen Mund aus. Erschrocken halte ich mir die Hand vor den Mund. Reiß dich zusammen, Leonie!

Ich straffe mich, und war mir eben noch flau, so knurrt mir jetzt der Magen.

Tante Ellen hat Ohren wie ein Luchs. »Du musst ja halb verhungert sein«, sagt sie und steht auf, um noch einmal im Topf herumzurühren. Sofort strömt eine weitere Duftwolke in meine Richtung, und ich winde mich auf meinem Stuhl. Und dann, weil es nun auch schon keinen Unterschied mehr macht und ich sie und mich damit ganz sicher von ihrem Braten ablenke, gestehe ich ihr, dass ich in meinem Job einen dummen Fehler gemacht habe.

»Das kann doch jedem mal passieren. Kein Grund, gleich wegzulaufen.« Sie setzt sich wieder auf den Stuhl mir gegenüber.

»Bloß, dass wegen meines Fehlers jetzt jemand anderes ruiniert ist«, beichte ich. »Und dieser *Jemand* hat schätzungsweise fünf Millionen Euro verloren. Nicht als bares Geld, meine ich, aber das ist der Wert, auf den wir sein Unternehmen geschätzt haben. Der Wert, den er bei einem Verkauf mindestens hätte erzielen können.«

Für einen Moment tritt der Erdbeerlikör seinen Rückzug an, und meine Gedanken fokussieren sich darauf, meine Schuhe unter dem Tisch wiederzufinden. Irgendwo hier müssen meine Schuhe sein. Ich muss Emil finden. Jetzt sofort, bevor ich gar nicht mehr weiß, was ich hier überhaupt tue. In meinem Kopf hat sich eine Dumpfheit ausgebreitet, die vermutlich nicht auf den Vitaminen der Erdbeeren beruht.

»Ach du liebe Güte.« Tante Ellen fängt an, den Pinsel durch mein Gesichtsfeld zu schwingen. Ich spüre den weichen Strich auf der Nase und muss zugeben, dass sich das ganz angenehm anfühlt.

»Emil«, sage ich, unter ihren Händen eingelullt.

»Was ist mit Emil?«

»Ich habe Emil ruiniert. Tante Ellen«, jammere ich, »sein Geschäft ist im Eimer, verdorben, hin. Also eigentlich habe nicht wirklich *ich* ihn ruiniert, aber es sieht jedenfalls so aus, weil … ach, das ist eine ganz dumme Sache …«

»Beruhige dich, mein Kind.« Sie tätschelt mir mit ihren rauen Fingern den Handrücken. »Das wird alles nicht so heiß gegessen, wie es gekocht wird. Schau dir erst einmal an, was ich aus deinem blassen Gesicht gezaubert habe. Mein Erfolgsrezept als Anti-Age-Managerin ist, dass sich meine Klienten hinterher so fühlen, wie sie aussehen. Und du siehst gleich viel gesünder aus.«

Hört sie mir überhaupt zu? Und hat Tante Ellen auch noch

etwas anderes im Kopf als ihre Kosmetik? Ich habe das Gefühl, auf der Stelle zu strampeln.

Jetzt holt Tante Ellen einen Handspiegel aus ihrem Koffer und hält ihn verdeckt vor ihre Brust. Ihr Gesicht strahlt, und sie sieht jetzt nicht nur wie eine alte Indianerin aus, sondern wie eine sehr zufriedene alte Indianerin.

»Tadaaa!« Sie dreht den Spiegel um, und ich schnappe nach Luft.

Es ist entsetzlich.

Es ist sogar noch viel schlimmer, als ich es mir vorgestellt habe. Meine Wangen werden von einem glitzernden Bronzeton überzogen, und das nicht einmal besonders gleichmäßig. Sowohl Stirn als auch Kinn weisen kreisrunde Flecken auf. Ein Gutes haben ihre Make-up-Versuche allerdings, ich habe keine dunklen Augenringe mehr, sondern weiße.

Man könnte fast meinen, dass Tante Ellen und ich demselben Indianerstamm angehören. Mir graut es bei dem Gedanken.

»Danke«, bringe ich mühsam hervor. »Jetzt geht es mir … besser.«

»Nicht wahr? Du siehst viel gesünder aus. Natürlicher. Ich wusste es gleich, als ich dich vor der Tür stehen sah. Ellen, habe ich mir gesagt, diese junge Frau braucht nichts mehr als ein wenig Farbe in ihrem Leben! Und einen guten Schweinebraten.« Und damit steht sie auf und fängt an, am Herd herumzuhantieren. Ehe ich mich versehe, hat sie einen Teller mit Kloß, Rotkohl und einer dicken Bratenscheibe vor mir auf den Tisch gestellt und lächelt mir aufmunternd zu.

»Und wenn das mit deinem Job nichts mehr wird, dann finden wir schon eine Lösung. Du hast so eine positive Ausstrahlung. Ich könnte dich mir sehr gut als Anti-Age-Managerin vorstellen. Du wärst eine Bereicherung für das Team von ›Die zeitlose Schönheit‹.«

Um Himmels willen nein! Was versteht Tante Ellen denn schon von Teamarbeit? Außerdem habe ich bereits ein Team! Ich *bin* im Team von Cosmic Internet! Vielleicht nicht zurzeit, aber ganz sicher wieder in den nächsten Tagen, wenn ich Emil überzeugen kann, die Anzeige zurückzuziehen.

»Hat es da an der Tür geklingelt?«, lenke ich sie ab. Hoffentlich ist das Tante Ellens Termin. Wenn sie ihre neue Kundin hat, wird sie gewiss von mir ablassen. Ich stehe auf und schwanke.

Hui, denke ich, dieser Erdbeerlikör ist doch nicht so harmlos wie erwartet. Wenigstens habe ich jetzt keine Kopfschmerzen mehr. Und mein Handgelenk vibriert. Endlich! Ich werfe einen Blick auf das Display meiner Smartwatch. Warum nur dreht sich der Raum denn schon wieder? Ich kneife die Augen zusammen. Ist das nicht eine Nachricht von meiner Mutter? Die Buchstaben verschwimmen mir vor den Augen.

Hannelore Schiller:
Wieso behauptet deine Assistentin Sylvia, dass du nicht mehr bei Cosmic Internet *arbeitest? Ist sie psychisch krank? Ruf mich bitte sofort an!*

O Gott! Seit Wochen habe ich nichts von ihr gehört, und dann meldet sie sich ausgerechnet jetzt, wo ich in diesem Schlamassel stecke? Ich versuche, mein Handy aus der Hosentasche zu nesteln, dabei muss ich aber die Tischplatte loslassen, an der ich mich bisher erfolgreich festgehalten habe, und nur mit einer Hand ist es schwer, das Gleichgewicht zu halten. Bestimmt, weil ich meine hohen Schuhe nicht mehr trage, und dabei bin ich daran gewöhnt, mich auf hohen Absätzen fortzubewegen. Sie sind quasi mein natürliches Fortbewegungsmittel. Und nun, wo sie mir fehlen, bringt das meinen Körper aus der Balance.

»Ist dir nicht gut, Kind?«, höre ich Tante Ellen sagen. Ganz im Gegenteil, will ich ihr antworten, mir geht es prima, aber aus meinem Mund kommt nur ein Tröpfchen Spucke.

»Ich glaube, es ist besser, wenn du dich einen Moment aufs Sofa legst, Kind.« Ich spüre ihre Arme, die mich beherzt unter den Achseln greifen, dann spüre ich nichts mehr.

KAPITEL 11

»Was will *die* denn hier?« Diese wirklich unfreundliche Stimme dringt scharf in mein Bewusstsein. Was für ein unangenehmer Mensch, denke ich, hoffentlich meint der nicht mich. Ich schnalze missbilligend mit der Zunge, und der Laut lässt mich aufschrecken. Ich bin nicht zu Hause, und das hier ist auch nicht mein Bett, auf dem ich meine Beine ausgestreckt habe.

Auweia, ich liege auf einem fremden Sofa!

Und im nächsten Moment fällt mir alles wieder ein: Sub-Sox, der Rauswurf, die Rau-Brüder, die Anzeige und Tante Ellen. Die Eifel!

Ich fasse mir an den Kopf, der sich anfühlt, als wäre er von einem Tierpräparator ausgestopft worden. Ein Blick auf meine Smartwatch bestätigt mir gleich zwei schreckliche Dinge: Erstens, ich muss meine Mutter anrufen, und zweitens, ich habe die letzten zwei Stunden auf diesem Sofa geschlafen. Es ist bereits nach drei. Der Erdbeerlikör!

Ich horche in mich hinein, um zu spüren, ob ich betrunken bin, und verspüre Erleichterung. Ganz bestimmt lag mein Schwindel nur daran, dass ich kaum etwas gegessen habe, und nicht am Alkohol, denn ich fühle mich, abgesehen von meinen Kopfschmerzen, kein bisschen schlecht. Allerdings bin ich völlig verschwitzt. Die Stoffhose klebt mir an den Beinen, und meine Bluse hat einen Knitterlook, der längst nicht mehr modern ist.

»Deine Freundin ist etwas wirr im Kopf«, höre ich Tante Ellen im Nebenzimmer sagen. Ich sehe förmlich vor mir, wie sie ihren Zeigefinger neben der Schläfe kreisen lässt, und ziehe empört die Luft ein, nur um mir im gleichen Moment die Hand vor den Mund zu halten, damit mich niemand hört.

»Sie hat ganz wirres Zeug geredet. Irgendwas von einem Fehler und Millionen Euro, die jemand verloren hat. Und dann hat sie doch tatsächlich gesagt, sie hätte dich ruiniert.« Tante Ellen lacht heiser. Ich bin sicher, dass ihre Stahllocken dabei nicht einmal wippen. Dann wird mir klar, was dieses Gespräch bedeutet: Emil ist zurück vom Feld! Ruckartig setze ich mich auf.

»Aha.« Emil brummt. »Und hat sie auch gesagt, was sie von mir will?«

»Irgendwas Geschäftliches. Aber ganz unter uns: Ich glaube, man hat sie gefeuert. Ist das nicht großartig?«

Besteck klirrt. »Ich wusste ja gar nicht, dass du so mitfühlend sein kannst.« Emils Stimme hört man die hochgezogenen Augenbrauen direkt an.

»Ich meine doch nur wegen des Geschäfts. Ich könnte dringend eine Mitarbeiterin gebrauchen, die etwas jünger ist. Deine Freundin würde sich bestimmt hervorragend als Anti-Age-Managerin eignen. Sie strahlt so eine heitere Frische aus.«

Emil gibt einen Laut von sich, der stark an ein Husten erinnert. »Also deshalb hast du sie mit Likör abgefüllt.«

»Doch nicht deshalb!« Tante Ellen gibt ein Schnauben von sich, und ich überlege, ob ich mich nicht besser sofort bemerkbar mache. Schließlich will ich Emil keine Zeit lassen, seine Tante gegen mich aufzubringen. Ich brauche sie unbedingt auf meiner Seite.

Mit einem Ächzen erhebe ich mich vom Sofa. Mist, meine

Schuhe stehen wohl immer noch unter dem Küchentisch. Ich tapse barfuß über den Teppich, wobei ich mich lautstark räuspere. Sofort steigert sich meine Nervosität. Und außerdem: Soll ich Emils Tante in seinem Beisein etwa weiterhin Tante Ellen nennen? Unmöglich.

Als ich mich der Küchentür nähere, höre ich, wie Stühle gerückt werden.

Ich atme tief durch und hebe meinen Brustkorb an. Keine Möglichkeit für meine »Ich habe gerade einen Marathon gewonnen«-Pose, denn die beiden würden bestimmt hören, wenn ich in die Luft springe. Stattdessen nehme ich die Wonder-Woman-Haltung ein, stelle mich breitbeinig hin und stemme die Hände in die Hüften. Brust raus und das Kinn nach oben. So ist es richtig, Leonie! Nichts kann dich aufhalten!

Ich stelle mir vor, Bäume ausreißen zu können, und spüre sofort, wie mich neue Energie durchströmt. Ich werde Emil überzeugen, die Anzeige zurückzuziehen. Ich werde ihn davon überzeugen, dass ich unschuldig bin. Ich werde ihn sogar dazu bringen, sich für diese Anzeige zu entschuldigen. Jawohl! Ich werde …

»Geht es dir besser, Kind?« Tante Ellen steht auf einmal in der Tür, und ich zucke zusammen. »Du hast eben geschnarcht wie ein Waldarbeiter«, sagt sie wenig charmant, und mir läuft die Hitze ins Gesicht.

»Viel besser, ja. Danke.« Ich folge ihr in die Küche, noch immer frohen Mutes. Leider hält diese positive Grundstimmung nur so lange an, bis ich Emil erblicke, der am Esstisch den Schweinebraten verdrückt. Er trägt ein hellgraues T-Shirt, das unter seinen Achseln leicht verschwitzt ist, und auf seiner Brust prangen die Worte:

Bevor du fragst: NEIN!

Hat er etwa gewusst, dass er mir begegnen würde? Das kann doch kein Zufall sein, denke ich und presse die Lippen fest aufeinander. Emils nussbraune Haare sind zerzaust, dafür ist der Blick aus seinen blauen Augen stechend klar. »Frau Schiller«, sagt er kühl und schiebt sich den nächsten Bissen Fleisch in den Mund.

»Äh, hallo.« Meine Pupillen folgen dieser Bewegung. Seine Hände sind gerötet – offenbar hat er sie gerade erst unterm Wasserhahn geschrubbt. Doch an den Unteramen sehe ich diverse Kratzer und auch einen Rest Erde. Er hat tatsächlich auf dem Feld *gearbeitet*!

Ich setze mich ihm gegenüber. Blöd, dass ausgerechnet jetzt mein Magen wieder zu knurren anfängt. Um dieses Geräusch zu übertönen, fange ich gleich an zu plappern. »Es tut mir leid, wenn ich Sie hier bei Ihrer Tante störe«, beginne ich. »Ich habe heute Morgen von Ihrer Anzeige erfahren …«

»Und jetzt verfolgen Sie mich bis in die Eifel? Schon mal was von Nötigung gehört?«

»Was für eine Anzeige?« Tante Ellen stellt einen randvollen Teller vor mir ab. »Hier, Kind, ich habe es dir aufgewärmt.« Sie nickt mir aufmunternd zu. »Du musst essen, damit du nicht schon wieder umkippst. Das liegt bestimmt an zu niedrigem Blutzucker, damit kenne ich mich aus.«

»Ja, Kind«, fällt Emil mit spöttischem Tonfall ein und ignoriert die Frage seiner Tante. »Iss, damit du groß und stark wirst.«

Sein Gesichtsausdruck ist eine einzige Herausforderung. Ich weiß genau, was er jetzt erwartet. Nämlich dass ich den Schwanz einziehe und kneife. Dass ich ihm etwas vorjammere, und erst recht, dass ich dieses Essen seiner Tante zurückweise, weil es nicht zu unserer Firmenphilosophie passt.

Doch da kennt er Leonie Schiller schlecht. Bis auf diese blöden Verhandlungen mit ihm und seinem Bruder habe ich noch nie ein Geschäft vermasselt. Und warum? Weil ich mich anpassen kann, ist doch klar! Ich mache meine Hausaufgaben und weiß immer ganz genau, wie mein Verhandlungspartner tickt. Und Emil tickt nicht besonders helle, wie ich finde. Wenn er glaubt, dass ich mich von so einem bisschen Fleisch in die Flucht schlagen lasse, dann hat er sich geschnitten.

»Vielen Dank«, sage ich betont munter und füge noch hinzu: »*Tante* Ellen.« Mit einem süffisanten Grinsen in Emils Richtung nehme ich das Besteck auf und ramme die Gabel in das Fleisch. Emil hält im Kauen inne und stiert ungläubig auf meinen Teller.

»Sie wissen aber schon, dass das kein Tofu ist, oder?«, nuschelt er mit halbvollem Mund.

»Als ob«, raune ich, um mich mit derselben lakonischen Art zu revanchieren, die er seit unserer ersten Begegnung an den Tag legt. Da fällt Emil doch tatsächlich die Gabel aus der Hand.

»Tante Ellen«, wende ich mich an die Frau, die ich nun zwingen muss, zu mir zu halten. »Kann ich dazu noch ein Glas von deinem köstlichen Erdbeerlikör bekommen?«

Tante Ellen strahlt und schraubt sofort die Flasche auf, die immer noch auf der Küchentheke steht. Sie stellt das volle Schnapsglas vor mich hin und fragt ihren Neffen, ob er auch einen trinken möchte.

»Nein danke«, sagt er. »Ich muss gleich wieder aufs Feld. Aber Frau Schiller schafft die Flasche bestimmt auch ohne mich. Sie scheint ja trainiert zu sein.«

»Kinder«, sagt Tante Ellen und schüttelt nachsichtig den Kopf.

Was für eine gemeine Unterstellung, denke ich noch, dann starre ich lieber wieder auf meinen Teller. Oje, das wird eine Herausforderung. Es riecht einfach zu köstlich. Während ich mit der rechten Hand ein Stück von dem Fleisch absäbele, rufe ich mir in Erinnerung, dass ich das auf keinen Fall genießen darf. Leonie, das ist nur Teil des Jobs!

Okay, jetzt bloß nicht ablenken lassen und vor allem die Gesichtszüge unter Kontrolle halten! Ich will vermeiden, dass Emil mir ansieht, was für ein Sturm in mir tobt. Ich atme langsam aus und setze ein gelangweiltes Gesicht auf, als ich die Gabel zum Mund führe. Meine Hand zittert, und schon ist der Bissen in meinem Mund verschwunden. Ich gebe ein Stöhnen von mir.

»Schmeckt's?« Emil hat sich vorgebeugt und greift nun nach seinem Wasserglas. Aber er trinkt nicht, er wartet auf eine Antwort.

Ich schlucke. »Sehr … lecker.« O Gott, es ist einfach himmlisch! So zart, dass es auf meiner Zunge schmilzt, ohne dass ich überhaupt meine Zähne gebrauchen müsste. Die Soße ein würziges Versprechen. Für diese Sünde lohnt es sich, in der Hölle zu landen. Ich sehe bereits jetzt die vorwurfsvollen Schweinsäuglein, die mich am Himmelstor erwarten und hilflos und unter Tränen anblinzeln.

Tante Ellen hat sich zur Spüle umgedreht und schrubbt in einem Topf herum. Sie bekommt nicht mit, dass Emil mir leise etwas zuflüstert.

»Sie haben nur eine Chance, wenn Sie den Teller leer machen. Andernfalls wird meine Tante beleidigt sein.«

»Genau das habe ich vor«, raune ich zurück.

Wir taxieren uns gegenseitig, keiner bereit, als Erstes wegzusehen.

»Wenn ich das alles aufesse, werden Sie sich dann mit mir unterhalten?«, frage ich. »Werden Sie mich anhören?«

»Wozu? Wollen Sie Rezepte mit mir austauschen?«

Gegen meinen Willen muss ich grinsen. Ich blicke wieder auf sein T-Shirt und die unversöhnlichen Worte: *Bevor du fragst:* NEIN!

Ganz so resolut scheint er ja nicht zu sein, sonst hätte er mich vermutlich schon längst vom Hof gejagt. Mich überkommt der Gedanke, dass Emil sich mit diesen Sprüchen nur selber Mut macht und sich darin bestärkt, hart und konsequent zu sein, was er in seinem Inneren vielleicht gar nicht ist. Vielleicht.

»Also?«, hake ich nach, und meine Hand, die die Gabel hält, verharrt in der Luft.

Emil zuckt mit den Schultern. »Mir ist es ehrlich gesagt scheißegal, ob Sie Fleisch essen oder irgendein Tofuschnitzel. Ich habe nicht vor, die Welt zu retten. Von mir aus können Sie für den Rest Ihres Lebens grünen Tee trinken und Algen knabbern. Warum sollte ich mich auch nur eine Minute mit jemandem unterhalten, der mir meine Geschäftsidee gestohlen hat?« Seine Augenbrauen gehen steil in die Höhe. »Seit zwei Tagen ist nur noch eine Handvoll Bestellungen bei mir eingegangen, weil Sie meine Kunden illegal abfangen. Mein Tagesumsatz ist auf unter drei Prozent geschrumpft, und noch innerhalb dieses Monats kann ich den Laden dichtmachen und bleibe auf einem Berg Schulden sitzen, weil ich die Absprachen mit meinen Händlern nicht einhalten kann.«

Er spricht immer noch sehr leise, nur an dem angespannten Zug um seinen Mund erkenne ich, wie wütend er wirklich ist. »Wieso sollte ich also auch nur eine Sekunde meiner kostbaren Zeit an jemanden wie Sie verschwenden?«

Mir ist ganz heiß geworden, und es fällt mir unendlich schwer, Emils Blick standzuhalten. Es tut mir total leid, dass er nun in dieser Klemme steckt, die seine Existenz bedroht.

»Weil ich unschuldig bin. Ich habe damit nichts zu tun, das müssen Sie mir glauben.« Es klingt äußerst dünn, das muss ich selber zugeben, und Emil scheint von meinem Mitleid glücklicherweise nichts zu spüren, ganz abgesehen davon, dass er vermutlich nicht der Typ ist, der sich das gefallen lassen würde.

Er lehnt sich zurück und winkt ab. Seine Hände wischt er an einer Papierserviette ab, bevor er sich mit der Rechten durch das zerzauste Haar fährt. »Das überzeugt mich nicht.«

»Was überzeugt dich nicht?« Tante Ellen, die in den letzten Minuten offenbar vor sich hin geträumt hat, trocknet sich die Hände am Geschirrtuch ab. »Gibt es ein Problem mit den Rumänen?«

»Nein, nein, Tante Ellen. Alles in Ordnung. Ich muss mich nur mit Frau Schiller mal kurz allein unterhalten.« Den letzten Satz hat er mehr geknurrt als gesprochen. Er steht auf und wartet ganz offensichtlich darauf, dass ich es ihm nachmache, deshalb schiebe ich ebenfalls meinen Stuhl zurück.

»Draußen«, sagt er und deutet auf die Tür. Nur dass ich meine Schuhe noch immer nicht gefunden habe und barfuß ganz sicher nicht rausgehen werde. Ich meine, der Hof ist nicht einmal gepflastert, das würde ganz schön wehtun, auf dem Kies zu laufen, oder?

»Einen kleinen Moment.« Ich gehe auf die Knie und klettere halb unter den Tisch, um meine Schuhe zu suchen. Als ich sie finde und wieder auftauche, nehme ich wahr, dass Emil mich fassungslos anstarrt.

»Die … habe ich … irgendwie verloren«, druckse ich herum und schlüpfe schnell in meine Pumps. Emil wartet weder auf mich, noch hält er mir die Tür auf. Er springt die wenigen Treppenstufen nach unten und dreht sich mit einem wütenden Blick zu mir um.

Ich bin verwirrt. Mehrere Fragen schießen mir durch den Kopf, die wahrscheinlich idiotischste spreche ich laut aus. »Von was für Rumänen hat Ihre Tante gesprochen?«

»Was?« Er rauft sich durch das Haar, eine Geste, die er wohl ganz gerne macht, sonst würde er nicht immer so strubbelig aussehen. Eigentlich passt das ganz gut zu seinem Dreitagebart, überlege ich.

»Das sind die Erntehelfer meiner Tante«, antwortet er mit gerunzelter Stirn. »Sie hat fünf Hektar Erdbeeren, das sind ein paar Tonnen, die gepflückt werden müssen, und Tante Ellen kann das in ihrem Alter auch nicht mehr machen. Aber sie kommen nicht alle aus Rumänien«, fügt er noch hinzu. »Tante Ellen meint bloß ... ist doch auch völlig egal! Was soll der Scheiß?«, blafft er mich nun an. »Und jetzt tun Sie nicht so, als würden Sie sich auf einmal für landwirtschaftliche Betriebe interessieren! Was wollen Sie?«

O Mann, das war für Emils Verhältnisse ja geradezu geschwätzig! Und dass er so wütend wird, gibt mir auf eine ganz seltsame Art ein gutes Gefühl.

»Ich will, dass Sie mir glauben, dass ich Ihre Idee nicht gestohlen habe«, sage ich wahrheitsgemäß. »Und ich will, dass Sie Ihre Anzeige zurückziehen.«

Er tippt sich mit dem Zeigefinger an die Stirn. »Mein Bruder hat ganz recht gehabt. Sie haben uns von Anfang an nur verarscht. Dieses Angebot war ein Witz, und das wissen Sie genau. Dann dieses beschissene Getue, dass ich SubSox allein nicht voranbringen könnte und ...«

»Man hat mich doch genauso reingelegt wie Sie!«, platze ich viel zu leidenschaftlich heraus.

Ganz schlecht, Leonie, ganz schlecht! Ich kann sofort die Stimme meiner Mutter in meinem Kopf hören. (»Leonie, im Job haben Emotionen nichts zu suchen! Denkst du, ich wäre jemals so weit gekommen, wenn ich mich von meinen Gefühlen hätte leiten lassen?«)

Doch nun, wo ich es einmal laut ausgesprochen habe, fällt es mir endlich wie Schuppen von den Augen:

Man hat mich reingelegt! *Mich*. O mein Gott.

KAPITEL 12

Ich kann nicht fassen, wie blind ich die ganze Zeit gewesen bin und dass ich bisher diesen Gedanken nicht einmal habe zulassen wollen. Irgendjemand bei Cosmic Internet hat sich an meinen Rechner gesetzt und die Kundendaten von SubSox geklaut. Dieser Jemand hat das mit voller Absicht getan. Nur verstehe ich nicht, weshalb. Wir bekommen jeden Monat Dutzende von vielversprechenden Start-ups auf den Tisch. Es wird wieder andere geben, die einen ähnlichen Gewinn versprechen. Wieso ausgerechnet SubSox und wieso ausgerechnet von meinem Büro aus?

»Nicht sehr wahrscheinlich«, sagt Emil unversöhnlich. »Wieso sollte *Sie* jemand reinlegen wollen? Halt! Sagen Sie nichts, lassen Sie mich raten! Sie haben einen Kunden mit Ihrem Vegan-Fanatismus in den Wahnsinn getrieben, und er rächt sich nun dafür. Oder ein Naturschützer macht Sie verantwortlich, dass der Regenwald abgeholzt wird, um das beschissene Soja für Ihren milchfreien Latte macchiato anzupflanzen.«

Wow! Ich bin ganz überrascht, wie energisch er werden kann.

»Vielleicht ist es nicht wahrscheinlich, dass ich reingelegt wurde, aber ganz sicher ist es die Wahrheit! O verdammt, ich bin ja so blöd gewesen!« Hilflos stampfe ich mit dem Fuß auf.

»Gratulation zu dieser Erkenntnis. Echt beeindruckend, wie schnell Sie zu diesem Schluss gekommen sind. Hat bloß Jahrzehnte gedauert.«

»Okay«, sage ich. »Ich gebe zu, dass unser Angebot für SubSox mies war. Wahrscheinlich war ich ein wenig … überambitioniert. Ich gebe auch zu, dass ich Sie mit Absicht so hingestellt habe, als könnten Sie das nicht alleine schaffen. Irgendwie musste ich den Preis schließlich runterdrücken, oder? Außerdem ist das völlig legitim. Bei Verhandlungen wird immer eine wenig, äh, Druck ausgeübt. Säbelrasseln«, sage ich und schüttele zur Veranschaulichung meine Hand mit der imaginären Kette. »Wenn Sie nicht selbstbewusst genug sind, um das zu verkraften, dann disqualifizieren Sie sich von ganz alleine.«

In dem Moment, in dem ich das ausgesprochen habe, weiß ich, dass ich einen Fehler gemacht habe. Es ist, als würde in Emils Gesicht eine Jalousie runtergehen. Durch halbgeschlossene Lider sieht er auf mich herab. Pokerface. Er schiebt beide Hände in die Hosentaschen, und sein Körper entspannt sich. Bloß an einem leichten Zucken in seinem Mundwinkel erkenne ich eine Spur von Erregung.

»Einverstanden«, sagt er plötzlich.

Das kommt so unerwartet, dass mein Unterkiefer nach unten klappt. Was soll das heißen? Womit ist er einverstanden? Ich bin ehrlich perplex und stammle: »Äh wie?«

»Ich ziehe die Anzeige zurück.«

Damit habe ich nun überhaupt nicht gerechnet. Ich kann mein Glück kaum fassen. Wo ist der Haken, verflixt? Es muss doch einen Haken geben!?

»Einfach so?«

Jetzt fängt er an zu grinsen, und mir werden die Knie weich. Aber nur, weil ich hinter diesem Grinsen eine Bosheit vermute. Ganz sicher nicht, weil ich es irgendwie attraktiv fände, wie sich neben seinem linken Mundwinkel ein Halbmond bildet. Meine Güte, Dutzende von Männern haben solche Grübchen, das ist nun wirklich nichts Besonderes. Kein bisschen, ehrlich nicht. Auch nicht die kleinen Fältchen, die seine Augen dabei strahlen lassen wie zwei Sonnen. Oder die Oberlippe, die seine ein wenig feuchte Unterlippe um einen Millimeter überragt, was sehr jungenhaft wirkt und mir wegen seines Dreitagebarts bisher noch gar nicht aufgefallen ist. Und hat sein Bart nicht sogar einen Stich ins Rötliche? Mit Männern, die rote Haare haben, ist nicht zu spaßen, das weiß ich noch aus Kindergartenzeiten.

Ich scanne vergeblich sein Gesicht ab auf der Suche nach ein paar Sommersprossen, die meine Theorie untermauern würden, als er mir plötzlich zunickt. »Einfach so.«

»Das ist … wow … ich bin Ihnen wirklich sehr dankbar. Herr Rau, ich kann Ihnen nicht sagen, wie sehr es mich erleichtert, dass Sie mir glauben. Können Sie sich vorstellen, wie entsetzlich es ist, wenn man auf einmal so allein dasteht und niemand einem mehr vertraut? Niemand will mir wirklich zuhören, und selbst meine engsten Kollegen denken, dass ich diese Kundendaten gestohlen habe. Ich bin quasi von der Firmenwelt abgeschnitten.« Ich deute auf meine Smartwatch, als würde Emil verstehen, was es für mich bedeutet, keine Nachrichten mehr zu erhalten. Keine SMS, keine E-Mails, keine Sprachnachrichten über WhatsApp. Nicht einmal eine Viagra-Spam-Mail. Es ist zum Heulen.

»Das habe ich nicht gesagt.«

Ich höre Emils Worte, aber es dauert eine Weile, bis der Sinn sich in meinen Gehirnwindungen ausbreitet, und mein vermutlich ziemlich dümmlich fragender Ausdruck bringt ihn dazu weiterzureden.

»Ich habe nicht gesagt, dass ich Ihnen glaube, sondern nur,

dass ich die Anzeige zurückziehe. Ich denke echt, Sie sind genug gestraft mit Ihrem Job. Was ich Ihnen aber ganz bestimmt nicht nehme, ist Ihr schlechtes Gewissen. Sie haben mein Start-up ruiniert. Sie haben *mich* ruiniert! Das Geld ist mir scheißegal, das hat mich noch nie interessiert, aber wissen Sie was? Es hat mir höllisch viel Spaß gemacht. Ich habe es verdammt noch mal geliebt, diese Idee zu entwickeln. Ich habe es sogar geliebt, Socken zu verkaufen.« Er tritt mir entgegen und bohrt mir seinen Zeigefinger gegen das Schlüsselbein. Diese Berührung fühlt sich an wie ein Dolchstoß.

»Es ist okay, ich werde irgendwann was Neues finden. Ich fange einfach noch mal von vorne an, ich bin nämlich verdammt gut darin, neu anzufangen. Aber Sie werden damit leben müssen, dass ich Sie für eine Betrügerin halte. Und für eine Frau, die außerhalb dieser Firma kein eigenes Leben hat. Die fremdbestimmt ist wie ein Roboter. Sie und ich«, sein Zeigefinger pendelt zwischen uns beiden hin und her, »wir beide wissen, dass Sie mich bestohlen haben. Leben Sie damit!«

Mit diesen Worten dreht er sich um und stapft über den Hof. Ich starre ihm entgeistert hinterher. Seine Jeanshose hat hinten an der Gesäßtasche einen Fleck, und wie hypnotisiert stiere ich darauf, bis Emil in den kleinen Laster verschwunden ist, der vor den beiden Traktoren steht und auf dessen Ladefläche sich ganze Paletten von leeren Plastikbehältern stapeln. Emil startet den Motor und fährt mit so viel Schwung rückwärts, dass ich erschrocken zur Seite springe. Das geöffnete Fenster taucht direkt neben mir auf.

»Gut«, rufe ich laut, habe aber keine Ahnung, was ich sonst noch erwidern soll. Ich weiß nur, dass ich mich schrecklich fühle, obwohl ich eigentlich erleichtert sein sollte. Er zieht seine Anzeige zurück, das ist doch genau das, was ich gewollt habe, oder nicht? Und es hat mich nicht einmal viel Mühe gekostet, das zu erreichen. Trotzdem hinterlässt dieser Erfolg einen bitteren Nachgeschmack.

»Wissen Sie was?«, rufe ich ihm hinterher, als er anfährt. »Damit kann ich sogar sehr gut leben, vielen Dank!«

Keine Ahnung, ob Emil das überhaupt noch gehört hat. Er fährt an, bleibt aber eine Sekunde später stehen und streckt seinen Kopf aus dem Fenster. Seine Augen mustern mich von oben bis unten.

»Nur ein kleiner Tipp: Bevor Sie wieder in Ihrem schicken Büro aufkreuzen, sollten Sie sich vielleicht mal das Gesicht waschen. Sie sehen aus wie Winnetous Schwester.«

Der Kies spritzt auf, als er losfährt, und ich bleibe wie ein begossener Pudel in Stöckelschuhen auf Tante Ellens Bauernhof zurück.

Dieses blöde Bronzepuder habe ich doch tatsächlich völlig vergessen. Wie peinlich! Mir wird ganz heiß, was mein Gesicht vermutlich noch röter aussehen lässt. Was mich aber erst richtig auf die Palme bringt, ist Emils Analyse. Ich, ein fremdbestimmter Roboter!? Der spinnt doch!

Ich weiß, dass es unhöflich ist und ich mich von Tante Ellen verabschieden sollte, immerhin war sie sehr nett und gastfreundlich zu mir, aber Emils Beschuldigung macht mich so wütend, dass ich innerlich zu kochen anfange. Besser, ich mache mich auf den Weg nach Hause. Jedenfalls bin ich jetzt so was von nüchtern! Mit zusammengebissenen Zähnen ziehe ich den Autoschlüssel aus der Hosentasche und laufe zu meinem Wagen.

Als ich die Autotür aufschließe, fällt mir wieder auf, wie bescheuert ich das Logo von Cosmic Internet mit der grünen Rakete eigentlich finde, und ich trete mit meiner Schuhspitze dagegen. Am liebsten würde ich jetzt in die Firma fahren und einen Klebezettel unter mein Foto auf dem Mitarbeiterplakat pinnen:

Leonie Schiller hat gerade einen Schweinebraten gegessen. Ätschibätschi!

Dieser Gedanke verschafft mir leider nur eine Minisekunde lang Befriedigung. Ohne einen Blick zurück zum Haus zu werfen, fahre ich den Kiesweg hinunter auf die Hauptstraße. Zumindest ist es das, was sie hier in der Eifel unter einer Hauptstraße verstehen, denke ich grimmig. Ich kurble das Fenster nach unten und hole tief Luft. Doch der laue Fahrtwind kann meinen rasenden Puls auch nicht beruhigen. Als sich vor mir der Weg zu einer breiten Landstraße öffnet, halte ich bei der nächsten Gelegenheit an und fische eine Wasserflasche aus dem Handschuhfach. Ich steige aus dem Auto und bleibe neben der geöffneten Fahrertür stehen, wo ich das Wasser in meine hohle Hand gieße, um es mir ins Gesicht zu werfen. Nachdem ich alles mit einem Papiertaschentuch abgewischt habe, sieht das Tuch aus, als hätte ich es gerade bei archäologischen Ausgrabungen entdeckt.

Wie eine Irre reibe ich mir über Stirn und Wangen, bis ich mich wieder einigermaßen normal fühle.

Fremdbestimmter Roboter. Tse!

Was versteht ein Typ wie Emil Rau schon von Selbstverwirklichung? Von Selbstoptimierung? Von Erfolg? Ich bin jedenfalls heilfroh, dass ich *ich* bin, denke ich befriedigt. Leider fängt in diesem Moment meine Smartwatch an zu vibrieren und zeigt mir einen Anruf an, der in mir im Gegenteil sogar den Wunsch aufkommen lässt, jeder andere Mensch auf diesem Erdboden zu sein, bloß nicht ich selbst:

Hannelore Schiller.

Meine Mutter. Ich hebe das Kinn und stemme die Hände in Siegerpose in die Hüften. Doch diesmal wirkt sich diese Haltung kein bisschen auf mein inneres Gefühl aus, und als ich das Gespräch annehme und die Stimme meiner Mutter höre, sacke ich in mich zusammen.

»Was ist denn da bei dir los, Leonie? Ich habe heute Morgen im Büro angerufen, und deine Assistentin sagt mir, dass du nicht mehr bei Cosmic Internet arbeitest. Das ist doch nicht möglich.«

»Hallo, Mama.« Mein Selbstbewusstsein pustet seinen letzten Atem aus wie ein ausgeleierter Ballon. Was soll ich ihr nur sagen? Verflixt, was sage ich bloß? Soll ich lügen? Oder die Wahrheit einfach ein wenig dehnen?

»Ach, Mama«, ich lache affektiert. »Du kennst doch Sylvia. Sie ist manchmal ein bisschen durcheinander.«

»Was heißt hier durcheinander?« Ich höre es im Hintergrund klopfen und versuche zu erraten, was sie gerade macht. Ungeduldig mit dem Kugelschreiber auf einen Block trommeln? Etwas in die Tastatur hämmern oder mit dem Finger auf den Bildschirm ihres Tablets pochen und damit auf die Schnelle ein paar Wertpapiere handeln?

»Wie kann man so durcheinander sein, dass man vergisst, mit wem man arbeitet? Leonie, verkauf mich nicht für dumm! Was ist los? Bist du krank? Hast du etwa *Urlaub*?«

Das Wort scheint ihr nicht zu schmecken, denn sie spuckt es beinahe angeekelt aus. Urlaub ist in ihren Augen noch schlimmer als krank. Urlaub ist nichts für uns Schillers. Urlaub ist das, was mein Vater macht, seit er kurz nach meiner Geburt nach Mallorca ausgewandert ist und dort auf einer Finca Kakteen züchtet oder sonst irgendetwas Nutzloses.

Wir Schillers machen keinen Urlaub. (»Wozu braucht man

Urlaub? Um sich mal richtig auszuschlafen? Meine Güte, Leonie, schlafen kannst du noch, wenn du tot bist.«)

Ich denke an die Dutzende Male, als ich in der Schule die Kinder beneidet habe, die braungebrannt aus den Ferien gekommen sind. An die Fotos vom Strand, die sie *mit* ihren Eltern zeigten, und den Frosch in meiner Kehle, wenn sie mich nach meinen Ferien fragten und ich nur rumdrucksen konnte.

»Urlaub, um … Himmels willen, nein.« Meine Stimme klingt so schrill wie eine Türklingel. »Sylvia hat dich bestimmt nicht gleich erkannt«, improvisiere ich und suche fieberhaft nach einer logischen Erklärung. »Sie … äh … ich habe sie angewiesen, bestimmte externe Anrufe abzuwimmeln, weil … also da war diese Sache mit … diesem Stalker. Ja, genau! Ein furchtbar unangenehmer Mann. Hat mich wirklich ständig angerufen … aufdringlich … nein, keine einstweilige Verfügung … so weit wollte ich nicht gehen… nur ein bisschen plemplem, verstehst du? Ich möchte im Büro natürlich keine privaten Anrufe erhalten … ganz genau, das habe ich auch gesagt … geht ja wohl so gar nicht … wäre doch auch total unprofessionell …«

Mama unterbricht mich. »Was war das?«

»Äh, was meinst du?« Ich habe keine Ahnung, worauf meine Mutter anspielt.

»Das Geräusch da bei dir. Das habe ich schon mal gehört. Was ist das nur? Dieses seltsame Dröhnen da im Hintergrund. Wo bist du eigentlich, Leonie?«

Keinen blassen Schimmer, wovon sie redet. Ich drehe mich um die eigene Achse, um den Ursprung des Geräuschs ausfindig zu machen, da sehe ich hinter mir auf einer Weide eine Kuhherde. Eines der Tiere stößt ein dröhnendes Muhen aus.

»Das ist nichts, nur die … so eine Produktionsstätte, die ich mir gerade ansehe. Die Maschinen sind nicht gerade leise. Ich darf leider nichts darüber verraten, das Projekt ist noch streng geheim.« Schnell lege ich den Zeigefinger auf das Mikrophon meines Handys.

O mein Gott, meine Mutter hat es nicht erkannt! Meine Mutter weiß nicht, wie sich eine Kuh anhört! Ich bin schockiert und überlege, ob sie mir als Kind jemals eines dieser Kinderbücher vorgelesen hat, wie das die Mütter in der Straßenbahn immer machen. *Wie macht die Kuh? Muuuh! Wie macht das Lämmchen? Määäääh! Und die Mieze, die macht miau, miau. Wie schön du das schon kannst, Charlotte-Sophie!*

Doch das Schlimme ist: Ich kann mich nicht erinnern. Ich weiß es wirklich nicht. Oder vielleicht ist es gerade gut, dass mich meine Erinnerung im Stich lässt, denn dann kann ich mir einfach einreden, dass sie mir jeden Abend im Bett aus diesen Pappbilderbüchern vorgelesen hat. Ganz bestimmt hat sie das getan, und ich weiß es nur nicht mehr. Wäre ja auch kein Wunder, schließlich beginnt die kindliche Erinnerung doch auch erst mit … dreizehn? Auweia.

»Das nächste Mal rufst du mich bitte direkt zurück. Ich kann immer nur kleine Zeitfenster freimachen, das weißt du doch. Nein, das hat oberste Priorität, Frau Sundermann, ich bin morgen in der City. Leonie, ich muss unser Gespräch jetzt leider beenden.« Sie lacht leise und spricht mit ihrer Sekretärin, wobei sich der Hörer entfernt und ihre Stimme immer leiser wird. »Genau deshalb liebe ich es, in dieser Machowelt zu arbeiten«, höre ich sie noch sagen. »Sie erwarten, dass ich kein hohes Risiko eingehe, dabei gibt es das für mich gar nicht. Es ist mir egal, ob man mich für skrupellos hält. Verluste sind schließlich Teil des Spiels …« *Tuut, tuut, tuut.* Sie hat aufgelegt.

Ungläubig sehe ich auf das Handydisplay und habe das dringende Bedürfnis, mich nur einmal in meinem Leben irgendwo anzulehnen. Oder zu schreien.

Meine Mutter ist durch und durch eine Karrierefrau, und das ist etwas, was ich an ihr immer bewundert habe. Sie *ist* eine bewundernswerte Frau. Sie ist zielstrebig und tough und mir immer ein Vorbild gewesen. Sie hat mich von klein auf darin gefördert, so zu werden wie sie. Doch in diesem Moment spüre ich das erste Mal so etwas wie Zweifel. Ich will zum Beispiel nicht, dass man mich für skrupellos hält. Es ist doch nicht *mein* Erfolg, der mir wichtig ist. Ich will anderen bei ihrem Erfolg *helfen*. Möchte die kreativen Ideen von anderen fördern, weil ich mir nichts Spannenderes und Befriedigerendes vorstellen kann. Mir ist es nicht gleichgültig, was man von mir denkt. Und es ist mir auch überhaupt nicht egal, was Emil von mir denkt. Dass er die Anzeige zurückziehen wird, ist doch nur ein Pyrrhussieg. Ich wollte, dass er mir glaubt, und nicht, dass er immer noch von mir denkt, ich hätte ihn betrogen und bestohlen. Die Vorstellung macht mich wahnsinnig. Und er hat das gewusst, verdammt! Er hat es genau gewusst.

Was mich dabei aber noch viel mehr beschäftigt: Sein Start-up wird pleitegehen, und das darf ich nicht zulassen. Das widerspricht allem, wofür ich in den vergangenen Jahren gearbeitet habe. Mein Job ist es, Jungunternehmern zu helfen, und nicht, sie zu ruinieren. Mein Job ist es, Menschen wie Emil unter die Arme zu greifen.

Ich steige zurück ins Auto und starte den Elektromotor, der kaum zu hören ist. Dann wende ich den Wagen. Irgendwo hier in der Nähe muss es ein fünf Hektar großes Erdbeerfeld geben.

To-do

1. Emil Rau von meiner Unschuld überzeugen
2. Solange ich mich in der Eifel aufhalte, mir die Laute von Kühen intensiv einprägen
3. Und von Schafen
4. Emil von meiner Unschuld überzeugen (doppelt hält besser!)
5. Herausfinden, ob Erdbeeren auf Bäumen oder Sträuchern wachsen. Oder sind das etwa Wurzeln?

KAPITEL 13

Dieser verdammte Motor! Ich meine, wieso zum Teufel baut man Akkus in Autos ein, wenn diese dann nur zweihundert Kilometer reichen? Wo soll ich denn hier eine Steckdose hernehmen? Ich bezweifle stark, dass ich den Renault bis zur nächsten Tankstelle schieben kann, und selbst wenn, hat die bestimmt weder eine Gleichstrom-Ladesäule noch das passende Zubehör für mich. Dummerweise befindet sich nämlich das Aufladekabel meines Firmenwagens in der Tiefgarage von Cosmic Internet.

Der Blick auf meine Pumps baut mich in diesem Moment

auch nicht wirklich auf, aber es nützt ja nichts zu jammern. Ich schwinge meine Beine über den Türschweller und seufze, bevor ich aufstehe und mir noch den Rest Wasser in die Handtasche stecke. Ich schätze, dass ich höchstens vier Kilometer von Tante Ellens Hof entfernt bin. Zur Not werde ich mich also dorthin schleppen und sie nach dem Weg zum Erdbeerfeld fragen.

Doch ich habe Glück. Ich bin kaum mehr als hundert Meter gegangen, als ein Traktor am Horizont auftaucht und langsam näher tuckert. Der Lärm, den er verursacht, ist ohrenbetäubend. Was bestimmt daran liegt, dass das Teil älter ist als ich. Wenn ich es recht bedenke, dann vermutlich sogar älter als meine Mutter. Ich recke den Arm in die Höhe und winke. Völlig überflüssig, denn der Traktor ist so langsam, ich könnte, ohne Pumps, vermutlich sogar nebenherlaufen.

Ein grimmig aussehender Typ mit einer Schiebermütze sitzt breitbeinig auf dem Schlepper und tippt sich grüßend an die Stirn, als er mich sieht. Und er trägt ein Karohemd. Ich wusste gar nicht, dass es so was heute noch gibt. Karohemden kenne ich nur aus dem Fernsehen. Aus alten Serien wie »Unsere kleine Farm« oder »Die Waltons«. So ein rotkariertes Hemd live zu sehen, finde ich unheimlich romantisch, und ich muss mich zwingen, den zerknitterten alten Herrn nicht wie eine hohle Nuss anzugrinsen.

Ich frage ihn trotzdem, wie eine hohle Nuss grinsend, wo es hier in der Nähe Erdbeerfelder gibt.

»Willst du selbst pflücken?«, fragt er und mustert mich unverhohlen. Dass er mich gleich duzt, scheint hier wohl üblich zu sein. Ich kann das schon verstehen, schließlich ist die Gegend hier im Gegensatz zu Köln ziemlich spärlich besiedelt, da freut man sich vermutlich noch, wenn man mal auf eine andere Menschenseele trifft, und will sich nicht unnötig mit Förmlichkeiten aufhalten.

»Eigentlich, äh, nein. Ich suche ein ganz bestimmtes Feld«, erkläre ich umständlich.

»Zu wem willst du denn?«

»Die Frau, der das Feld gehört, heißt Uhlenbrock. Sie ist etwa so groß«, ich hebe meine flache Hand bis zu meiner Nasenspitze, »und hat graue Locken. Vielleicht haben Sie sie ja schon mal hier in der Nähe gesehen? Sie hat ein … braunes Gesicht und lustige blaue Augen und kocht hervorragenden Schweinebraten. Sie wohnt in einem weißen Haus in der … verflixt, wie hieß denn jetzt noch die Straße? Warten Sie, ich muss mal in meinem Handy nachgucken!« Ich fingere das Gerät aus meiner Tasche, während der Karierte mich ungläubig anstarrt. Was hat er denn? Habe ich etwa doch noch braunes Puder im Gesicht?

Jetzt kratzt er sich am Kinn. »Die Ellen also.« Er nickt mit dem Kopf zu seiner rechten Seite. »Steig auf.«

Er scheint kein Mann großer Worte zu sein. Herrlich, ein echter Eifelbauer, ich bin fast ein wenig gerührt, kann mich aber mit dem Traktor nicht wirklich anfreunden. »Da rauf?«

»Ist 'n prima Sitz.« Er haut mit seiner Pranke auf das Stück Holz, das auf dem Kotflügel aufgeschraubt wurde, und ich befürchte schon, dass der alte Traktor unter der Wucht seines Schlags in sich zusammenstürzt.

Zögerlich klettere ich zu ihm nach oben und setze mich vorsichtig auf das einfache Holzbrett. Im nächsten Moment fährt der Bauer ruckartig an, und ich wäre ihm fast auf den Schoß gekippt. Mit Müh und Not klammere ich mich an der Stange fest, die früher wohl mal das Verdeck getragen hat.

Der Alte lacht.

»Heinz«, sagt er, tippt sich auf die Brust und steckt sich eine Zigarette an, die er mir prompt anbietet.

Ich schüttele den Kopf. Ob es unhöflich ist, wenn ich jetzt bloß *Schiller* sage? »Leonie«, presse ich schließlich hervor und fühle mich ganz seltsam dabei. Bei Cosmic Internet ist es normal, dass sich die Mitarbeiter duzen, weil es zur Firmenphilosophie der flachen Hierarchien gehört, aber privat bin ich das nicht gewöhnt. Weil ich es genau genommen überhaupt nicht gewöhnt bin, privat zu sein.

Die kurze Fahrt verbringe ich mit zusammengebissenen Zähnen und bin erleichtert, als nach ein paar Minuten, in denen wir schon an mehreren Feldern vorbeigekommen sind, endlich der alte Laster auftaucht, mit dem Emil weggefahren ist. Ich erkenne ihn an der dunkelgrünen Farbe, die an den Seiten schon halb abgeblättert ist und Roststellen offenbart.

»Da.« Heinz nickt in Richtung des Lasters. Ich sehe viele bunte Farbtupfer, weil sich außer Emil bestimmt noch zehn andere Menschen gebückt durch die Reihen fortbewegen.

»Mit dem grauen T-Shirt. Ist der Neffe von der alten Ellen. Wenn du Erdbeeren kaufen willst.« Sein Lachen geht in einen ausgewachsenen Raucherhusten über. Unsere Ankunft bleibt nicht unbemerkt, einige Erntehelfer heben die Köpfe und nutzen die Gelegenheit, den gebogenen Rücken zu überstrecken. Du meine Güte, das sieht ganz schön anstrengend aus, was die da treiben. Gibt es für so was denn keine Maschinen?

»Danke fürs Mitnehmen!« Mit zitternden Knien steige ich vom Traktor hinab und atme erleichtert auf, als ich wieder Boden unter meinen Absätzen spüre.

Weichen Boden. Sehr weichen Boden, Mist!

Lief hier bis eben noch ein Fluss entlang, oder was? Mit Entsetzen spüre ich, wie meine Fersen immer tiefer in der schlammigen Erde einsinken.

»Kein Problem.« Noch einmal tippt Heinz an seine Mütze, bevor er wendet und zurück auf die Straße fährt.

Als ich versuche, die Füße anzuheben, schmatzt es laut, und im nächsten Moment rudere ich hilflos mit den Armen, um nicht umzufallen. Ein ziemlich schmächtiger Typ mit sandfarbenem Haar beobachtet mich und fängt an zu lachen. Jetzt drehen sich auch die anderen Erntehelfer zu mir um. Emil pustet sich eine widerspenstige Strähne aus der Stirn und flucht leise. »Scheiße!«

Leider nicht leise genug. Die anderen fangen an zu grinsen und beugen sich wieder demonstrativ über ihre halbgefüllten Erdbeerschalen.

Okay, ich habe nicht erwartet, dass Emil sich freut, mich so schnell wiederzusehen, aber muss er gleich so reagieren? Mit grimmiger Miene beobachtet er, wie ich mich abmühe, meine Pumps aus dem Schlamm zu ziehen, ohne umzukippen. Wahrscheinlich genießt er den Anblick, zumindest macht er keine Anstalten, mir entgegenzukommen und mir unter die Arme zu greifen. Idiot!

Unmöglich, die Schuhe aus dem Boden zu ziehen, die Absätze scheinen regelrecht eingesaugt zu werden. Mir wird der Kopf heiß, doch dann siegt mein Kampfgeist, und ich schlüpfe aus meinen Schuhen heraus, um hoch erhobenen Hauptes barfuß darüber hinwegzusteigen. Ich werfe keinen Blick zurück.

Die Trittwege bestehen aus festgestampfter Erde, mit einer dünnen Schicht Stroh ausgelegt, die mich bei jedem Schritt in die Fußsohlen pikst. Sind *das* etwa Erdbeeren?, frage ich mich ungläubig und begutachte die über den Boden wuchernden krautigen Dinger.

Autsch! Dieses blöde Stroh! Jetzt bloß nicht aufgeben, sondern tief Luft holen!

»Herr Rau«, rufe ich Emil zu, als ich nur noch wenige Meter von ihm entfernt bin, »wir waren noch nicht fertig.«

Er sieht aus, als bekäme er von meinem Anblick Zahnschmerzen. »Das habe ich anders in Erinnerung. Ich bin auf jeden Fall mit Ihnen fertig.« Er schnappt sich eine leere Plastikschale und pflückt weiter Erdbeeren, als wäre ich gar nicht da. Eine dunkle Locke klebt ihm auf der Stirn, und er versucht vergeblich, sie mit dem Unterarm wegzuwischen. »Ich habe echt anderes zu tun, als mich weiter mit einer verwöhnten Bürotussi rumzuärgern.«

Hinter mir Gekicher.

Mir bleibt die Spucke weg. Bürotussi? Ich eine Bürotussi? Na gut, überlege ich, ich *arbeite* in einem Büro, und ich komme eigentlich so gut wie nie dort raus, abgesehen von den Schlafenszeiten, und gerade trage ich auch meine übliche *Büro*kleidung und nichts, womit man normalerweise auf ein Erdbeerfeld gehen würde, und meine *Büro*pumps stecken wie zwei einsame Soldaten im Schlamm fest, aber ansonsten … Okay, ich bin eine Bürotussi.

»Ich habe nicht vor, Sie von der Arbeit abzuhalten. Sie können gerne damit weitermachen, mit …« Ich wedele mit den Armen, »… mit dem, was auch immer Sie da tun. Ernten«, verbessere ich mich. »Und ganz ehrlich, ich könnte mir auch etwas Schöneres vorstellen, als mich mit einem … einem … Erdbeerfeld-Idioten herumzuärgern.«

Das Gekicher hinter mir wird zu einem Prusten.

»Was wollen Sie denn von mir hören, Frau Schiller?« Er

spricht *Frau* aus, als wäre es etwas Unanständiges. »Reicht es, wenn ich sage, dass ich Ihnen vergebe? Werden Sie dann verschwinden? Gut, wenn es das ist, was Sie wollen: Ich verzeihe Ihnen. Auf Wiedersehen!« Er hat seine Schale inzwischen gefüllt und stellt sie in einen Plastikkasten auf eine Art Schlitten, um gleich mit der nächsten zu beginnen.

»Vielleicht können wir SubSox noch retten? Wir könnten einen neuen Namen finden, die Plattform ausbauen und verbessern. Wir ...«

Erwähnte ich bereits, dass ich es einfach nicht ertrage, wenn eine Idee den Bach runtergeht? Und das ist eine richtig gute Idee. Sie ist brillant. Derjenige, der sich das ausgedacht hat, muss wirklich etwas auf dem Kasten ha... egal, ich schweife ab.

»So schnell können Sie doch nicht aufgeben! Da muss man doch was tun! Ich bin bereit, Ihnen zu helfen. Wir könnten herausfinden, wer wirklich dahintersteckt, und ihn verklagen. Sie müssen auch unbedingt Ihre Kunden informieren, dass die Seite gehackt wurde und die Kundendaten gestohlen wurden.«

»Na, das wird meine Kunden bestimmt begeistern.«

»Aber SubSox ist so eine geniale Idee, ich war von Anfang an davon begeistert. Es lohnt sich, dafür zu kämpfen. Sie haben damit wirklich, äh, großartige Arbeit geleistet.« Ihn zu loben fällt mir jetzt doch etwas schwer, muss ich zugeben, und dann beeindruckt es Emil auch noch kein bisschen. Er scheint auf meine Meinung einfach keinen Wert zu legen, was mich mehr frustriert, als ich zugeben möchte.

»Tja«, sagt er schlicht und tritt einen Schritt weiter die Reihe entlang, ohne mich auch nur anzusehen. Für ihn ist das Thema anscheinend erledigt.

Neben mir taucht eine blonde junge Frau auf, die im Gegensatz zu mir sehr passend gekleidet ist, mit Turnschuhen und einer bequemen Jeans. In der nächsten Sekunde drückt sie mir eine blaue Plastikschale in die Hand. »Wenn du hier bist, du kannst auch arbeiten, anstatt zu stören die anderen.« Sie lächelt zwar, wirkt dabei aber so nett wie eine Gefängniswärterin. »Ich heiße Patrycja, komme aus Polen.«

Meine Hand greift ganz automatisch nach der leeren Erdbeerschale. »Leonie. Aus Köln.«

Patrycja grinst, doch Emil stöhnt auf, was ich demonstrativ ignoriere.

»Gute Idee«, sage ich, dabei ist das gelogen. »Ich wollte schon immer mal … etwas ernten. Das ist toll, so archaisch.« Ich versuche mich selbst zu begeistern, dabei spüre ich alles andere als Begeisterung. Ich meine, bekommt man davon nicht Rückenschmerzen?

Emil stößt einen Fluch aus und steigt über die Erdbeeren, um in die nächste Reihe zu gelangen, möglichst weit weg von uns. Dieser blöde Erdbeerbauer! Er hat doch genauso im Büro gearbeitet wie ich! Keinesfalls ist er kompetenter als ich, was das Erdbeerenernten angeht, und der zweifelnde Blick, den er mir zuwirft, stachelt mich nur noch mehr an.

Glaubt er denn, dass ich das nicht kann?

Denkt er, ich könne nicht ebenso hart arbeiten wie er?

Meint er, ich wäre zu fein dafür, mir die Hände schmutzig zu machen?

Will er mir mit diesem abschätzigen Blick etwa sagen, dass ich kein guter Erntehelfer wäre?

Das wollen wir doch mal sehen! Energisch umfasse ich die Schale. Mmh, warum benutzt man dafür eigentlich Plastik? Könnte man nicht auch Schalen aus Presspappe verwenden?

Oder Holz? Bei Gelegenheit sollte ich das mal Tante Ellen fragen. Doch jetzt ist dafür keine Zeit, denn ich habe eine Mission! Ich werde Emil beweisen, dass ich genauso tüchtig bin wie jeder andere hier auf diesem Feld. Und dass er mir vertrauen kann. Ich will ihm wirklich helfen, das muss er mir einfach glauben!

Mein Blick wandert zur Smartwatch an meinem Handgelenk – die darf ich keinesfalls beschädigen, schließlich ist sie meine Nabelschnur zur echten Welt. Unauffällig öffne ich den Steigbügelklipp und stecke die Uhr in meine Handtasche. Dann stelle ich meine Tasche etwas abseits auf das trockene Stroh und kremple meine Blusenärmel auf.

Ich bin Leonie Schiller 2.0, die engagierteste Erdbeerpflückerin der Eifel. Mindestens.

KAPITEL 14

Mein Rücken bringt mich um. Es fühlt sich an, als würde mir jemand den Strahl eines Flammenwerfers direkt aufs Kreuz richten. Ich brenne aber nicht nur am Rücken, sondern auch innerlich. Meine Wasserflasche habe ich bereits in der ersten halben Stunde geleert und seitdem nichts mehr getrunken, und das ist mindestens schon … zwanzig Minuten her.

Ich glaube, ich sterbe.

Außerdem bin ich eine schreckliche Pflückerin. Meine ersten Versuche hat Patrycja mit entsetztem Kopfschütteln quittiert. »Du kannst nicht einfach reißen«, hat sie gesagt und mich grob am Arm zurückgehalten. »Hast du kein Gefühl in die Hände? Du darfst nur mit zwei Finger fassen und dann drehen. Nein, nicht so, du quetschst sie, dann wir können sie gleich in die Eimer schmeißen zu die Angefressenen.«

Ich beginne Patrycjas Kontrollblick zu fürchten. Sie ist wirklich gnadenlos. Aber sie zeigt mir auch, wie man die Erdbeeren elegant vom Stiel dreht, denn der darf auf keinen Fall an der Erdbeere verbleiben. »Wenn Stängel dranbleibt, dann er sticht die anderen Erdbeeren.« Zum Beweis pikst sie mich mit dem Zeigefinger in den Bauch. »Dann Haut von die Erdbeere ist kaputt und fault.«

Aber immerhin habe ich schon vier Schalen gefüllt und sie in die Plastikkiste gestellt. Insgesamt passen zehn Schalen dort hinein, und ich fiebere dem Moment entgegen, an dem ich meine erste Kiste voll habe. Patrycja hat übrigens in derselben Zeit zwanzig Schalen und damit schon zwei Kisten gefüllt, die Streberin.

»Wie viel verdient man denn so als Erdbeerpflücker?«, frage ich sie, als ich dazu komme, Luft zu holen. Auch wenn es eine elende Schufterei ist, so hat so ein Job an der frischen Luft doch durchaus seine Vorzüge. Zum Beispiel redet niemand Beratersprech so wie mein Kollege Marc. Und man bekommt ganz von allein eine gesunde Gesichtsfarbe, auch wenn meine im Augenblick vermutlich eher an einen Hummer erinnert.

»Kommt drauf an, wie schnell du bist«, erklärt Patrycja und hat, schwups, die nächste Zehnerkiste angefangen. »Ich bin schnell, bekomme sieben Euro fünfzig in Stunde. Du bist langsam«, stellt sie kopfschüttelnd fest. »Wenn du hast Glück, dann du kriegst fünf.«

Fünf? Fünf Euro? Für eine ganze Stunde dieser Plackerei?

Ich kann es nicht glauben. Ich meine, ich muss dann zehn Stunden Erdbeeren pflücken, um mir den Masseur leisten zu können, der mir diese höllischen Rückenschmerzen herausmassiert. O Gott!

Ich beiße die Zähne zusammen. Allein schon aus diesem Grund habe ich mir eine kleine Belohnung verdient. Es ist fraglich, ob ich überhaupt nur einen Cent sehe, schließlich hat Tante Ellen mich gar nicht eingestellt. Überhaupt erscheint mir ihr Jobangebot als Anti-Age-Managerin gleich viel attraktiver. Jedenfalls brauche ich jetzt unbedingt ein paar Erdbeeren. Man kann nicht stundenlang Erdbeeren pflücken, ohne auch nur mal eine davon zu kosten. Das ist einfach unmöglich.

Wie ich eben gelernt habe, heißt diese Sorte hier *Lambada*. Und das allein klingt schon köstlich, oder? Sie muss noch hellrot gepflückt werden, weil die dunklen Erdbeeren schon überreif sind, hat mir Patrycja erklärt. Langsam glaube ich, sie hat ein Diplom im Erdbeeranbau.

Auf jeden Fall entdecke ich gerade eine Beere, die mir schon viel zu dunkel erscheint. Die kann Tante Ellen ohnehin nicht mehr verkaufen. Zwei Tage später, und das Früchtchen fängt an zu schimmeln, das ist doch keine Frage. Genau genommen tue ich Tante Ellen einen Gefallen, wenn ich diese dunkelrote, also fast schon faule Erdbeere aus dem Verkehr ziehe. Das fällt doch sonst auf ihren Hof zurück. So was spricht sich in null Komma nichts herum, und dann wird ihr Umsatz einbrechen.

Ich bücke mich und schiebe die Blätter beiseite, um an die Beere zu kommen. Sie ist riesig. Die ist nicht einfach so mit einem Happs im Mund, das ist mir klar, als ich sie abdrehe und nicht einmal meine Hand sie vollständig umschließen kann. Bestimmt ist sie herrlich saftig. Ich habe schrecklichen Durst, und allein die Vorstellung davon, wie dieser Saft auf meiner Zunge schmecken wird, raubt mir beinahe die Sinne. Meine Hand schwebt über dem Erdbeerkörbchen, doch ich ziehe sie wieder zurück.

Sieht auch niemand zu mir her? Patrycja ist hochkonzentriert bei ihrer Arbeit und mir schon meterweit voraus. Dieser kleine Knirps mit den sandfarbenen Haaren – er heißt Mirko, was ich schon schlimm genug finde – schielt immer mal zu mir herüber, aber im Augenblick kratzt er sich hemmungslos im Schritt und ist abgelenkt. Igitt, denke ich, von dem will ich wirklich keine Erdbeeren essen. Innerlich schüttelt es mich allein bei der Vorstellung … nein, Leonie, jetzt kein Kopfkino, bitte!

Die beiden Rumäninnen mit den Kopftüchern drehen mir

den Rücken zu. Zwei Männer haben ihre Schlitten zum Laster gezogen und laden ihre Kisten auf. Von Emil ist keine Spur zu sehen. Dieser Faulenzer! Wahrscheinlich hat er sich irgendwo ein schönes Plätzchen zum Chillen gesucht.

Jetzt aber schnell! Ich fühle mich hundertprozentig sicher und stopfe mir hastig die ganze Erdbeere in den Mund.

O Mann, die iff ffo grooofff! Riiiiiefffig.

Aber wie die ffffmeckt, einfach köfftlifff.

In diesem Augenblick spüre ich keine Schmerzen mehr im Rücken, ich schmecke nur noch die köstliche Süße der Erdbeere auf meiner Zungenspitze und unterdrücke ein Stöhnen. Man könnte auch sagen, ich habe für einen kurzen Moment das Antlitz Gottes erblickt. Sie schmeckt einfach göttlich!

Aber sie ist so groß, dass mir beim Zerbeißen der Saft aus dem Mund spritzt und das Kinn hinunterläuft. Bevor ich ihn mit dem Handrücken wegwischen kann, höre ich eine Stimme in meinem Rücken.

»Sie wissen schon, dass das Diebstahl ist?«

Verflixt.

Langsam drehe ich mich um. Ich kann nicht antworten, weil mir sonst die halbzerkaute Erdbeere aus dem Mund plumpsen würde. Meine weitaufgerissenen Augen starren wie hypnotisiert in die halbgeschlossenen blauen Augen von Emil, der die Hände vor der Brust verschränkt hat. Ich kann nicht einmal kauen, weil er das sofort sehen würde, und warte mit angehaltenem Atem darauf, dass sich die Erdbeere in meinem Mund von alleine auflöst. Was sie aber nicht tut.

»Sie haben wohl allgemein keinen Respekt vor dem Besitz anderer, oder? Nicht nur vor meinen Kundendaten.« An seinen Augenbrauen zuckt es, und in mir bricht plötzlich etwas auseinander. Ich fürchte, es ist meine Selbstbeherrschung.

Hastig schlucke ich die Erdbeere hinunter und sehe Emil an, dessen Unterarme schon eine ordentliche Portion Sonne abbekommen haben und ziemlich kräftig aussehen, und ich spüre, wie es in meinem Gesicht prickelt vor Scham. Meine Güte, es ist nur eine blöde Erdbeere, aber dass er mich dabei erwischt hat, zieht mir den Boden unter den Schuhen … also unter den nackten Füßen weg. Mit Entsetzen spüre ich, wie mir Tränen in die Augen schießen, und ich blinzele heftig.

O Gott, Leonie, du kannst doch jetzt nicht heulen! Ich heule doch nie, und wenn ich nur daran denke, dass mich meine Mutter so sehen könnte, wird mir ganz anders. Ich versuche, etwas zu sagen, um mir nicht anmerken zu lassen, wie fertig ich bin, bringe aber nur ein gurgelndes Geräusch zustande.

Emils Augen weiten sich. Mit einem Mal wirkt er verunsichert. »Wenn Sie eine Pause brauchen«, er deutet in Richtung des Lasters und räuspert sich, »ich habe dort hinten im Schatten eine Wasserkiste stehen.« Und dann, weil ich nicht antworte: »Alles okay mit Ihnen?«

»D-danke«, stammle ich noch, und im nächsten Moment bricht ein Wimmern aus meiner Kehle. Mir ist auf einmal alles zu viel. Die Hitze, das Stroh, das mir in die Fußsohlen pikst, der Rücken, der mir von der ungewohnten Arbeit brennt, und vor allem die Vorstellung, dass es niemanden auf der Welt gibt, der mir noch vertraut. Schluchzend und stotternd hole ich Luft.

»Ich h-habe meine Mutter angelogen«, heule ich los und spüre, wie mir Tränen die Wangen runterlaufen. »Ich habe sie angelogen, damit sie mich nicht für eine totale Versagerin hält. Sie ist so wahnsinnig erfolgreich. Sie ist wahrscheinlich die erfolgreichste Investmentbankerin des Jahrhunderts oder so. Ihr wäre es bestimmt niemals passiert, dass jemand sie so reinlegt und sie ihren Job verliert. Deshalb kann ich mich ihr auch nicht anvertrauen, dabei ist sie doch eigentlich der einzige Mensch, dem ich bedingungslos vertrauen sollte, oder? Das ist so furchtbar.« Mit beiden Händen wische ich mir durch das Gesicht. »Ich habe seit Stunden mit niemandem gesprochen, den ich kenne, was b-bedeutet, dass ich mit keinem Kontakt hatte, der bei Cosmic Internet arbeitet. Ich habe das erste Mal seit bestimmt zwei Jahren Fleisch gegessen, und dabei war mir das arme Tier völlig egal.«

Ich kann mich nicht mehr zurückhalten und lasse nun alles raus, was mir auf der Seele lastet. Ich erzähle Emil davon, dass ich das Mitarbeiterplakat verunstaltet habe, weil mir Marc so auf die Nerven ging, und dass ich heimlich Latte macchiato mit vollfetter Kuhmilch getrunken habe und meine Schuhe aus echtem Leder bestehen, obwohl Daniel Herbst darauf besteht, dass wir welche aus Stoff oder Polyurethan kaufen. Und ich gestehe ihm, dass meine einzige Freundin meine Putzfrau Olga ist, weil sie der einzige Mensch ist, mit dem ich außerhalb von Cosmic Internet spreche. Emil sagt kein Wort. Er sieht ein wenig mitgenommen aus, weil ich ihn so mit meinen Sorgen bombardiere, doch ich kann nicht mehr damit aufhören.

»Ich habe keine Ahnung, was ich jetzt tun soll. Ich habe entsetzlichen Durst, und ich … ich habe meinen Job verloren. Und jetzt«, ich zerre meine Uhr aus der Handtasche heraus, »jetzt ist auch noch der Akku meiner Smartwatch leer. Ich weiß nicht einmal, wie spät es ist.«

»Halb sechs«, antwortet Emil etwas hilflos.

»Mein Akku ist leer«, schluchze ich wiederholt. »Er hält nur zwölf Stunden, wissen Sie? Wieso kauft man sich nur eine

Uhr, die nur zwölf Stunden hält, wenn der Tag doch vierundzwanzig hat? Ich verstehe das nicht.«

»Tja, gute Frage. Meine Batterie lasse ich nur alle zwei Jahre austauschen.« Emil schüttelt sein Handgelenk, an dem eine Armbanduhr mit einem dunkelbraunen Lederarmband hängt, die nach Vintage aussieht, so als wäre sie mindestens so alt wie Tante Ellen.

»Ich kann nicht mal nach Hause fahren, weil mein Auto nicht mehr anspringt.«

»Wieso springt es nicht an?« Er sieht verwirrt aus.

»Weil … weil … da auch der Akku leer ist.« Wider meinen Willen muss ich lachen, und Emil fängt an zu grinsen, so dass in seinem Mundwinkel wieder dieser Halbmond auftaucht, den ich erst heute Mittag entdeckt habe.

»Du hast da was im Gesicht«, sagt er und hebt seine Hand. »Ich glaube, es ist Erdbeersaft.«

KAPITEL 15

Ich zucke zurück, weil es mir peinlich ist, dass ich diese Erdbeere so gierig in mich reingestopft habe, und Emil lässt seine Hand langsam wieder sinken. Außerdem ist es mir noch viel peinlicher, dass ich mich so habe gehenlassen. Das ist überhaupt nicht meine Art, und schon gar nicht erzähle ich wildfremden Menschen von meinen Problemen.

Mit dem Ärmel wische ich mir über das Kinn. Sonst bin ich immer sauber und rein, innen wie außen, und jetzt ist meine Hose mit Erde beschmutzt, meine Füße sehen aus, als wäre ich mit ein paar Hobbits durchs Auenland marschiert, und meine Bluse hat etliche Schweißflecken und rote Spritzer von den Erdbeeren davongetragen. Von meinem Gewissen fange ich besser gar nicht erst an.

Aber: Hat Emil mich etwa gerade geduzt?

Bestimmt habe ich mich verhört.

»Wir machen jetzt Feierabend«, verkündet er in diesem Moment laut in die Runde und wirft mir einen Seitenblick zu. »Die Erdbeeren gehen morgen früh in die Supermärkte, deshalb fahre ich sie jetzt zum Kühlcontainer. Sollen wir dein Auto danach zur Tankstelle abschleppen?«, bietet er mir an.

Er duzt mich tatsächlich. Komischerweise verursacht das *Du* aus seinem Mund ein Prickeln in meinem Nacken. »Das wäre, äh, nett. Ich bleibe dann solange hier.« Ich deute auf das Feld und verziehe das Gesicht, als mir meine Pumps ins Blickfeld geraten. Mist, die kann ich bestimmt wegschmeißen.

»Gut, wie du willst.«

Emil lädt die letzte Kiste auf den Schlitten und zieht ihn über das Stroh zum Laster. Die anderen beginnen, ihre Sachen einzusammeln, und klettern dann hinten auf die Ladefläche. Patrycja, die einen zerbeulten Fiat fährt, nimmt die beiden Rumäninnen und Mirko mit. Kaum ist die Kolonne abgezogen, laufe ich zu meinen Pumps, um sie aus dem Schlamm zu zerren, da sehe ich, dass Emil mir eine volle Wasserflasche neben die Schuhe gestellt hat. Das ist aber wirklich nett von ihm. Ich schraube sie auf und trinke dankbar, und auch wenn das Wasser so warm schmeckt wie aus der Badewanne und ich alles für einen Eimer Eiswürfel geben würde, ist es einfach köstlich.

Einen Schuss lasse ich über meine Füße laufen und reibe mir die Fußsohlen am Gras trocken, so sehen sie wieder einigermaßen sauber aus. Mit meinen Pumps ist das eine andere Sache. Warum, frage ich mich, können sich Kühe eigentlich im Dreck wälzen, soviel sie wollen, aber das Leder aus ihrer Haut darf bloß nicht schmutzig werden?

Emil hat nicht gesagt, wie lange es dauern wird, bis er zurückkommt, und jetzt hocke ich mich am Straßenrand ins Gras und krame in meiner Handtasche nach dem Handy. Kaum dass ich den Bildschirm entsperrt habe, blitzen gleich mehrere Nachrichten auf. Endlich ein Lebenszeichen. Endlich ein Zeichen, dass ich überhaupt noch ein Leben habe! Doch dann lese ich die erste Mitteilung, und hinter meiner Stirn fängt es schmerzhaft an zu pochen.

Marc Krings:
Werde researchen, welcher Vogel da gezwitschert hat, das ist promised! Am besten, du bleibst erst mal mute.

Oh. Ich bin ganz gerührt, dass Marc sich so für mich einsetzen will, aber was um Himmels willen ist passiert? Wieso soll ich still sein? Ich war doch nur ein paar Stunden weg und habe auch mit niemandem über *das Problem* gesprochen. Meine Gedanken rasen, hektisch klicke ich zur nächsten Nachricht.

Sylvia:
Daniel hat mich heute entlassen. Ich soll mit dir unter einer Decke stecken. Scheiße.

Hannelore Schiller:
Leonie, sag mir, dass das nicht wahr ist! Wir haben doch eben erst telefoniert! Ich bin tief enttäuscht von dir. Wie konntest du dich nur dabei erwischen lassen?

O nein, o nein, o nein! Ich weiß nicht, was das bedeuten soll, aber ganz sicher hat meine Mutter herausgefunden, dass ich sie angelogen habe. Die Frage ist nur: Wie? Sie kann doch unmöglich noch einmal in der Firma angerufen haben, überlege ich panisch, oder doch? Und sie arbeitet in einer ganz anderen Branche als ich, nie im Leben hat sie unter der Hand etwas von Cosmic Internet gehört. Ich scrolle die nächsten Nachrichten durch, darunter ist eine von einer Frau aus der Personalabteilung, die ich kaum kenne, weil sie nach mir eingestellt worden ist, und schließlich lande ich bei meinem Chef und dem CEO von Cosmic Internet.

Daniel Herbst:
Aufgrund der Berichterstattung müssen wir den Vertrag mit dir sofort auflösen. Für alles andere wende dich bitte an die Personalabteilung.

Ich bin wie vor den Kopf geschlagen. Habe ich etwas verpasst? Und hat Brockmann nicht sogar noch betont, dass nichts von diesem geplatzten Geschäft mit SubSox nach außen dringen darf? Wieso spricht Daniel dann von einer *Berichterstattung*? Mir wird ganz heiß, und das liegt nicht an der Abendsonne, die mir auf den Kopf scheint.

Schnell nehme ich noch einen Schluck Wasser und atme dann tief durch, bevor ich in meinem Internetbrowser die Nachrichtenseiten öffne. Der Empfang hier ist mies, deshalb dauert es eine gefühlte Ewigkeit, bis sich die erste Seite aufgebaut hat.

Nichts. Zumindest nicht auf den ersten Blick.

Puh, noch mal gutgegangen. Ich wische mir den Schweiß von der Stirn und fasse mir in den Nacken, der brennt, als hätte mir jemand heißes Öl über den Kopf gegossen. Testweise gebe ich dann ein paar Suchbegriffe ein wie *Cosmic Internet, Skandal, SubSox, Datenklau*. Und dann raubt mir der Schock den Atem.

Ich halte mir die Hand vor die Augen, weil ich nicht lesen will, was ich da lesen muss. Allein die Überschrift reicht mir schon:

Mitarbeiterin von Cosmic Internet klaut Kundendaten und stellt Scheinprodukte ein – Überflieger SubSox steht vor dem Aus.

War mir eben noch heiß, gefriert mir in der nächsten Sekunde das Blut zu Eis. Ich will das nicht lesen, kann aber nicht verhindern, dass mir mein eigener Name ins Auge fällt: Leonie S.

Ich bin eine Frau mit Punkt. Das ist entsetzlich. Ich fühle mich wie eine Verbrecherin, dabei bin ich eigentlich ein Opfer. Leonie S. klingt genauso furchtbar wie … wie … Christiane F. O mein Gott!

Leonie S. – Wir Datendiebe von Cosmic Internet.

Ich bin erledigt. Aber so was von. Und was das Allerschlimmste ist: Meine Mutter hat das bestimmt gelesen. Sie muss es wissen, andernfalls würde ihre Nachricht gar keinen Sinn ergeben. Sie weiß, dass ich es verbockt habe, und das Einzige, was sie schreibt, ist: *Wie konntest du dich nur dabei erwischen lassen?*

Mein Handy vibriert. Vor Schreck lasse ich es fallen und nehme es dann mit spitzen Fingern hoch, als hielte ich etwas furchtbar Ekeliges in der Hand. Es ist schon wieder eine SMS.

Olga:
Ich gestern Fußleisten vergessen und eben geputzt. Fotograf vor dem Haus hat gefragt nach Ihnen. Aber zum Glück nicht BILD-*Zeitung. War Ruck-Zuck. Ist gut?*

Nein, nein, nein, das ist gar nicht gut! Säße ich nicht bereits auf dem Boden, würde ich in diesem Moment bestimmt umkippen. Die Gedanken springen mir durch den Kopf wie Pingpongbälle:

Ich muss unbedingt in der Firma anrufen.
Ich darf mich in der Firma nie wieder blicken lassen.
Meine Mutter kann mir vielleicht helfen.
Meine Mutter wird mich umbringen.
Ich muss sofort nach Hause.
Ich kann nie wieder nach Hause.
Ich wünschte, Emil würde endlich zurückkommen.
Oh, da kommt Emil!

To-do

1. Ibuprofen in der Apotheke kaufen. Und Blasenpflaster.
2. Tante Ellen fragen, ob es hier ein Geschäft gibt, das Elektronikkram führt (Aufladekabel!).
3. Gucken, ob man hier irgendwo ~~vegan vegetarisch fleischlos~~ Pommes mit Ketchup essen kann.
4. Meine Mutter anrufen.
5. Meine Mutter anrufen und dabei nicht in Panik ausbrechen.

KAPITEL 16

Ich bin ein Feigling. Ich habe mich nicht getraut, meine Mutter anzurufen. Stattdessen habe ich die Nummer meiner Putzhilfe Olga gewählt und den Gedanken erfolgreich verdrängt, wie absurd es ist, dass ich ihr mehr vertraue als meiner eigenen Mutter.

»Was wollte dieser Journalist von der Ruck-Zuck?«

Olga lacht verächtlich in den Hörer. »Hat gefragt, ob Leonie Schiller hier wohnt in diese Haus, diese Anfänger! Ich wusste nicht, ob gut ist, deshalb habe ich gesagt nein.«

»Gott sei Dank! Oh, Olga, du bist ein Schatz! Danke, danke, danke! Ist seitdem noch mal jemand aufgetaucht?«

»Zwei Männer mit Fotokamera. Habe ich gesehen vom Fenster, aber nicht aufgemacht, als geklingelt. Ich das kenne von meine Bruder. Erste, was machen musst, ist ändern Klingelschild. Habe ich getauscht, steht jetzt *Goethe* an Klingel.«

Ich bekomme ein mulmiges Gefühl. Olga stammt ursprünglich aus der Ukraine. Und wie jeder weiß, kommt es dort schon seit Jahren immer wieder zu Kämpfen zwischen russischen und ukrainischen Milizen. Ich will gar nicht wissen, wieso ihr Bruder öfter mal sein Klingelschild ändern muss.

»Olga, was soll ich denn jetzt machen?« Es ist idiotisch, ausgerechnet sie das zu fragen, und ich erwarte auch keine vernünftige Antwort darauf. Eigentlich wünsche ich mir nur, dass mir jemand sagt, das alles sei gar nicht so schlimm.

»Beste ist«, fängt sie an, »Sie erst einmal tauchen unter, bis gewachsen ist Heu.«

»Heu?« Ich bin irritiert. »Ist das nicht erst im September?«

»Warten einfach, bis keine Männer mit Fotokamera mehr da. Ist, was ich würde machen, wenn ich gebaut Scheiße.«

Aber ich habe gar keine Scheiße gebaut!, will ich aufbegehren, weiß aber auch, dass es sinnlos ist. Olga hat recht. Das Beste ist wahrscheinlich, wenn ich mich einfach still halte. Genauso, wie es Marc auch schon gesagt hat. Wahrscheinlich sollte ich mich einfach damit abfinden, dass ich mir einen neuen Job suchen muss. Ich meine, Anti-Age-Managerin ist vielleicht gar nicht die schlechteste Wahl. O Gott, nein, eher werde ich Erntehelferin.

»Ist alles gar nicht schlimm, Frau Schiller«, sagt Olga endlich. »Sie nicht abgemurkst jemand, alles andere nicht so heiß gegessen wird wie gebraten. Machen einfach mal Urlaub!«

Mir schaudert. Schon wieder dieses Urlaubsthema. Tief in mir versuche ich, die Sehnsucht aus meiner Kindheit wieder aufleben zu lassen, aber ich kann sie einfach nicht spüren. Urlaub. Freizeit. Freie Zeit. Das klingt so sinnlos. Freie Zeit für was? Freie Zeit bedeutet doch, dass diese Zeit vergeudet ist, oder nicht? Was könnte man alles in diesen kostbaren Minuten anstellen, wenn man nicht gezwungen wäre, Urlaub zu machen? Ein, zwei neue Start-ups kaufen, in Projekte investieren und jungen Unternehmen unter die Arme greifen, mit der Entwicklungsabteilung brainstormen, Hunderte von E-Mails beantworten, Telefonate führen, in der Not sogar noch ein paar Bärte auf Mitarbeiterplakate malen.

»Ich weiß nicht, ob ich das kann«, sage ich wahrheitsgemäß. »Urlaub machen, meine ich. Ich weiß nicht, wie das geht.«

»Ist ganz einfach. Ich Ihnen sagen, wie wir das machen in Odessa.«

Das ist eines von Olgas Lieblingsthemen. Bei jeder Gelegenheit schwärmt sie mir von ihrer Heimatstadt vor. Inzwischen weiß ich vermutlich mehr über Odessa als über Köln.

»Odessa ist wunderbarste Hafenstadt an die Schwarze Meer. Wir auch haben eine Treppe, nur viel schöner als Spanische Treppe in Rom. Die Springbrunnen leuchten in der Nacht, und am Strand man kann kaufen Lutscher von Frauen mit Bauchgeschäft.«

»Aber ich bin nicht in Odessa«, sage ich fast ein wenig verzweifelt. »Ich bin in der Eifel.«

»Ist egal, ob Eifel. In Odessa wir spazieren in die Einkaufspassage und an die Strandpromenade. Es gibt viele, viele Strandpromenaden. Wenn in Eifel kein Strand, dann Sie spazieren eben über Wiese. Spazieren gehen, ohne zu haben Ziel! Nennt sich *bummeln*. Das ist, was Sie machen jetzt: bummeln. Viel Spaß.« Olga legt auf, und ich bleibe noch verwirrter zurück als vor unserem Gespräch.

Bummeln? Freie Zeit *verbummeln*?

Die ganze Nacht habe ich über Olgas Worte gegrübelt und kann mich noch nicht damit anfreunden. Ich habe übrigens im Gästezimmer von Tante Ellen geschlafen, weil der Firmenwagen ein paar Stunden an der Steckdose hängen muss. Natürlich hat die Tankstelle keine Gleichstrom-Ladesäule gehabt, aber der Tankwart ist sehr nett gewesen und hat eine Alternative gefunden. Nur dass diese Alternative eben ein paar Stunden länger dauert.

Schlafen ist übrigens auch zu viel gesagt, denn ich habe kaum ein Auge zugemacht. Hätte ich früher gewusst, dass Erdbeerenpflücken so anstrengend ist, dann hätte ich sie mit mehr Ehrfurcht gegessen. Mein Rücken schmerzt inzwischen nicht mehr, dafür kann ich vor Muskelkater kaum meine Arme anheben. Nach dem Besuch an der Tankstelle habe ich mir im Ort gleich etwas Frisches zum Anziehen besorgt. Von meinem letzten Bargeld. Zwei einfache T-Shirts, eine Jeans und bequeme Sneakers. Und Unterwäsche. Ich glaube, dass ich den Laden gefunden habe, bei dem Emil für gewöhnlich seine Shirts einkauft, und konnte nicht widerstehen. (Wenn ich ehrlich bin, es gab nur diesen einen Laden, und die Auswahl war mehr als beschränkt.) Als Dank fürs Abschleppen habe ich Emil eben eine Papiertüte vor seine Zimmertür gestellt. Darin befindet sich ein T-Shirt in Hellblau mit der Aufschrift: *Ich muss gar nix!*

Ich bin ziemlich sicher, dass es ihm gefallen wird. Ich hatte auch noch die Wahl zwischen *Rinderfilet krümelt nicht* und *Fünf Minuten dumm stellen erspart eine Stunde Arbeit*, fand das aber dann doch zu persönlich. Wieso Emil aber so lange schläft, ist mir ein Rätsel. Inzwischen haben wir bereits halb zehn, und er ist noch nicht aufgetaucht. Deshalb erkundige ich mich bei Tante Ellen, ob Emil immer so lange schläft, wenn er bei ihr ist.

»Emil?« Tante Ellen ist gerade dabei, einen Berg Möhren für einen Eintopf heute Mittag in kleine Scheibchen zu hacken, und sieht überrascht auf. Ihre Haare sind perfekt frisiert, und ihr Gesicht trägt wieder eine ziemlich *gesunde* Farbe.

»Aber der ist doch auf dem Wochenmarkt.«

»Wie? Jetzt?« Das kann doch nicht sein, ich bin schon seit sieben Uhr auf den Beinen und habe ihn nicht aus seinem Zimmer kommen hören.

»Kind, was denkst du denn? Meinst du, die Erdbeeren verkaufen sich von allein? Heinz hat heute Morgen die Kisten von gestern Nachmittag zu den Supermärkten gefahren. Und Emil ist seit halb sechs Uhr auf dem Feld, um pünktlich um acht, wenn der Markt öffnet, alles mit frischen Waren aufgebaut zu haben.«

»Oh, ja klar, natürlich. Wir haben ja auch, ähem, Mittwoch.« Innerlich schlage ich mir mit der flachen Hand gegen die Stirn. Wie dumm von mir. In meinem Gesicht prickelt es. Und wie peinlich! Ich dachte wirklich, Emil macht hier so was wie Urlaub. Woher soll ich denn wissen, dass er selbst im Morgengrauen Erdbeeren pflückt?

»Kann ich da irgendwie helfen?«, erkundige ich mich. Die Vorstellung, mich wieder auf ein Erdbeerfeld zu stellen, erscheint mir zwar nicht sehr attraktiv, aber Erdbeeren auf dem Wochenmarkt verkaufen kann schließlich nicht so schwer sein. Kaufen und Verkaufen sind dem, was ich sonst mache, gar nicht so unähnlich. Und ich bin Tante Ellen wirklich dankbar, dass sie mich hier hat übernachten lassen.

»Ich würde mich sehr gerne revanchieren.« Ich deute wahllos in den Raum, doch Tante Ellen versteht sofort, was ich meine.

»Das ist eine blendende Idee!«, ruft sie euphorisch aus. Ihr strahlendes Gesicht macht mich misstrauisch.

»Dann werde ich dich heute in die Grundlagen des Anti-Age-Managements einweihen. Ich wusste gleich, dass du die Richtige dafür bist, und wie praktisch, dass du gerade so viel Zeit hast.«

Ja, wie praktisch. Ich unterdrücke ein Stöhnen – so habe ich das natürlich nicht gemeint. Fieberhaft überlege ich, wie ich aus dieser Nummer wieder rauskomme. Tante Ellen einfach anlügen und sagen, dass ich von ihrer Kosmetik eine Allergie bekommen habe und sie besser nicht einmal berühre? Immerhin eine mögliche Option. Doch Tante Ellen sieht so glücklich aus, als hätte sie mit mir im Lotto gewonnen. Ich kann ihr das nicht antun.

»Das würde ich sehr gerne, aber ich muss mich erst einmal im Ort erkundigen, ob es hier ein Hotel gibt. Wie es aussieht, muss ich noch ein paar Tage länger bleiben, und …«

»Ein Hotel?« Ihre Stimme geht eine Oktave in die Höhe.

Ich bin irritiert. »Äh, kein Hotel? Dann vielleicht eine Pension? Bestimmt gibt es hier eine Pension. Ich glaube, wir sind gestern an einem Haus vorbeigekommen, an dem ein Schild angebracht war. Da stand etwas von Gäste…«

»Eine *Pension*?«, unterbricht sie mich. Da ist eine neue Schärfe in ihrem Ton, die mir bisher noch nicht aufgefallen ist.

»Vielleicht war es auch nur so was wie eine Jugendherberge. Ist ja auch egal!«, winke ich ab und lasse mein leeres Handy und meine funktionsunfähige Smartwatch in meiner Handtasche verschwinden. »Jedenfalls wollte ich fragen, ob sie dort Zimmer für ein paar Tage vermieten. Bis mein Auto aufgeladen ist, dauert es noch eine Ewigkeit, und ich dachte eigentlich, dass ich inzwischen vielleicht etwas Urlaub …«

»Eine *Jugendherberge*?«

Jetzt schreit sie beinahe, und in meinem Kopf fängt es an zu klingeln. Tante Ellens Stahllocken vibrieren, und das sieht wirklich gruselig aus. Die Falten in ihrem Gesicht treten noch deutlicher hervor, und ihre blauen Augen blitzen. Sie knetet ihre Hände so fest, als wolle sie jemanden erwürgen. Tante Ellen ist aus irgendeinem Grund richtig wütend. Auweia.

»Entschuldige, Tante Ellen«, sage ich vorsorglich, dabei habe ich keine Ahnung, was ich falsch gemacht habe. »Ich bin dir so dankbar, dass ich in deinem Gästezimmer übernachten durfte. Aber jetzt, wo ich mindestens noch eine Woche hierbleibe …« Meine Stimme verliert sich. Ich will nicht noch eine Woche in der Eifel bleiben, verflixt! Ich will zurück in mein altes Leben und zu meinem alten Job.

Tante Ellen öffnet den Mund und schließt ihn wieder. Ihr Busen unter der blassrosa Blümchenschürze bebt. Das Messer, mit dem sie die Möhren kleingeschnitten hat, nimmt sie wieder auf, was auf mich nun doch etwas bedrohlich wirkt.

»Und das ist der Dank?«, bellt sie mich an und lässt die Klinge durch die Luft surren. »Deshalb willst du nun im Ort ein Zimmer nehmen? Ein Zimmer bei der *Elfriede*?«

Ihr Hals scheint vor Entsetzen anzuschwellen.

Elfriede? Ich habe keine Ahnung, wer Elfriede ist, aber in mir keimt der Verdacht, dass Elfriede und Tante Ellen so etwas wie eine alte Fehde verfolgen.

»Ich weiß nicht, ob diese Zimmer einer Elfriede gehören«, sage ich wahrheitsgemäß. »Ich muss auch nicht unbedingt gerade in *diese* Pension gehen. Bestimmt gibt es noch andere.«

Tante Ellens Augen treten aus den Höhlen, und langsam bekomme ich es mit der Angst zu tun.

Hastig plappere ich weiter. »Natürlich gehe ich *nicht* in eine Pension, die einer Elfriede gehört. Ich würde niemals … also ganz bestimmt nicht … allein schon diese Vorstellung … ist auch wirklich kein sehr vertrauenerweckender Name … hatte ich bisher gar nicht bedacht.«

Ich bin unendlich erleichtert, dass in diesem Augenblick jemand zur Tür hereinkommt. Es ist in diesem Teil der Eifel offenbar üblich, den Haustürschlüssel von außen stecken zu lassen, und nun hören wir schwere Stiefel, die über die Fliesen in den Hausflur stapfen.

»Äh, da kommt jemand«, sage ich zu Tante Ellen, von der ich glaube, dass sie sich in einer Art Schockstarre befindet. Ich wünschte wirklich, sie würde das Messer wieder auf dem Schneidebrett ablegen, nicht, dass sie sich nachher noch verletzt. »Ich gehe mal nachsehen, wenn du nichts dagegen hast.« Und in null Komma nichts habe ich mich durch die Küchentür geschlängelt.

Es ist Heinz, der wortkarge Eifelbauer, der gerade seine Stiefel abstreift und in ein Paar Puschen schlüpft, die Tante Ellen für diese Zwecke körbeweise bereithält. Ich bin unendlich froh, ihn zu sehen.

»Heinz, wie schön!«, platze ich heraus, als wären wir zwei alte Bekannte, die regelmäßig auf Dorffesten zusammen einen picheln. Oder wären wenigstens miteinander verwandt. »Sie … *du* bist aber schon früh zurück von … von den Supermärkten.«

Supermärkte? Mehrzahl? Unvorstellbar, dass es hier gleich mehrere davon geben soll, ich habe jedenfalls nur eine Handvoll Geschäfte gesehen. Das hier ist schließlich nicht Bad Münstereifel, wo Heino wohnt und wo bestimmt jede Menge Touristen rumstromern, sondern bloß Weißnich.

»Tja.« Heinz kratzt sich am unrasierten Kinn, aber sein linkes Auge zwinkert mir zu, was ich als wohlwollende Begrüßung interpretiere. Überhaupt finde ich es gar nicht schwer, mit diesem wortkargen Bauern zu kommunizieren. Wir scheinen da eine Art Metaebene gefunden zu haben, über die sich unsere Datenströme austauschen. Wir verstehen uns auch, ohne dass wir rege miteinander sprechen.

»Gibt's Kaffee?«, fragt er nun und stiefelt durch den Flur.

»Ganz bestimmt«, sage ich und hoffe nur, dass Tante Ellen sich inzwischen wieder beruhigt hat. Was auch immer da gerade in ihr vorgeht, es scheint eine tiefenpsychologische Angelegenheit zu sein, in die ich als Außenstehende keinen Einblick habe. »Tante Ellen ist in der Küche«, sage ich überflüssigerweise. Meine Güte, wo sonst soll sie denn sein?

Heinz grunzt, stößt die Tür auf und bleibt wie angewurzelt stehen. Das Bild, das sich uns bietet, lässt mich aufschreien: Tante Ellen hält ein totes, nacktes Huhn über einen Kochtopf, aus dem Dampfschwaden aufsteigen. Bei genauer Betrachtung könnte es auch ein Schwan sein, denke ich und unterdrücke ein Schaudern. Das Messer hat sie glücklicherweise endlich weggelegt, trotzdem wird mir bei diesem Anblick flau.

»Gibt's Kaffee?«, wiederholt Heinz, der wohl länger braucht, bis er eine neue Platte aufgelegt hat, und den offenbar nichts so leicht erschüttern kann. Er schiebt sich an Tante Ellen vorbei, deren Augenbrauen in die Höhe geschnellt sind.

»Setz dich hin«, sagte sie, lässt das Huhn in das siedende Wasser gleiten, wo es losblubbert, und wendet sich dann der Thermoskanne zu, die auf der Anrichte steht.

Während sie einen Strahl der dunklen Brühe in eine Tasse laufen lässt, fängt sie an zu faseln. »Zur Elfriede! Das muss man sich mal vorstellen! Heinz, denk dir nur, das Kind will sich bei der Elfriede ein Zimmer nehmen.« Noch immer hat sie sich nicht beruhigt, greift zur nächsten Tasse, als wäre sie ein rettender Strohhalm, und gießt auch diese voll. »Als ob wir hier nicht genug Zimmer hätten.«

Heinz grunzt. Ob zustimmend oder nicht, kann ich nicht sagen. Unsere Metaebene ist wohl gerade in ein Funkloch geraten.

»Das war nur so eine Idee«, werfe ich vorsichtig ein. »Ich könnte natürlich auch …«

»Ich habe ihr das bis heute nicht verziehen!« Tante Ellen schnappt sich einen Spüllappen und beginnt hektisch über den Tisch hin und her zu reiben. Heinz und ich heben schnell die Tassen an, damit Tante Ellen sie nicht vom Tisch fegt.

»Jeder weiß, was sie getan hat! Jeder hier im Ort weiß, dass sie damals die Wahl manipuliert hat, und trotzdem hat keiner was gesagt.«

Die Wahl manipuliert? Ach du liebe Güte! Das klingt nach einem ernsten rechtlichen Verstoß. Diese Elfriede scheint mir ja ein ganz schlimmer Finger zu sein. »Was für eine Wahl denn?« Es könnte immerhin sein, dass Elfriede die Stimmzettel zu einer Landtagswahl falsch ausgezählt hat, oder vielleicht die Wahl zum Bürgermeister. Auf jeden Fall scheint es eine erschütternde Sache zu sein.

»Die Wahl zur Erdbeerkönigin!« Tante Ellen spuckt es aus, als hätte sie auf eine Gräte gebissen.

»Das ist wirklich … schlimm.« Ich nicke hastig, dann begreife ich, was Tante Ellen da überhaupt gesagt hat. Erdbeerkönigin? Ist das ihr Ernst? »Wow!«, platzt es aus mir heraus. »Was es nicht alles gibt! Bisher kannte ich nur Weink… Ich meine, äh, bei uns in Köln gibt es so was nicht.« Ich lache unsicher.

»Natürlich nicht!« Tante Ellen stiert mich an, als könne sie nicht glauben, dass ich wirklich so ungebildet bin. So als käme ich aus einem Paralleluniversum.

»Wann war das denn?«, erkundige ich mich, um Anteilnahme zu heucheln. »Vielleicht kann man diese Wahl ja noch irgendwie anfechten?«

Tante Ellen dreht an irgendeinem Schalter am Herd und setzt den Deckel auf den Topf. »Glaub mir, Kind, das hat keinen Sinn, ich habe damals alles Menschenmögliche versucht.«

»Damals?«

»1986. Aber sie hat es bis heute nicht zugegeben.« Ellens Zeigefinger schwingt drohend durch die Luft, und ich verschlucke mich fast an meinem Kaffee.

Heinz schlürft aus der Tasse, ohne ein Wort dazu zu sagen. Ich finde ja, er könnte durchaus etwas Hilfreiches dazu beitragen. Wenn er nicht reagiert, dann muss ich das wohl tun.

»Also unter diesen Umständen sehe ich natürlich davon ab, mir bei ihr ein Zimmer zu nehmen.« Es fällt mir nicht schwer, ernst zu bleiben, denn Tante Ellen scheint die Sache wirklich sehr mitzunehmen. Ihr Gesicht ist unter ihrem Bronzepuder ganz bleich geworden.

»Wenn es dir nichts ausmacht und du dein Gästezimmer nicht brauchst, dann könnte ich ja vielleicht auch hier …? Selbstverständlich bezahle ich dafür«, füge ich schnell hinzu, was Tante Ellen aber empört von sich weist.

»So weit kommt es noch! Nein, nein, du bleibst mal schön hier. Und glaub nicht, dass ich dafür Geld verlange. Das fehlte mir noch, dass eine Freundin von Emil bei der Elfriede unterkommt.« Sie schüttelt den Kopf und lässt ihre Stahllocken wippen.

Ich frage mich, wie Tante Ellen reagieren würde, wenn sie wüsste, dass ich ganz und gar keine Freundin von Emil bin. Wenn sie wüsste, dass ich kein bisschen verwirrt war, als ich behauptet habe, ihren Neffen ruiniert zu haben, und dass alles der Wahrheit entspricht. Ob das nicht viel schlimmer ist, als die Wahl einer Erdbeerkönigin zu manipulieren? Mir wird ein bisschen schummerig, wenn ich mir ausmale, dass sie mir auch in dreißig Jahren deswegen noch böse sein könnte. Doch ihr nächster Satz lässt mich das alles auf einen Schlag vergessen.

»So, und jetzt, wo das abgemacht ist, haben wir noch genug Zeit, um dir die erste Lektion im Anti-Age-Management beizubringen. Heinz, du kannst deinen Kaffee auch draußen trinken.« Sie scheucht ihn aus der Küche, und ich bleibe allein zurück, der alten Indianerin hilflos ausgeliefert. Für einen kurzen Moment beschleicht mich das Gefühl, dass ihre Empörung eben nur gespielt war, um mich hier festzunageln. Aber das würde Tante Ellen bestimmt nie tun.

KAPITEL 17

Fünf Minuten dumm stellen erspart eine Stunde Arbeit hat auf dem T-Shirt gestanden, und ich habe das wirklich für eine hervorragende Strategie gehalten. Und beinahe hätte es auch geklappt! Warum musste Emil auch ausgerechnet in dem Augenblick wieder nach Hause kommen, als ich diese seltsame Vibratorbürste äußerst ungeschickt über die grüne Haut der Wassermelone gleiten lasse? Hätte er nicht noch ein Stündchen auf dem Wochenmarkt bleiben können? Ein paar Minuten wenigstens?

Ich habe mich wirklich besonders dumm angestellt und mir innerlich schon kräftig auf die Schulter geklopft. Erst habe ich Tante Ellens kostbare Reinigungsmilch quer über den Küchentisch verspritzt und dann die Bürste so fest gequetscht, dass sie einen empörten Brummton von sich gab und in der Wassermelone steckenblieb.

»Du kannst unmöglich so fest drücken. Leonie, hast du denn gar kein Feingefühl? Du könntest jemanden damit verletzen!«

»Das ist bestimmt nur, weil ich solchen Muskelkater habe«, rede ich mich halbherzig heraus, lasse bei meiner ungeschickten Fummelei aber keinen Zweifel daran, dass ich einfach nur zu blöd dafür bin.

»Habe ich dir nicht gesagt, du sollst die Bürste immer im Uhrzeigersinn bewegen.« Tante Ellen gibt ein Schnalzen von sich und nimmt mir die Bürste aus der Hand. »Schau, *so* macht man das. Immer rechtsherum.«

Kaum hat sie mir das Gerät wieder in die Hand gedrückt, gebe ich ein gehauchtes »Oh« von mir, dann lasse ich es scheppernd über den Tisch rutschen. »Verzeihung, Tante Ellen. Das Ding ist so flutschig, ich kann es kaum festhalten.«

»Kein Wunder, wenn du so viel von der Reinigungsmilch aufträgst! Ich hab dir doch gesagt, du sollst ganz sparsam damit umgehen.«

Ich gebe einen Laut des Bedauerns von mir und bin fassungslos, wie viel Geduld diese Frau hat. Ich an ihrer Stelle hätte mich schon längst vor die Tür gesetzt, aber sie erklärt mir immer wieder von Neuem, an welcher Stelle des Gesichts ich am besten ansetze und in welcher Reihenfolge ich die einzelnen Partien bearbeiten soll.

»Nicht so nah ans Auge!«

»Äh«, mache ich. »Wo genau ist denn das Auge bei der Wassermelone?« Ein breites Grinsen unterdrückend, klopfe ich die Frucht ab, deren Schale inzwischen aussieht, als hätte man sie mit Schleifpapier bearbeitet. Mich kann man unmöglich auf Kunden von »Die zeitlose Schönheit« loslassen, denke ich, mit mir vollauf zufrieden. Besser, man vertraut mir nur etwas an, das mich nicht verklagen kann.

»Hier natürlich!« Ihre krummen Finger pochen auf eine bestimmte Stelle der Melone, und weil ich sie schon so malträtiert habe, läuft etwas Saft heraus.

Tante Ellen seufzt und tastet vorsichtig ihre Locken ab, die immer noch perfekt an Ort und Stelle sitzen. Meine Frisur ist im Gegensatz zu ihrer kaum vorhanden, denn ich schwitze wie verrückt. Das Huhn auf dem Herd simmert bereits seit zwei Stunden vor sich hin und verbreitet einen süßlich-würzigen Geruch. Die Fensterscheiben sind beschlagen, und würde ich eine Brille tragen, sähe die vermutlich auch ziemlich blind aus.

An meinem Rücken kitzelt es, weil mir die Schweißperlen nur so runterlaufen, und immer wieder wische ich mir mit dem weißen Tuch über die Stirn, was ich laut Tante Ellen niemals tun darf, weil es ausschließlich für die imaginäre Kundin gedacht ist.

»Wegen der Hygiääne«, sagt Tante Ellen und bringt mich damit an den Rand meiner Selbstbeherrschung. Es ist fast unmöglich, keinen Heiterkeitsausbruch zu erleiden, wenn sie das Wort ausspricht, als handele es sich dabei um ein Raubtier aus der afrikanischen Savanne.

»Versuch es jetzt noch einmal. In welche Richtung, habe ich gesagt?«

»Im Uhrzeigersinn«, antworte ich brav.

Sie pustet erleichtert die Luft aus, aber ich kann nicht widerstehen und frage nach: »Und Uhrzeigersinn bedeutet linksherum, nicht wahr?«

»Rechts, Leonie! Rechts herum!« Sie schüttelt den Kopf ob so viel Unverstand.

»Oh, Verzeihung. Aber ich glaube, jetzt habe ich den Dreh raus. Ich drücke also etwas Reinigungsmilch aus der Tube, so, und dann setze ich die Bürste genau hier an, wo die Wassermelone ihr Jochbein hat. Und dann … oh, das war wohl etwas zu fest.« Mit einem kläglichen Brummen rutscht die Bürste ab, und das ganze Gerät landet auf Tante Ellens Schoß.

»Vielleicht macht ihr besser morgen weiter«, ertönt plötzlich eine Männerstimme von der Küchentür her. Mein Kopf fährt herum und fängt im selben Moment, in dem ich Emil entdecke, heiß zu prickeln an. Wie peinlich, wenn er gesehen hat, dass ich mich so doof anstelle. Er kann ja nicht wissen, dass ich es mit Absicht mache. Aus irgendeinem Grund widerstrebt es mir sehr, vor ihm wie ein Volltrottel dazustehen.

»Äh, hallo«, stammle ich und grabsche schnell nach der Bürste auf Tante Ellens Schoß. Mit einer Drehung schraube ich den Kopf ab und lasse ihn in die kleine Wasserschüssel fallen, um ihn zu reinigen.

»Du kommst gerade zur rechten Zeit«, lässt sich Tante Ellen vernehmen. Es ist ihrer Stimme anzuhören, dass sie nun doch am Ende ihrer Kräfte angekommen ist. »Wir haben das jetzt nun oft genug geübt, und es wird Zeit, dass Leonie ihre Fertigkeiten an einem lebenden Objekt austestet.«

O nein, o nein, o nein!

»Fertigkeiten«, wiederholt Emil tonlos, doch in seine Augen tritt ein gehetzter Ausdruck.

»Das ist mir viel zu früh.« Ich springe so hastig auf, dass der Stuhl, auf dem ich gesessen habe, nach hinten kippt und gegen die Zimmerwand kracht. Ich bücke mich nach der Lehne, um ihn aufrecht hinzustellen, und spüre, wie mir das Blut nur noch heißer in den Kopf schießt. »Ich meine, ich fühle mich noch nicht bereit dafür, diese Reinigungsprozedur an einem Kunden auszuprobieren. Ich werde besser noch etwas üben.« Mit Schwung grabsche ich die nasse Bürste aus der Schüssel und schüttele sie ungeschickt aus, so dass die Wasserspritzer durch die ganze Küche fliegen. »Und ich muss sowieso die Bürste erst noch richtig saubermachen.« Hektisch fange ich an, mit dem weißen Tuch über die Borsten zu reiben.

»Leonie«, Tante Ellen schüttelt den Kopf, »ich habe dir doch erklärt, dass diese Bürsten mit einer Schicht aus Silber*lohnen* versiegelt sind. Das ist *hygiäänisch* einwandfrei.«

Emil gibt einen seltsamen Ton von sich, der mich an das Schnauben eines Pferdes erinnert. Tante Ellen meint natürlich Silber*ionen*, kann das Wort aber offenbar nicht aussprechen, ohne einen Knoten in der Zunge zu bekommen.

»Das habe ich … vergessen.« Langsam lasse ich meine Arme sinken und lege den Bürstenkopf auf dem Tisch ab, wo Tante Ellen ihn sofort wieder auf das Gerät schraubt.

»Emil«, bestimmt seine Tante, »du spielst jetzt mal den Kunden, der eine Gesichtsbehandlung bekommt.«

»Nicht dein Ernst.« Es ist keine Frage, sondern mehr ein fassungsloses Staunen. Kopfschüttelnd schleicht er in seinem typischen Panthergang zum Herd und hebt den Topfdeckel an. »Jedenfalls nicht auf nüchternen Magen«, bestimmt er.

Ich muss ihm innerlich recht geben. Auf nüchternen Magen möchte ich das auch nicht. Wo ist der Erdbeerlikör? Ich brauche mindestens einen Liter von dem Zeug, damit ich mich mit dieser Vibratorbürste an Emils Gesicht traue. Eher zwei.

»Denkst du, ich mache Witze?« Um die Geduld seiner Tante ist es jetzt nach dieser zweistündigen Tortur nicht mehr gut bestellt. »Du musst dich nur auf diesen Stuhl da setzen. In der Zeit schneide ich das Hühnerfleisch klein.«

»Bitte, Tante Ellen«, aus mir spricht die pure Verzweiflung. »Ich würde wirklich viel lieber noch etwas üben. Nachher, äh, tue ich deinem Neffen noch weh.«

»Unsinn!«, blafft sie. »Ich weiß genau, dass du es kannst. Du musst nur aufpassen, nicht zu fest aufzudrücken. Und nicht so nah ans Auge gehen, nicht wahr, Kind?«

»Wie lange dauert denn diese Prozedur?« Emil ist genervt. Das wäre ich an seiner Stelle auch, immerhin ist er quasi im Morgengrauen aufgestanden und hat schon einige Stunden Arbeit hinter sich. Außerdem würde ich mich nicht einmal selbst von mir behandeln lassen – dieses Gerät ist mir nicht geheuer.

»Doch nur ein paar Minuten. So, jetzt setz dich mal brav auf diesen Stuhl, und hör auf, die Augen zu verdrehen, das ist eine ernste Angelegenheit.« Mit einem Seufzen schiebt Ellen Emil auf den Stuhl. »Ich finde, du hättest dich nun wirklich mal rasieren können, schließlich bist du eine weibliche Kundin.«

»Ich bin sicher, in deinem Landfrauenverein gibt es Frauen, die behaarter sind als ich«, gibt er trocken zurück.

Ich muss prusten und verstecke meinen Mund hinter dem Stofftuch, indem ich so tue, als würde ich mir nur wieder den Schweiß aus dem Gesicht tupfen.

»Kann ich wenigstens die Augen dabei zumachen?« Emil gähnt ungeniert, lehnt sich nach hinten und verschränkt die Arme vor der Brust. Auf seinem dunkelgrünen T-Shirt steht heute: *Nerd to go.*

O Gott, flehe ich inständig, bitte mach bloß die Augen zu!

»Das kannst du machen, wie du willst, Hauptsache, du hältst den Schnabel.« Unwirsch wendet sich Tante Ellen ihrem Herd zu und zieht mit einer riesigen Gabel das gekochte Huhn aus dem Topf. Mit einem Flatsch landet es auf dem dicken Holzbrett, und ich atme vorsichtshalber nur noch durch den Mund ein.

Verdammter Mist! Warum musste Emil auch ausgerechnet jetzt nach Hause kommen? Und warum zum Teufel konnte er sich nicht energischer dagegen wehren? Er hat sicher genauso wenig Lust darauf wie ich, diese Scharade zu spielen, und außerdem ist es *seine* Tante. Ich finde, da hätte er ruhig deutlich nein sagen können. Bei mir sieht das einfach nur blöd aus, ich bin schließlich als Gast hier.

»Ich höre ja noch gar nichts …?«, flötet Tante Ellen mit dem Rücken zu uns.

»Ja, ähm, sofort.« Ich räuspere mich und klappere unentschlossen mit den Fläschchen, die auf dem Tisch stehen. Das

Blöde ist: Emil sitzt breitbeinig vor mir, und ich kann meine Arme gar nicht so lang machen, dass ich sein Gesicht erreiche. Also hole ich tief Luft und ziehe meinen Stuhl seitlich neben ihn, denn ich kann mich unmöglich genau zwischen seine Beine pflanzen, das käme mir anstößig vor.

»Und vergiss nicht, deiner Kundin immer genau zu erklären, was du gerade tust, damit sie sich unter deinen Händen auch sicher und geborgen fühlt.«

Auweia.

»So, Frau Rau…bein«, improvisiere ich. »Ich fange dann zuerst mit der Reinigung an.«

Emils Mund verzieht sich zu einem breiten Grinsen.

Aus dem Hintergrund höre ich ein harsches Schnipp-Schnipp, als Tante Ellen das Huhn auseinandernimmt, und schlucke schwer. Ihren Tonfall imitierend, gebe ich mein neugelerntes Repertoire zum Besten.

»Denn nur wenn das Gesicht anständig gereinigt wurde, können die Wirkstoffe auch anschließend über die Poren aufgenommen werden«, säusele ich und denke nur: Was für ein Schwachsinn!

Ich kämpfe mit dem Flaschenverschluss und fluche leise. Als ich endlich den Deckel aufbekommen habe, drücke ich die Reinigungsmilch auf den Bürstenkopf der Maschine. Die Tube ist nur noch halbvoll und gibt bei diesem Druck einen unanständigen Furzlaut von sich. Emils Grinsen wird, wenn irgend möglich, noch breiter, und mir wird noch ein paar Grad heißer.

»Schrecklich warm heute, nicht wahr, Frau Raubein?«

»Wann geht's denn endlich mal los?« Emil spielt seine Rolle nicht besonders gut und schon gar nicht besonders damenhaft.

»Immer mit der Ruhe«, umschmeichle ich ihn, »Sie sollen sich heute mal so richtig entspannen. Vergessen Sie den Alltag, und geben Sie sich ganz in meine fähigen Hände. Ich werde Sie verwöhnen.«

»Tante Ellen«, beschwert sich Emil, »deine neue Mitarbeiterin droht mir.«

»Kinder, nun seid doch nicht so albern. Ihr werdet es doch wohl fünf Minuten aushalten, eine professionelle Dienstleister/Kunden-Beziehung zu proben.«

Unauffällig, damit Tante Ellen es nicht sieht, gebe ich Emil mit dem Ellbogen einen Stoß in die Seite. Er presst die Lippen fest zusammen, um nicht loszulachen, kann aber nicht verhindern, dass sich in seinem Mundwinkel wieder dieses Grübchen bildet. Und ich kann nicht anders, als nur auf die halbmondförmige Kerbe zu starren. Sie hat wirklich die perfekte Form.

»Fühlen Sie sich auch wohl, Frau Raubein?«

»Ist ganz okay«, sagt Emil. »Könnte besser sein.«

Dieser Blödmann! Mit unverändert liebreizendem Tonfall sage ich: »Das werden wir gleich haben«, und presse ihm die verdammte Vibratorbürste ins Gesicht. Ich schalte den Motor ein, und sofort surrt das Scheißding los. Hoffentlich tut es ihm wenigstens ein bisschen weh! Mit grimmiger Miene lasse ich die Bürste über seine Wange schubbern.

»Ist es so angenehm?«

»Danke. Sie haben wirklich äußerst sanfte Hände«, knurrt Emil durch zusammengebissene Zähne.

In einem eleganten Bogen führe ich die Bürste über seine Stirn zur anderen Gesichtshälfte. Ich bin hochkonzentriert, schließlich soll diese Prozedur für ihn genauso unangenehm werden wie für mich. Für diese Art der Arbeit bin ich einfach nicht geschaffen. Ich meine, das ist viel zu intim. Man fasst doch einem fremden Menschen nicht einfach so ins Gesicht, oder?

Ich kann genau sehen, wo Emil ein kleines Muttermal hat (an der rechten Schläfe nur einen Zentimeter vom Haaransatz entfernt) und wo eine Narbe. (Es ist ein zwei Zentimeter langer Strich, der eine seiner Augenbrauen waagerecht teilt und zur Nasenwurzel zeigt.) Auf seiner Stirn haben sich drei dünne Linien eingegraben. Ob das vom Denken kommt oder doch eher von der Sonne? Emils Augenbrauen sind übrigens etwas wirr, und ich muss mich zusammenreißen, dass ich sie nicht ganz automatisch mit dem Daumen glattstreiche. Und überhaupt, wie nah man jemandem kommt, wenn man mit diesem bescheuerten Gerät arbeitet! Ich kann sogar Emils Duschgel riechen und ein wenig frischen Schweiß, was ich irgendwie … anregend empfinde. Jedenfalls stört es mich überhaupt nicht. Es riecht so … männlich.

Du meine Güte, Leonie, spinnst du jetzt völlig? Sofort rücke ich von ihm ab und halte den Arm mit der Bürste ausgestreckt. Besser, ich komme schnell zum Ende, überlege ich mit einem aufkeimenden Gefühl der Panik.

»Leonie, ich denke, das war jetzt auch lang genug«, höre ich Tante Ellen sagen, und erleichtert schalte ich das Gerät ab. Den Bürstenkopf lasse ich mit einem Platsch in die Schüssel fallen und hangele nach dem Tuch, um Emil die Reste der Reinigungsmilch abzunehmen. Dummerweise liegt es genau am anderen Ende des Tischs, wo ich es unmöglich erreiche, wenn ich mich nicht halb über seinen Brustkorb hängen will.

»Frau Raubein, sind Sie so nett und reichen mir mal das Tuch dort hinten? Sie kommen dort viel besser dran als ich.«

Emil schielt über den Tisch und zieht eine Augenbraue nach oben. »Ich denke nicht daran. Das ist doch wohl Ihr Problem.«

»Also wirklich …« Mir bleibt die Spucke weg. Dieser dämliche Idiot! Aber gut, das hat er nun davon! Mit einem Seufzen, das aus dem tiefsten Inneren meines Brustkorbs dringt, beuge ich mich über ihn, um an das Tuch zu gelangen. Dabei presst sich mein Busen für Sekunden gegen seine verschränkten Unterarme. Mit keiner Regung gibt Emil zu erkennen, dass er es überhaupt bemerkt hätte, doch als ich mit dem Tuch über seine Stirn wische, starren mich seine blauen Augen auf geradezu irritierende Weise an.

KAPITEL 18

»Kannst du das noch einmal machen?«, fragt Emil und blinzelt.

»W-was?«, stammle ich und spüre, wie mir das Herz bis zum Hals pocht, als wolle es mir gleich aus dem Mund hüpfen.

Emil deutet auf seine Stirn. »Da oben drüberwischen. Es fühlt sich so an, als wäre da noch etwas von diesem Reinigungszeug.«

»Ach so, haha«, lache ich etwas zu hell auf, »selbstverständlich, Frau Raubein.«

O mein Gott! Ich habe das Gefühl, mein Kopf müsse explodieren vor Scham. Vorsichtig tupfe ich über Emils Stirn und wische mit dem Tuch hinunter bis zu seinem Kinn, wo es über seinem Bart ein kratzendes Geräusch verursacht. Erst dann wird mir bewusst, dass ich es viel zu sanft mache. Schnell ziehe ich meine Hand weg und werfe das Tuch noch im Aufstehen auf den Tisch.

»Fertig«, verkünde ich.

»Das hast du wunderbar gemacht, Leonie.« Tante Ellen hat auch endlich ihr Hühnchen zerkleinert und wirft die Fleischbröckchen zurück in den großen Topf. »Ich habe doch gleich gesagt, dass du das kannst.« Sie dreht sich zu uns um und gibt einen heiseren Laut von sich. »Emil«, stellt sie erschrocken fest, »dein Gesicht ist ja ganz rot.«

In diesem Moment ist mein Gesicht ganz bestimmt genauso rot. Ich schäme mich schrecklich. »Tut mir leid. Das … das wollte ich nicht.«

»Ich glaube, das mit dem richtigen Druck müssen wir doch noch einmal üben«, sagt Tante Ellen kopfschüttelnd. »Beim nächsten Mal nehmen wir vielleicht eine Tomate, wie sie das in dieser Zahnpastawerbung früher immer gemacht haben.«

Beim nächsten Mal?

Auf gar keinen Fall! Diese bescheuerte Bürste werde ich garantiert nie wieder in meinem Leben in die Hand nehmen. Eher heuere ich als Erntehelfer an oder als Matrose.

»Tut es sehr weh?«, frage ich Emil. Kann aber nicht verhindern, dass es nicht ganz ehrlich klingt. Ich meine, er hat mich nun wirklich provoziert, oder?

»Ist schon okay«, sagt er tapfer. »Wie lange dauert es denn, bis die Haut wieder nachwächst?« Um seinen Mundwinkel zuckt es.

Tante Ellen mischt sich ein: »So schlimm ist es auch wieder nicht. In der Schönheitschirurgie machen sie etwas ganz Ähnliches, und man bezahlt viel Geld dafür.«

»Fürs Hautabschleifen?«, erkundigt sich Emil.

Noch ein Wort von ihm, und ich gehe komplett in Flammen auf. »Ich gehe mir dann mal die Hände waschen«, versuche ich mich aus der Affäre zu ziehen und schnappe den ganzen Kram auf dem Tisch zusammen, um ihn in Tante Ellens Kosmetikkoffer zu stopfen.

»Wir können jetzt gleich essen«, ruft mir Tante Ellen hinterher, als ich aus der Küche flitze.

Ohne mich! Mir ist der Appetit vergangen. Nicht nur, dass sie eben ein armes Huhn malträtiert hat, mein Magen ist auch durch diese Behandlung wie zugeschnürt. Ich brauche dringend frische Luft, um den Geruch von Emil wieder aus der Nase zu bekommen. Leicht schwankend haste ich durch den Flur ins Gästezimmer und reiße dort das Fenster auf. Doch von draußen weht nicht das kleinste Lüftchen herein. Ich fasse mir an den Bauch. Es fühlt sich an, als würde eine Flipperkugel durch meine Eingeweide rasen.

Ich brauche noch viel mehr frische Luft und am besten einen Tapetenwechsel. Mir kommen Olgas Worte wieder in den Sinn: *Spazieren gehen, ohne zu haben Ziel! Nennt sich bummeln. Das ist, was Sie machen jetzt: bummeln.*

Sie hat recht. Das ist das Beste. Das ist es, was ich jetzt mache! Doch wenn ich versuche, mich vorne aus dem Haus zu schleichen, wird Tante Ellen mich garantiert erwischen und zum Essen zwingen. Es ist nicht so, dass es nicht köstlich riecht und ich mich nicht dazu überwinden könnte, dieses Hühnchen zu essen, doch auf irgendeine Art käme es mir wie eine Kapitulation vor. Ich hänge an meinem Leben in der Stadt, und Hähnchen verspeisen, Reinigungsmilch auftragen, auf einem Traktor mit Dieselmotor fahren und das ganze Drumherum sind sehr weit weg von dem veganen, sowohl ökologisch als auch politisch korrekten Leben, das ich normalerweise führe. Ich musste mich schon beherrschen, Tante Ellen heute Morgen nicht darauf hinzuweisen, dass sie viel zu viele Plastikprodukte in ihrem Haushalt verwendet. Sie bringt ihre Einkäufe in Tüten nach Hause, das muss man sich mal vorstellen! Ich dachte ja, dass man gerade auf dem Land ein besonderes Gespür für die Umwelt hat und versucht nachhaltig zu leben, aber das war offenbar ein Trugschluss. Ich habe doch tatsächlich mitbekommen, dass Heinz einen neuen Zaun baut und die Holzpfosten vorher in Altöl tunkt, um sie zu imprägnieren! Als ich das gehört habe, bin ich fast an meiner eigenen Fassungslosigkeit erstickt.

Vorne komme ich also nicht unbemerkt aus dem Haus, deshalb setze ich mich auf die Fensterbank und schwinge die

Beine durch den Fensterrahmen. Wie praktisch diese Turnschuhe doch sind, denke ich, als ich mich nach unten rutschen lasse und sanft auf dem Boden aufkomme. Das war ja einfach!

In der nächsten Sekunde ducke ich mich verschreckt hinter einen Buchsbaum, weil ich Emils Stimme höre.

»Heute Vormittag schon acht«, raunt er.

Verflixt. Wieso muss er auch unbedingt jetzt das Haus verlassen? Ich kann ihn zwar nicht sehen, höre aber seine Schritte auf dem Kies.

»Das ist mir zu heiß, ich habe den Shop jetzt geschlossen und eine öffentliche Erklärung auf der Website eingestellt, dass die SubSox-Domains mit anderen Endungen nicht von uns autorisiert sind.«

Ich spitze die Ohren, das klingt wirklich interessant. Das Knirschen im Kies kommt immer näher. Wie dumm von mir, mich hier zu verstecken, überlege ich. Der Buchsbaum ist viel zu winzig. Wenn ich mich dahinter ducke, wird Emil mich entdecken. Ich sehe dann so aus wie jemand … der sich hinter einen winzigen Buchsbaum duckt. Nicht sehr geschickt. O nein! Emil taucht bereits in meinem Sichtfeld auf. Er schlendert über den Hof. Die Hand, die das Handy hält, ist erhoben, die andere hat er in der Tasche seiner Jeans vergraben.

»Keine Chance, die sind anonymisiert. Im Impressum steht immer noch unsere Privatanschrift, und wenn ich den Whois-Eintrag kontrolliere, finde ich dort nur eine fiktive Adresse in Utah. Legal komme ich da nicht an die Person ran, die diese Domains gekauft hat.«

Hoffentlich dreht Emil sich nicht um, bete ich stumm. Bitte, bitte, lass ihn sich jetzt nicht umdrehen!

»Frau Schiller?«

Ich zucke zusammen und versuche, den Kopf zwischen meinen Knien zu verstecken. Als ich sehe, wie Emil die freie Hand aus der Hosentasche herauszieht und sich damit an den Hinterkopf fasst, während er weiterschlendert, atme ich erleichtert auf. Er hat mich nicht gesehen, puh!

»Kann ich mir ehrlich gesagt nicht vorstellen. Leonie ist … nein, das glaube ich nicht.« Er lauscht in den Hörer, und mir ist einfach nur schlecht. Ich muss mich bemerkbar machen, bevor es so aussieht, als würde ich ihn hier absichtlich belauschen. Ich meine, ich kann ja nichts dafür, dass er ausgerechnet dann telefonierend ums Haus schleicht, wenn ich heimlich aus dem Fenster klettere.

»So durchtrieben ist sie nicht. Nein, da schätzt du sie ganz falsch ein.«

Ob er mit seinem Bruder telefoniert? Der Typ kann mich wirklich kein bisschen leiden, denke ich empört und weiß nicht, welche Gefühle überwiegen: die Wut auf Benjamin, weil er offenbar sehr schlecht von mir denkt, oder die Rührung, weil Emil mich gerade verteidigt hat.

Jetzt lacht Emil laut auf. *»Kann nicht mal den Zettel in einem Glückskeks finden?«*, wiederholt er und wischt sich die Lachtränen aus den Augen.

Oh, scheiß auf die Rührung!, kocht es wüst in mir hoch. Benjamin, dieser blöde Arsch! Nur weil er einen IQ von was weiß ich wie viel hat und idiotische Haikus verfasst, muss er nicht auf mich herabschauen! Ich könnte platzen vor unterdrückter Wut! Außerdem wird mir ganz schwarz vor Augen, weil mir in dieser Haltung die Blutzufuhr abgeschnürt wird. Meine Beine werden langsam taub.

»… irgendwie süß.«

Was? Wie? Verdammt, ich habe den Anfang des Satzes nicht

mitbekommen. Was findet Emil süß? Hat er etwa immer noch von mir gesprochen? Findet er etwa *mich* süß?

Und was heißt schon *irgendwie* süß?

Mein Herz setzt einen Schlag aus. Bitte, liebes Universum, können wir diese Szene noch einmal zurückspulen? Nur, damit ich den ganzen Satz hören, eventuell notieren und immer wieder abspulen kann, ja? Es ist ja nicht so, dass ich mir unbedingt wünschen würde, dass Emil mich *süß* findet, aber ein paar seelische Streicheleinheiten könnte ich nach den vergangenen Tagen auch mal vertragen.

Doch das Universum hat keinen Wunsch für mich frei, Emil redet einfach weiter.

»… müssen uns eben damit abfinden.« Er nickt. »Verklagen, ja. Wenn wir ihn erwischen. Und dann fange ich neu an. Wenn ich verflucht noch mal eine Idee hätte, aber im Moment bin ich scheiße unkreativ.«

Ich spüre, dass sich das Gespräch dem Ende zuneigt, und erlaube mir bereits jetzt, erleichtert Luft zu holen. Gleich habe ich es überstanden. Gleich wird Emil auflegen, sich *linksherum* zum Hauseingang wenden und mich *nicht* entdecken. Er wird ins Haus gehen und sich zu Tante Ellen in die Küche setzen und die Suppe auslöffeln, die sie ihm einbrockt. Und ich gehe endlich meine Freizeit verbummeln, verdammt!

Ob es möglich ist, sich unsichtbar zu machen, wenn man nur ganz fest daran glaubt? Ich kann Esoterik überhaupt nicht leiden, aber vielleicht ist es machbar, sich mit der Natur zu verbinden, quasi mit dem Buchsbaum zu verschmelzen, wenn man sich innerlich ganz auf den Buchsbaum einlässt? Fühlt wie ein Buchsbaum, atmet wie ein Buchsbaum, die Füße fest im Erdboden verankert wie ein Buchsbaum?

Ganz automatisch lege ich meine Hände um das ordentlich getrimmte Gewächs und schließe kurz die Augen. Niemand kann mich sehen, denn ich bin der Buchs. Ich bin grün und habe kleine, gewölbte Blätter wie krumme Fingernägel. Ich *bin* der Buchs.

»Blödsinn!«

Emil reißt mich aus meiner Meditation. Das war ohnehin ganz großer Schwachsinn. Ich bin genauso sichtbar wie zuvor, nur dass meine Arme jetzt ebenso sehr schmerzen wie meine Knie. Ich wusste doch immer, dass so was totaler Käse ist.

»Sie hat mich nicht verarscht. Ich bin mir sicher …«

Abrupt dreht er sich um. Für den Bruchteil einer Sekunde spüre ich einen Funken Hoffnung, dann verglüht dieser wie ein Stern am Firmament. Unsere Blicke treffen sich, und Emil erstarrt mitten in der Bewegung.

Er fängt sich als Erster. »… *hundertprozentig* sicher, dass Leonie Schiller die Wahrheit gesagt hat.«

Keiner von uns blinzelt. Emil hält das Handy starr an sein Ohr. Ich kann sehen, wie sich sein Adamsapfel bewegt, als er schluckt. Panisch halte ich den Atem an und umklammere immer noch den Buchs. Er wird mich erwürgen. Wie soll ich ihm auch erklären, dass es ein ganz blöder Zufall ist, mich hier hinter dem Buchs auf dem Boden kauernd vorzufinden?

»Was für ein Artikel?« Er lauscht. »Man hat sie gefeuert. Ja«, sagt er gedehnt, während sein Blick stur auf mein Gesicht geheftet ist, »das hat sie mir auch erzählt.«

Jetzt streckt er mir doch tatsächlich die Zunge heraus. »Das verstehst du nicht. Man hat sie genauso reingelegt wie uns. Warum, werde ich schon noch rausfinden. Ach, Scheiße, Ben, ich weiß genau, wann mich jemand verarschen will, und Frau Schiller hat nicht gelogen.«

Ich wüsste wirklich gern, was sein Bruder darauf antwortet, denn mit einem Mal geht Emils linke Augenbraue in die Höhe, und an seinem Mundwinkel taucht wieder dieser Halbmond auf.

»Sie ist nicht hier, um mich auszuspionieren. Das würde sie echt nicht machen. Wie auch? Soll sie sich im Garten hinter dem Buchsbaum verstecken, um unsere Gespräche zu belauschen? Wie beknackt wäre das denn?«

Ich kann nicht fassen, wie unverfroren er mich jetzt angrinst. Ich sterbe gerade tausend Tode, und Emil lächelt bloß. Es fühlt sich an, wie mit der Achterbahn zu fahren, inklusive Loopings.

»Auch wenn du mich für bescheuert hältst, ich glaube ihr.« Er legt auf und schiebt sein Handy in die Hosentasche. Beide sagen wir kein Wort, dann kann ich die Stille nicht mehr ertragen und räuspere mich.

»Man soll ja jeden Tag einen Buchsbaum umarmen.«

To-do

1. Egal, in welcher Situation ich mich befinden sollte, niemals wieder (unter keinen Umständen!) die Worte sagen: »Man soll jeden Tag einen Buchsbaum umarmen.« Das ist definitiv noch viel schlimmer als »Ich habe eine Wassermelone getragen«.
2. Verinnerlichen, dass es einen Menschen gibt, der mir glaubt: Emil.
3. Mich dafür entschuldigen, dass ich ihm bei lebendigem Leib fast die Haut vom Gesicht gezogen habe.
4. Ihm helfen, eine neue Gründungsidee zu entwickeln. Wenn er mich lässt.
5. Oder (alternativ zu Punkt 4) endlich mal ausprobieren, wie das ist, Freizeit zu verbummeln.

KAPITEL 19

Dass Emil mir glaubt, bedeutet nicht, dass er deshalb nun besonders nett zu mir wäre. Denn anstatt mich meine neugewonnene Freizeit verbummeln zu lassen, verlangt er von mir, dass ich ihn noch am selben Nachmittag auf das Erdbeerfeld begleite.

»Als Entschädigung für diese Anti-Age-Scheiße.«

»Deine Tante hat mich dazu gezwungen«, versuche ich, mich zu verteidigen, was bei ihm nur ein Schulterzucken hervorlockt.

»Und du hast es genossen.«

Was ja nicht stimmt! Aber auf dem Gegenteil zu beharren, käme mir kindisch vor, deshalb lasse ich das jetzt so stehen.

Wir haben brav unseren Teller Suppe leer gegessen (nur ich habe das Hühnerfleisch darin liegen lassen, auch wenn das natürlich total sinnlos gewesen ist, aber ich habe es doch noch gesehen. So nackt und hilflos!) und sind danach in den alten Laster gestiegen. Jetzt, fast drei Stunden später, arbeitet Emil Seite an Seite mit Patrycja, während ich diesmal gemeinsam mit Mirko einen Schlitten fülle. Wir sind entsetzlich langsam, und ich bin bereits jetzt völlig geschafft. Wenn ich ungeübt und ungeschickt bin, so liegt das an meiner mangelnden Erfahrung. Mirko kann diese Ausrede jedenfalls nicht nutzen, denn er ist bereits den dritten Sommer in Folge hier, hat Patrycja mir erzählt. Ich befürchte, Mirko ist einfach nur faul. Anstatt vor mir herzuziehen und das Tempo zu halten, hat er sich in der vergangenen Stunde immer weiter zurückfallen lassen und hängt mir im Rücken. Wenn ich es nicht besser wüsste, dann würde ich glauben, dass er das mit Absicht macht, um mir auf den Hintern stieren zu können. Zumindest hoffe ich sehr, dass ich es besser weiß.

»Woher kommst du eigentlich?«, frage ich ihn, um ihn von meiner Kehrseite abzulenken, und ziehe den Schlitten einen halben Meter weiter.

»Weißnich«, sagt er und kratzt sich hinter dem linken Ohr. Männer, die sich ständig kratzen, haben von jeher mein Misstrauen geweckt. Entweder sie haben einen Hautausschlag, dann ist das Kratzen einfach nur unappetitlich, oder sie kratzen sich aus Verlegenheit, was mich immer ein bisschen ungeduldig macht. Doch Mirkos Art, sich zu kratzen, kommt mir ein wenig bekannt vor.

Mit seiner knappen Antwort ist unser Gespräch jedoch schon fast erschöpft, dann begreife ich, dass er ein Urgewächs aus dieser Gegend ist. Ich dachte ja, Mirko würde zu den Rumänen gehören, weil er nie etwas sagt.

»Und«, quetsche ich ihn aus, »kennst du Emil schon lange? Äh, ich meine Emils Tante Ellen?«

Er zuckt mit den Schultern. »Immer schon.«

O Mann, Mirko ist noch wortkarger als Heinz, der Traktorfahrer. Der kratzt sich übrigens auch ständig. Und weil mir eine Eingebung kommt, hake ich da gleich nach. »Du und Heinz, ihr seid nicht zufällig verwandt, oder?«

»Mein Vater.«

Das erklärt natürlich einiges. Vor allem die Sache mit dem Kratzen. Ich wende mich wieder den Sträuchern zu meinen Füßen zu und drehe die nächste reife Erdbeere vom Stiel. Heute fällt mir das Erdbeerpflücken zwar leichter, aber der Muskelkater in Armen und Beinen macht mir zu schaffen. Der Schweiß rinnt mir in Bächen herunter, und mein Hintern zieht, als hätte ich einen Marathonlauf hinter mir. Ganz automatisch schiele ich bei diesem Gedanken auf mein nacktes Handgelenk, aber meine Smartwatch ist immer noch nicht aufgeladen und liegt in Tante Ellens Gästezimmer. Ausgerechnet jetzt, wo ich mich so viel an der frischen Luft bewege wie noch nie, habe ich keinen Schrittzähler, um den Erfolg auch in Zahlen zu messen. Es ist ein Jammer.

Und diese eintönige Arbeit macht wirklich nur Spaß, wenn man sich dabei unterhalten kann. Ich vermisse sogar Patrycjas strengen Tonfall. Immerhin hat sie mich damit amüsiert. Ich unterdrücke ein Gähnen und werfe erneut einen Blick zu Mirko zurück. »Gefällt dir eigentlich die Arbeit als Erntehelfer?«, frage ich ihn. »Machst du das gerne?«

»Nö.«

O Mann. Mirko hätte jedenfalls keine Schwierigkeiten damit, sich in einem Schweigekloster einzuleben. Sehnsüchtig schaue ich Patrycja und Emil hinterher, die sich angeregt zu unterhalten scheinen. Emil lacht, und Patrycja stimmt perlend mit ein. In mir macht sich Unmut breit.

»Und warum zum Teufel machst du das dann?«, blaffe ich Mirko an, und der arme Kerl zuckt erschrocken vor mir zurück.

»Krieg dich wieder ein, ja?« Auf einmal pflückt er schneller, und nach wenigen Minuten sind wir beide wieder auf einer Höhe. Wenn er will, kann er ganz schön flink sein, stelle ich fest. Geschickt lässt Mirko eine Erdbeere nach der anderen ins Körbchen fallen und setzt es gut gefüllt in die grüne Plastikkiste. Sein sandfarbenes Haar schreit nach einem frischen Haarschnitt und hängt ihm viel zu lang ins Gesicht. Auf seiner linken Wange entdecke ich ein rotes Feuermal, und ich vermute, dass er sein Haar mit Absicht immer darüberfallen lässt, damit es keiner sieht. Es ist erdbeerrot, was ich irgendwie niedlich finde.

»Ich mach das nur, um an die Erdbeerkönigin ranzukommen, okay?«, lässt er mich nun wissen.

»Wirklich?« Ich richte mich überrascht auf und strecke den Rücken durch. Mit neuerwachtem Interesse mustere ich seine schlaksige Gestalt, die ihn jünger aussehen lässt, als er vermutlich ist. »Aber woher willst du wissen, wer die Erdbeerkönigin wird? Ich dachte, sie wird von irgendwem gewählt?«

»Vom Erdbeerkomitee.« Er nickt. Sein Kopf senkt sich wieder, und wortlos pflückt er weiter. Mich macht es wahnsinnig, ihm alles aus der Nase ziehen zu müssen. Mit spitzen Fingern pflücke ich eine der faulen Erdbeeren, die wir in einem Eimer sammeln müssen, und ohne darüber nachzudenken, werfe ich sie ihm in der nächsten Sekunde an den Kopf.

»Also sag schon! Woher willst du wissen, wer es wird? Die Erdbeerkönigin ist doch bestimmt keine Erntehelferin, oder doch?«

»Sie muss sich mit Erdbeeren auskennen«, sagt er knapp. »Und sie muss schön sein.« Ein Zucken in seinem Handgelenk, und ich spüre etwas Feuchtes an meiner Wange. Angewidert starre ich auf das matschige Ding, das an mir herunterpurzelt und eine rote Spur auf meinem schönen neuen T-Shirt hinterlässt. Er hat doch tatsächlich zurückgeworfen, dieser … dieser … Erntehelfer! Ich fass es nicht!

»Sie muss schön sein.« Ich schnaube. »Das nenne ich mal eine ausführliche Berufsbezeichnung.«

Schwups! Ich schaue befriedigt zu, wie eine angefressene Erdbeere, die ich zuvor genüsslich in der Hand zerdrückt habe, erst an Mirkos sandfarbenem Haar kleben bleibt, um dann langsam nach unten zu rutschen. Ich kann nicht anders und kichere los.

Mirko verzieht keine Miene. Er nickt nach vorne, wo Patrycja in diesem Moment eine leere Kiste auf den Schlitten stellt. »Patrycja«, sagt er nur. »Ich habe eine Wette laufen. Aber bisher beachtet sie mich nicht.«

Dafür beachtet sie Emil umso mehr, stelle ich missmutig fest, als ich sehe, wie er für sie die vollen Kisten auf den Laster wuchtet. Kann sie das denn nicht selbst? Wenn man diese Arbeit schon macht, dann doch bitte richtig. Dann lässt man sich doch nicht von einem Mann den unangenehmen Teil abnehmen, oder? Unwillkürlich blecke ich die Zähne und gebe dann ein Schnauben von mir.

»Schön ist sie leider.«

Klatsch! Die nächste Beere landet direkt in meinem Gesicht. Obwohl ich damit gerechnet habe, quietsche ich erschrocken auf. Mirko bricht in haltloses Gelächter aus, und ich kann nicht anders, ich muss mitlachen. Und sobald ich mich einigermaßen beruhige, reicht ein Blick in Mirkos Gesicht mit dem Erdbeermal auf der Wange und dem klebrigen Erdbeerbrei im Haar, um nur noch lauter zu lachen.

Die anderen drehen sich bereits nach uns um, aber jetzt kriege ich mich gar nicht mehr ein. Was für ein komischer Vogel dieser Mirko ist, denke ich und gackere los. Unmöglich, auf diese Weise weiter die Erdbeeren zu pflücken. Mein Muskelkater tut sein Übriges, und ich halte mir den schmerzenden Bauch.

»Scheiße, ich muss pinkeln«, sagt Mirko mit Tränen in den Augen, und ich bekomme Atemnot. Völlig hilflos vor unterdrücktem Gelächter, kralle ich mich an seinem T-Shirt fest und versuche, wieder zu Atem zu kommen.

»Wie weit seid ihr denn?«, dringt da eine grimmige Stimme zu mir durch, und keuchend wische ich mir das verschwitzte Haar aus dem Gesicht. »Wir haben … schon ganz viel …« Ich kann kaum sprechen, und Mirko klopft mir fest auf den Rücken, als hätte ich mich verschluckt.

»Wenn ihr fertig seid, dann können wir endlich aufladen.« Emil wirft einen skeptischen Blick auf unsere eher klägliche Ausbeute. Also kläglich im Vergleich zu der von Patrycja und ihm, ich bin eigentlich ganz zufrieden. Seine Füße scharren im Stroh, als hätte er vor, im nächsten Augenblick loszupreschen. Warum er nur so böse guckt, kann ich nicht nachvollziehen, schließlich arbeite ich hier nur für Kost und Logis.

»Ich finde, ich habe mich zu gestern enorm gesteigert«, sage ich ein wenig stolz. Das muss ihm doch auffallen, oder? Sieht er das denn nicht? Das Gefühl, das in mir aufsteigt, erinnert mich fast an das, was ich bei Cosmic Internet gespürt habe, wenn ich einen Deal abgeschlossen habe. Es ist ein erhebendes Gefühl. So, als hätte ich etwas geleistet, etwas, was nicht nur für mich, sondern auch für andere von Wert ist.

Und was das Schönste ist, ich habe noch dazu eine vage Ahnung davon bekommen, wie es ist, sich privat Freunde zu machen. Okay, das hier ist auch so was wie ein Arbeitsplatz, aber es ist einfach herrlich, mit jemandem so rumzualbern. Ich kann mich gar nicht erinnern, wann ich das letzte Mal so befreit gelacht habe. Und noch dazu an der frischen Luft. Ich wette, spätestens morgen wird Tante Ellen eine besonders gesunde Gesichtsfarbe an mir auffallen.

Auf einmal fühlt sich alles ganz leicht und schwerelos an, und ich strahle Emil an, auf dessen Stirn sich Schweißperlen gebildet haben. Er wirkt irritiert, dann zuckt er plötzlich mit den Schultern und scheucht Mirko mit dem Schlitten zum Laster. Vielleicht ist er sauer, weil er gesehen hat, dass ich mit Erdbeeren geworfen habe. Ich beschließe, ihm das später zu erklären. Ich käme nie auf die Idee, Lebensmittel zu vergeuden, das kann er sich doch denken.

Ich helfe Mirko, die vollen Kisten auf den Laster zu wuchten, und klettere dann mit den anderen auf die Rückbank. Im Führerhaus riecht es nach Diesel, nach frischem Schweiß, nach Erde und auch ein wenig süßlich nach Erdbeeren. Die Luft ist stickig, und durch das geöffnete Fenster weht kaum Fahrtwind. Rechts spüre ich den verschwitzten Oberarm von Sabin, einem etwas fülligen Rumänen, der mehr als eine Zahnlücke aufweist, und links den von Aglaia, deren langes rotes Haar an meiner Schulter klebt. Ich selbst rieche vermutlich auch nicht mehr besonders frisch und habe das dringende Bedürfnis, mich an den Unterarmen zu kratzen. Dort, wo ich die ganze Zeit mit dem Stroh in Berührung gekommen bin, haben sich überall kleine rote Pusteln gebildet, und die neuen Turnschuhe drücken mir an den Fersen. Trotzdem kann ich nicht anders und grinse dümmlich in den Rückspiegel, wo Emil meinen Blick auffängt.

KAPITEL 20

»Hilfst du mir, die Kisten in den Kühlcontainer zu bringen?« Emil biegt auf Tante Ellens Hof ein.

Wir haben die Erntehelfer abgesetzt, und ich bin nach vorne auf den Beifahrersitz geklettert. Obwohl es erst sechs Uhr und noch hell ist, muss ich ein Gähnen unterdrücken. »Klar«, sage ich. »Kein Problem.« Ich bin fix und fertig, als wäre auf der Fahrt hierher die letzte Luft aus meinem Brustkorb gewichen und jeder Rest Körperspannung verloren gegangen. Meine Arme hängen schlaff an mir herab wie leere Wasserschläuche.

Der Container steht in einer Ecke des großen Hofs und sieht aus wie eine riesige weiße Garage. Emil parkt den Laster in kurzem Abstand direkt davor, zieht den Schlüssel ab und wirft ihn auf das Armaturenbrett. Ich springe vom Autositz herunter und spüre beim Aufkommen auf dem Kies wieder jeden Knochen einzeln.

Es dauert eine Weile, bis Emil die schwere Tür des Containers aufgehebelt hat, dann klettert er auf die Ladefläche des Lasters, um mir die Kisten anzureichen.

»Oder bist du lieber oben?«

Sein Blick ist unschuldig, trotzdem spüre ich, wie mir die Hitze ins Gesicht schießt, und ich stammle: »Unten ist sch-schon okay.«

Du meine Güte, woran ich wieder denke, das war doch nur eine harmlose Frage! Und dann: Auweia, es sind so viele Kisten, dafür werden wir bestimmt noch Stunden brauchen!

Emil schiebt die erste zu mir an den Rand, und ich trage sie in den Container, wo sie ordentlich aufgestapelt werden. Hier drin ist es herrlich kühl. Dummerweise kann ich das nicht genießen, sondern muss schnell wieder nach draußen, weil Emil schon mit der nächsten Kiste auf mich wartet. Er hebt sie mir entgegen, und ich schlucke, als ich sehe, wie die Muskeln an seinen nackten Unterarmen dabei arbeiten.

Nerd to go.

Der Spruch auf seinem T-Shirt passt gar nicht zu ihm. Ich finde, er sieht im Augenblick eher aus nach ›Holzfäller to go‹. Und ich kann wirklich nichts dafür, dass sich mit einem Mal ganz andere Bilder in meinem Kopf festsetzen und ich mir vorstelle, wie Emil sich über mich beugt und diese Arme neben meinem Kopf aufstützt. Wie sich sein Gewicht dabei auf mir anfühlt und sein Körper mich schwer in die Matratze drückt.

Ach du Schande, Leonie!

Ich bin über mich selbst entsetzt. Mit hochrotem Kopf renne ich schnell zurück in den Container und lasse mir viel Zeit, die Kiste richtig aufzustapeln. Beim nächsten Gang wird es noch schlimmer: Emil reicht mir die Kiste an, und als ich sie am dafür vorgesehenen Griff packe, berühren sich unsere Hände für eine endlose Sekunde. Die Hitze, die seine Haut ausstrahlt, schießt mir direkt in den Unterleib. Das Ganze ist mir so peinlich, dass ich tunlichst vermeide, ihn noch einmal zu berühren, und deshalb bei jeder Kiste seltsame Verrenkungen mache. Emil wirkt zunehmend genervt.

»Vielleicht sollten wir tauschen«, schlägt er vor, als ich immer länger im kühlen Container verschwinde. Er hält mir die Hand hin, um mich hochzuziehen, und das kann ich unmöglich ausschlagen, ohne grob unhöflich zu werden. Kaum hat er meine Hand gepackt, zieht er mich mit so viel Schwung auf die Ladefläche, dass ich gegen ihn geprallt wäre, wenn ich es nicht vorausgesehen und einen Satz zur Seite gemacht hätte. Täusche ich mich, oder wirkt Emil eine Spur enttäuscht? Ich schüttele den Kopf, das habe ich mir sicher nur eingebildet.

»Worüber habt ihr eigentlich so gelacht?«, fragt er plötzlich. »Du und Mirko.«

»Ach, das war … nichts.«

»Aha.« Er springt vom Laster herunter und sieht nun gleich noch grimmiger aus. Seine Augenbrauen verengen sich, bis sie sich in der Mitte fast berühren.

»Er ist so schrecklich wortkarg, genau wie sein Vater, da habe ich ihm aus Frust eine verfaulte Erdbeere an den Kopf geworfen«, erkläre ich ihm, um die Wogen zu glätten. »Das ist ein wenig ausgeartet. Aber ich habe wirklich nur faule Erdbeeren geworfen, nicht, dass du denkst … Wegen Diebstahl und so …« Meine Stimme verebbt. Ich schiebe eine Kiste bis zum Rand der Ladefläche. Emil blickt fragend zu mir auf, und mein Blick fällt auf sein unrasiertes Gesicht und die dunkelbraunen Augenbrauen. »Wo hast du eigentlich die Narbe an deiner Augenbraue her?« Die Frage ist aus meinem Mund geschlüpft, bevor ich sie zurückhalten kann, und ich werde schon wieder rot. »Vergiss es«, winke ich schnell ab. »Das geht mich eigentlich gar nichts an.«

»Stimmt«, erwidert er und fängt an zu grinsen. »Und die Geschichte ist mir auch zu peinlich.«

Das glaube ich ihm nie im Leben! Damit will er meine Neugierde doch nur erst recht anfachen, bin ich mir sicher. Doch das Blöde ist: Es wirkt! Ich bin ein bisschen enttäuscht, dass er mir nichts erzählen will, aber das lasse ich mir natürlich nicht anmerken. Meine Hände packen die nächste Obstkiste.

Für einen Moment hängt sie in der Luft – ich warte darauf, dass Emil sie mir abnimmt –, aber anstatt danach zu greifen, fischt er nur eine einzelne Erdbeere aus einem der Körbchen und hält sie mir hin.

O Gott! Will er etwa, dass ich sie direkt aus seiner Hand esse? Ich selbst habe schließlich keine Hand frei, verdammt.

»Ist das nicht Diebstahl?«, bringe ich quietschend hervor.

»Mund auf«, sagt er, und ich gehorche prompt. Als sein Daumen meine Unterlippe berührt, explodiert in meinem Mund ein Gemisch aus süß und salzig. Die Erdbeere schmeckt fruchtig süß und Emils Finger köstlich salzig. Jetzt bloß nicht stöhnen, Leonie!

Ich halte den Atem an, damit ich ihn nicht rieche und seltsame Geräusche von mir gebe wie ein Trüffelschwein.

»Wir bauen drei verschiedene Sorten an«, sagt Emil und sieht dabei so gleichmütig aus, als wäre es völlig normal, andere von der Hand in den Mund zu füttern, und nicht das Intimste, was mir je passiert ist. Ein wenig Erdbeersaft läuft an seinem Daumen hinunter. Wie hypnotisiert starre ich auf die feuchte Spur, bis er die Hand sinken lässt und sie an seiner Jeans abwischt. »Die Lambada ist die süßeste davon.« Er schnappt sich die Kiste und verschwindet damit im Container. Ich stehe da wie eine Idiotin und versuche zu verdrängen, dass sein Daumen meinen Mund angefasst hat. Aber die Stelle scheint regelrecht zu brennen, und unwillkürlich taste ich danach.

Bei der nächsten Kiste macht er dasselbe noch einmal. Ich bin schon darauf gefasst, deshalb ist es noch schlimmer. Das Herz pocht mir bis zum Hals, und ich habe Angst, dass ich Emil aus Nervosität auf den Finger beißen könnte.

»Elianny ist etwas kräftiger im Geschmack und sehr saftig.«

Die Frucht verschwindet in meinem Mund.

Saftig – du meine Güte, wie kann er nur ein Wort aussprechen, das so … so … erotisch ist? Oder geht gerade meine Phantasie mit mir durch? Saftig ist doch eindeutig eines dieser Wörter, die man allenfalls in Stufe 3 eines Flirts verwenden darf, oder? Harmlose Wörter, um Erdbeeren zu beschreiben, wären für mich solche wie *frisch*, *süß* und *fruchtig*. Die Steigerung wäre demnach *rund*, *vollmundig* oder *tiefrot* (wie ein Kussmund). Aber Emil hat *saftig* gesagt! *Saftig* ist genauso schlimm wie *üppig*, *schwer* und *prall*. Das kann er doch nicht einfach so dahinsagen, wenn er nicht etwas im Schilde führt, oder?

Meine Knie fühlen sich ganz wackelig an. Ich kaue die Elianny erst, als Emil seine Finger wieder bei sich hat. Nur zur Sicherheit. Trotzdem – ich kann einfach nicht genug kriegen: »Und die dritte Sorte?«

Wehe, Leonie, du leckst dir jetzt über die Lippen! Das ist ein Teil der Mimik, der ausschließlich Frauen in irgendwelchen Erotikfilmen vorbehalten sein sollte, trotzdem schiebt sich meine Zungenspitze automatisch nach draußen, und ich drehe Emil schnell den Rücken zu, damit er es nicht sieht. »In welcher Kiste ist denn die dritte Sorte?«

»In keiner.«

Enttäuscht lasse ich die Schultern hängen. Irgendwie habe ich das Gefühl, um die köstlichste, beste Erfahrung betrogen worden zu sein. Garantiert ist die dritte Sorte an Süße und Aroma kaum zu übertreffen. Die absolute Königin unter den Erdbeeren, kräftig rot und prall und besonders … saftig.

»Ist sie schon abgeerntet?«, frage ich mit einer Spur Resthoffnung. Vielleicht haben wir sie auch diesmal gar nicht geerntet. Vielleicht ist sie nur für besondere Gelegenheiten oder auf einem anderen Feld?

Emil schüttelt den Kopf. »Komm mit.« Er wartet nicht auf mich, und diesmal macht er auch keine Anstalten, mir zu helfen. Ich klettere mühsam von der Ladefläche herunter und muss fast laufen, um ihn einzuholen. Wir überqueren den Innenhof. Emil schlägt einen von Gras überwucherten Weg ein, bei dem man die Trittplatten kaum noch erkennen kann.

Wir umrunden Tante Ellens Haus. Die Abendsonne wirft einen orangeroten Streifen an den Horizont und taucht den Garten in ein sanftes Licht, das sich warm an meine Haut schmiegt. Ich muss blinzeln. In der süßen Luft flirren die Mücken über einem Wasserbottich, und Blütenpollen stauben auf, sobald eine Böe in die gelben Stauden fährt. Zielstrebig geht Emil auf einen schulterhohen Zaun zu, der aus krummen, unlackierten Holzlatten besteht, die nur durch einen Draht zusammengehalten werden. An der Seite wachsen Rosenbüsche daran hoch. Mein Blick folgt einer Hummel, die von einer Lavendelblüte zur nächsten surrt, und bleibt schließlich an Emils Jeansbeinen hängen.

Er ist stehen geblieben und schiebt ein klappriges Türchen auf. »Meine Favoritin wächst hier. Sie ist viel zu empfindlich, um sie zu lagern, deshalb können wir sie nicht verkaufen.« Er lässt mich vorbei und schließt das Türchen hinter uns.

Ich habe das Gefühl, in einen verzauberten Garten zu treten. Alles hier ist irgendwie winzig. Vielleicht liegt es auch nur daran, dass ich den ganzen Nachmittag auf diesem riesigen Feld verbracht habe, aber hier scheint es alles in Miniaturausführung zu geben. Kleine Kohlköpfe, zarte Schnittlauchhalme und Zwiebeln, selbst die Kohlrabiblätter sehen aus wie klitzekleine Wedel. Der Garten ist in vier Quadrate geteilt, die durch niedrige Buchshecken getrennt werden. Zwischen den einzelnen Gemüsesorten wachsen buttergelbe Blumen in die Höhe.

Ich merke erst, dass ich mit offenem Mund vor mich hin starre, als Emil über die Buchshecke in eines der Quadrate steigt und in die Knie geht. »Darf ich vorstellen? Mieze Schindler.« Seine Hand streicht zärtlich über das dunkelgrüne Laub.

Ich hocke mich neben Emil ins Beet und betrachte die runden Erdbeeren, die nicht viel größer sind als Himbeeren. Wie bringe ich ihm bei, dass ich jetzt etwas enttäuscht bin? Ich meine, *das* soll Emils Favoritin sein? Dieses unscheinbare Ding? Okay, sie hat eine schöne dunkelrote Farbe, und die grünen Nüsschen sind tief in die Haut gedrückt, was ganz hübsch aussieht, aber sonst? Ich finde sie völlig unspektakulär und irgendwie auch zu klein. Wenn sie so gut schmeckt, warum hat man sie dann nicht längst optimiert? Man könnte sie doch größer züchten und weniger empfindlich. Quasi eine Erdbeere 2.0 aus ihr machen.

»Du bist nicht nur gekommen, um dich von diesem, ähm, Fiasko mit SubSox zu erholen, oder?«, frage ich ihn. Das hier ist doch mehr als nur eine gelegentliche Freizeitbeschäftigung. Ich kann mir nicht vorstellen, dass Tante Ellen diesen Garten ganz allein bestellt. »Wie oft fährst du wirklich hierher in die Eifel?«

Emil zuckt mit den Schultern. »Eigentlich jedes Wochenende. Und auch schon mal zwischendurch, wenn mein Job es erlaubt. Im Grunde ist es scheißegal, von wo aus ich arbeite, solange die Internetverbindung stimmt.«

Wow. Ich bin sprachlos. War ich die ganze Zeit davon ausgegangen, dass Emil hierher *geflohen* ist, stelle ich nun fest, dass dies eigentlich so gut wie sein Zuhause ist. Die Eifel. O Mann.

»Wohnen deine Eltern denn auch hier?« Das wollte ich ihn die ganze Zeit schon fragen.

Er winkt ab. »In Köln. Sie stehen nicht so aufs Dorfleben. Tante Ellen ist die Schwester meiner Mutter, und glaub mir, sie war damals unendlich froh, endlich aus diesem Kaff rauszukommen.«

»Aber du nicht«, stelle ich fest. »Du bist gerne hier in diesem Kaff.«

»Ja.«

Das klingt so bestimmt und klar, als gäbe es überhaupt keinen Zweifel daran. »Aber hier kann man nicht mal surfen«, platzt es aus mir heraus, weil mir in den Sinn kommt, was ich über Emil im Internet recherchiert habe.

Als er auflacht, kommt mir meine Frage schrecklich dumm vor. »Stalkst du eigentlich alle Leute im Netz, mit denen du zu tun hast?«

»Nur um mich auf bestimmte Deals vorzubereiten. Ob du es glaubst oder nicht, das hat in Verhandlungen schon sehr oft den Ausschlag gegeben.«

»Tja«, Emil pflückt mehrere Früchte ab und reicht sie mir. »Bei mir hast du damit voll danebengegriffen. Ich steh nicht mal besonders aufs Surfen. Ich hatte mich vor Ewigkeiten in so einem Forum angemeldet, um für eine Gründungsidee zu recherchieren. War eine ziemlich tote Spur, die du da verfolgt hast.«

O Mann, ich kann nicht glauben, wie falsch ich gelegen habe. Fassungslos starre ich auf die Früchte in meinen Händen.

»Jetzt probier sie endlich.« Er gibt mir einen Stoß. »Das Fruchtfleisch ist ganz weich und sehr druckempfindlich. Für den Verkauf trägt die Mieze Schindler leider zu wenig und auch nur, wenn man andere Sorten dazupflanzt, die als Bestäuber dienen. Das ist also eine ziemlich exklusive Gelegenheit, die ich dir hier biete.«

Sein Grinsen lässt meinen Puls ansteigen. Schnell, damit er es nicht bemerkt, tauche ich meine Nase in die Erdbeeren in meiner Hand. Ich schnuppere und bin ehrlich überrascht – sie riecht unglaublich aromatisch, einfach nur himmlisch erdbeerig, das hätte ich diesem kleinen Ding gar nicht zugetraut. Ich stecke mir die erste in den Mund, und beinahe sofort platzt die dünne Haut auf. Sie ist nicht bloß süß, sondern besitzt auch eine zarte Säure, die sich in meinem Mund harmonisch ausbreitet. Zusammen mit diesem üppigen Duft frisst sich diese Erdbeere sofort in meinem Kopf fest. Und ganz plötzlich weiß ich genau, dass ich diesen Augenblick ewig in meinem inneren Erinnerungsalbum bewahren werde. Der Moment, in dem ich mit Emil in Tante Ellens Gemüsegarten gestanden und das erste Mal in meinem Leben eine Mieze Schindler gekostet habe. Ein Moment, der nach Sommer schmeckt, nach süßem Atem und sich verschwitzt kräuselnden Nackenhaaren. Nach warmem Lachen und einem Windstoß, der einem spontan unter den Rock fährt. (Na gut, ich trage keinen Rock, sondern eine ziemlich verdreckte Jeans, aber das Gefühl … Sie wissen schon, wie ich das meine.)

»Die Sorte ist von 1925. Der Züchter Otto Schindler hat sie nach seiner Frau benannt.«

Emil wartet auf mein Urteil, das kann ich ihm ansehen. Und ich bin gerade wie vor den Kopf geschlagen, weil das alles viel zu schön ist, um echt zu sein, und ich außerdem etwas herausgefunden habe, was ich nie erwartet habe: Emil ist Romantiker. Ich meine, würde er sich sonst Gedanken darüber machen, warum diese Erdbeere so heißt, wie sie heißt? Würde er seine Favoritin sonst in diesem kleinen Garten hegen und pflegen wie einen Schatz, auch wenn sie kaum etwas einbringt? Würde er an etwas festhalten, das sich gar nicht lohnt?

Unsicher stehe ich auf.

»Sie ist wirklich etwas ganz Besonderes«, sage ich, und es klingt schrecklich kitschig, weil ich eigentlich etwas ganz anderes denke. Was mir nämlich tatsächlich auf der Zunge liegt, ist, dass *Emil* etwas ganz Besonderes ist.

Aber das sage ich ihm nicht. Stattdessen stecke ich ihm einfach eine Mieze Schindler in den Mund.

KAPITEL 21

Irgendetwas ist zwischen Emil und mir passiert, was ich nicht recht benennen kann. Wir sind wortlos zurück zum Laster gegangen und haben die restlichen Kisten abgeladen. Diesmal hat Emil immer gleich vier aufeinandergestapelt, um sie in den Container zu tragen. Aber jedes Mal, wenn er in meine Nähe kommt, scheint er mich wie unabsichtlich zu berühren.

Seine Finger streifen meinen Handrücken, wenn er mir eine Kiste abnimmt. Als ich absteige, stellt er sich so dicht neben mich, dass sich der Stoff unserer Jeanshosen berührt, und als ich ihm helfe, die Klappe des Lasters zu schließen – was gar nicht so einfach ist, weil der blöde Riegel total eingerostet ist –, da reibt sein Unterarm gegen meinen, und unsere Hüften stoßen aneinander.

Ich bin wie elektrisiert. Das macht er doch mit Absicht, oder? Er muss das mit Absicht machen, denn wenn nicht, dann werde ich vermutlich wahnsinnig werden und vor Sehnsucht sterben.

O Gott, habe ich das gerade wirklich gedacht? Ich glaube, ich habe einen Sonnenstich. Sofort taste ich meine Stirn ab, die sich tatsächlich ein wenig kaltschweißig anfühlt. Was tue ich eigentlich hier? Ich bin in die Eifel gefahren, um … um … was? Mein Kopf ist wie leer gefegt und mein Brustkorb dafür übervoll. Ich könnte platzen vor Wärme. Es ist, als würde in meinem Bauch eine Suppe kochen, und irgendjemand wirft immer mehr Zutaten hinein. Alles ist so bunt und durcheinander. Bevor ich hierhergekommen bin, war alles in meinem Leben weiß und klar. Mein Zuhause – eine durchgestylte Hundertquadratmeterwohnung, mein Arbeitsplatz – ein glattpolierter Glasbau. Und in meinem Kopf herrschte ein hocheffizientes Gemisch aus Kalkulationen, Tabellen, Mails und Meetings. Was mich angetrieben hat, war nicht nur die Vorstellung, mit anderen neue Ideen zu entwickeln und diese voranzubringen. Es war vor allem auch der Wunsch, so erfolgreich zu sein wie meine Mutter. Und jetzt in diesem Augenblick spüre ich nichts davon. Von Leonie Schiller 2.0 ist plötzlich gar nichts mehr übrig.

Seit Stunden habe ich nicht ein einziges Mal auf mein nacktes Handgelenk geschielt, mein Handy ist aus Saftmangel ausgegangen, und es ist mir egal! Das ist der Gedanke, der mich noch mehr schockiert als alles andere: Ich vermisse mein Handy nicht! Okay, jetzt, wo ich darüber nachdenke, würde ich vielleicht schon gerne einmal draufsehen und meine Mails checken, aber es ist nicht *so* wichtig. Ich habe es einfach vergessen. *Vergessen!* Das muss man sich mal vorstellen!

Als wir zum Hauseingang gehen, knabbere ich immer noch an dieser neuen Erkenntnis. Emil drückt mir den Schlüssel in die Hand, während er mit der anderen nach der Zeitung fischt, die jemand unter den Briefkasten geklemmt hat. Er steht direkt hinter mir, was es mir nicht gerade erleichtert, das Schlüsselloch zu treffen. Mit einem Mal ist es mir unangenehm, dass ich so dreckig und verschwitzt bin. Hilflos stochere ich mit dem Schlüssel herum, als ich Emils rechte Hand auf meiner Hüfte spüre. Ganz leicht hält er mich fest, und ich habe das Gefühl, gleich die Treppe hinunterzupurzeln, weil meine Knie so weich werden wie Kaugummi. Dann spüre ich seinen Atem an meinem Ohr.

»Willst du immer noch wissen, woher die Narbe an meiner Augenbraue stammt?«

»Ja«, krächze ich und halte mich hilflos am Türknauf fest. Zwei seiner Finger sind unter mein T-Shirt gerutscht und scheinen mir die Haut zu verbrennen. Außerdem bilde ich mir ein, dass ich Emils Herzschlag im Rücken spüren kann. Er ist kräftig und auch ein bisschen zu schnell.

»Ich habe mit zwölf den Lockenstab meiner Mutter ausprobiert. Das Teil wurde glühend heiß, und als sie ins Badezimmer geplatzt ist, habe ich mich zu Tode erschreckt und mir die Spitze gegen die Augenbraue gehauen.«

Ich unterdrücke ein Prusten. »Du weißt aber schon, dass ich dich jetzt in der Hand habe? Diese Geschichte kann ich jederzeit gegen dich verwenden.«

Emil brummt etwas Unverständliches in meinen Nacken, und mir wird noch wärmer. Bitte, bitte lass ihn damit nicht aufhören, flehe ich niemanden Bestimmtes an. Es gibt nichts, was ich mir in diesem Augenblick mehr wünsche, als Emil zu küssen. Ich drehe den Kopf schon in seine Richtung, da spüre ich einen plötzliche Ruck. An meiner Hand, die immer noch den Türgriff festhält, werde ich nach vorne gerissen, als die Haustür jäh nach innen schwenkt.

Emils Bruder Benjamin steht im Eingang und hat eine Hand in die Seite gestemmt. Vor Schreck lasse ich den Schlüssel fallen. Als ich danach taste, bin ich ganz froh um die Gelegenheit, meinen Kopf aus der Schusslinie zu ziehen. Du liebe Güte, was will der denn hier? Mein Gesicht glüht wie ein Bügeleisen auf Stufe drei. Oder hat ein Bügeleisen vier Stufen? Ehrlich gesagt, ich habe keine Ahnung, denn das Bügeln hat Olga seit Jahren für mich übernommen. Okay, wenn ich ehrlich bin, dann habe ich auch vor Olga noch nie gebügelt. Ist ja auch egal.

»Überraschung«, höre ich Benjamin sagen, und es klingt gar nicht so fröhlich, wie man es erwarten könnte, sondern irgendwie skeptisch. »Wo kommt ihr denn so spät her?«

Emil drängt seinen Bruder ins Innere. »Wir haben noch die Kisten in die Kühlung gebracht. Und was willst du so plötzlich in der Eifel? Ich dachte, dein Freund ist vom Manöver zurück.«

Ich kann sehen, dass die beiden einen intensiven Blick tauschen, und mir ist etwas mulmig zumute. Wie blöd, dass Benjamin ausgerechnet jetzt kommen musste. Hätte er nicht warten können, bis wir … also … ähm … Emil und ich ein wenig mehr Zeit allein miteinander verbracht haben? Ich bin mir so sicher, dass Emil nur eine Sekunde davon entfernt war, mich zu küssen. Und ich war so was von bereit dazu, verdammt.

Benjamin grinst und sieht dabei kein bisschen aus wie jemand, der Mitglied bei *MinD* und hochintelligent ist, sondern eher wie ein kleiner Junge, der sich diebisch freut, seinem Bruder die Tour vermasselt zu haben.

»Ist er auch, aber ich dachte, du könntest hier meine Hilfe gebrauchen. Und wie ich sehe, kannst du das tatsächlich.«

Was soll das denn bitte heißen? Ist das eine kryptische Umschreibung dafür, dass er mich beiseiteschaffen will?

Benjamin plappert gleich weiter: »Tante Ellen hat sich schon gewundert, wo ihr so lange bleibt. Sie wartet sehnsüchtig auf Frau Schiller und will ihr irgendeine Lektion erteilen.«

Eine Lektion erteilen? Benjamin sieht bei diesen Worten erwartungsfroh zu mir, was mich sofort alarmiert. O Gott, ich ahne es, Tante Ellen ist sauer auf mich! Hat sie etwa herausgefunden, dass ich, also eigentlich die Firma, für die ich arbeite … gearbeitet *habe*, Emil in den Ruin getrieben habe? Weiß sie nun, dass ich noch viel schlimmer bin als diese Elfriede, die Fremdenzimmer vermietet? Mir rutscht das Herz in die Hose. Ich kann wohl nicht hoffen, dass das irgendwann verjährt, oder? Ich meine, vor Ablauf der nächsten dreißig Jahre?

»Tante Ellen«, ruft Benjamin in den Raum, »Leonie ist wieder da!«

Sie kommt aus der Küche herausgeschossen wie ein Satellit. Ganz automatisch ziehe ich den Kopf ein.

»Da seid ihr ja endlich!«

»Hallo, Tante Ellen«, flüstere ich unsicher. Emil gibt seiner Tante einen Kuss auf die Wange und grinst. O Mann. Dieser Kuss war ganz bestimmt für mich gedacht gewesen, und nur wegen Benjamin ist er mir jetzt entgangen. Ich werfe Emils Bruder einen grollenden Blick zu, aber der scheint das gar nicht wahrzunehmen.

»Ich habe schon vor einer Stunde mit euch gerechnet. Leonie, wir müssen unbedingt die zweite Stufe angehen!«

»Zweite Stufe?« Puh. Egal, was das bedeutet, sie ist nicht sauer auf mich. Sie weiß es nicht, hat keinen Schimmer, denke ich erleichtert.

»Die zweite Stufe in deinem Anti-Age-Management-Programm!« Sie klingt etwas gereizt, weil ich das vergessen habe, und auf ihren Wangen erscheinen hektische rote Flecken. Dass man die unter dem Bronzepuder überhaupt sehen kann, sollte mich nachdenklich stimmen. »Ich habe in der Küche alles vorbereitet. Phase 2 nach der Reinigung ist die Paraffinbehandlung fürs Gesicht. Ich habe die Masse bereits angewärmt.«

Was? Mir klappt der Unterkiefer runter. Ich schmiere doch niemandem Paraffin ins Gesicht! Weiß Tante Ellen denn nicht, dass das ein Erdölprodukt ist? Genauso gut könnte ich mir von Bauarbeitern das Gesicht mit Teer bepinseln lassen.

Fassungslos starre ich sie an. »Und was ist Phase 3?«, frage ich, nun auf alles gefasst.

»Also, so weit sind wir noch lange nicht. Erst einmal musst du ja die Grundlagen lernen. Phase 3 können wir frühestens am Freitag in Angriff nehmen.« Doch sie freut sich sichtlich, dass ich so viel Interesse zeige. »Aber gut, wenn du es gar nicht abwarten kannst – «, sie macht eine Geste vor ihrem Gesicht, die aussieht, als würde sie eine Farbrolle hin und her bewegen. »In der dritten Phase gehen wir in die Königsdisziplin: typgerechtes Make-up für die Frau ab 65+.«

Benjamin gibt ein Geräusch von sich, das mich an eine Autobremse erinnert, und zieht seinen hustenden Bruder mit sich fort. Verflixt! Warum kann Emil mir nicht beistehen und mich aus dieser Situation retten? Ich kann unmöglich jemandem Erdöl auf die Haut kleistern! Nachher will Tante Ellen das noch an mir testen, und mein Gesicht ist imprägniert wie eine alte Wachsjacke! Ich schüttele mich innerlich, folge Tante Ellen aber brav in die Küche. Vielleicht hilft es ja, ein bisschen zu jammern? Bei meiner Mutter würde so etwas nie seinen Zweck erfüllen, doch bei Tante Ellen rechne ich mir damit ernsthaft Chancen aus.

Mama würde jedes Zeichen der Schwäche noch im Keim ersticken. (»Eine Schiller jammert nicht, sondern beißt sich durch! Denkst du, ich wäre sonst die Nummer 2 der Top-Investmentbanker Deutschlands geworden?«) Sie betont immer, dass sie die Nummer 2 der Investment*banker* ist, nicht der *-bankerinnen*. Denn sie sieht sich beruflich gar nicht als Frau. Obwohl es sicher an ihrem Ego kratzt, dass sie immer noch nicht die Nummer 1 ist. Jedenfalls hätte ich mit Jammern bei meiner Mutter keine Chance, das würde sie nur wütend machen. Tante Ellen aber hat bestimmt Verständnis dafür, dass man nach einem harten Arbeitstag einfach nur müde ist. Ich setze also eine betretene Miene auf und ächze, als ich mich auf den Küchenstuhl fallen lasse.

Allein der Anblick ihres silbernen Kosmetikkoffers lässt mir das Herz in die Hose rutschen. »Ich bin ja sooo kaputt«, fange ich testweise an und linse unter halbgeschlossenen Lidern zu ihr hinüber.

»Muskelkater?«, hakt sie misstrauisch nach, und ich nicke aufseufzend.

»Wahrscheinlich bin ich das einfach nicht gewöhnt. Aber mach dir keine Sorgen, bestimmt wird es morgen schon besser. Womit fangen wir an?« Ich lege so wenig Enthusiasmus wie möglich in meine Stimme, aber noch genug, um so viel Teilnahme zu signalisieren, dass es sie nicht kränkt.

»Nun ja«, sie räuspert sich. »Erst einmal bekommst du etwas Erfrischendes zu trinken.« Sie geht zum Kühlschrank und holt eine Flasche heraus, deren Inhalt kreischend pink ist.

»Vielleicht können wir unsere Lektion auf morgen verschieben, Tante Ellen? Ich bin ehrlich gesagt hundemüde.« Meine Hand wandert demonstrativ in mein Kreuz und fängt an, mir über die Stelle zu reiben, die wirklich ein wenig ziept.

Sie gießt das grellpinke Zeug in ein Sektglas und füllt das Ganze mit einem Piccolo auf. »Hier, das wird dich wieder munter machen! Und dann legen wir los.«

Ich nippe vorsichtig an der nun hellrosafarbenen Brause und bin überrascht. Es schmeckt herrlich frisch und süß und selbstverständlich nach Tante Ellens Erdbeeren. Der Alkoholanteil lässt sich nicht verbergen, aber ich weiß jetzt schon, dass es höllisch gefährlich ist. Man kann dieses Zeug trinken wie Limo.

»Das ist köstlich«, muss ich anerkennen. »Was genau ist das?«

»Ach«, sie winkt ab. »Einer dieser Fruchtsäfte, die ich immer aus unseren Erdbeeren mache. Eben nur mit einem guten Schuss.« Sie zwinkert mir zu.

Ich nehme noch einen Schluck. Es ist wirklich köstlich, um nicht zu sagen, saulecker. Auf einmal bin ich wie elektrisiert. »Kann ich das mal ohne den Sekt probieren?«

»Aber natürlich.« Sie steht auf und schlurft zurück zum Kühlschrank. Die kleine Glasflasche, in die sie das Getränk abgefüllt hat, erinnert mich an die Milchflaschen, die früher in alten Serien zu sehen waren. Fünfzigerjahre und schwarzweiß. Niedliche Fläschchen, die man im Morgengrauen vor die Tür gestellt bekommen hat. In meinem Kopf beginnt ein Feuerwerk loszuknattern. Alles blitzt und blinkt. Ich reiße Tante Ellen den pinkfarbenen Saft aus der Hand und trinke ihn direkt aus der Flasche. Und ich kann nicht aufhören. Sobald ich absetzen will und der Geschmack nachlässt, überfällt mich eine Gier, so dass ich schließlich alles auf einmal hinunterkippe.

Wow!

Das spreche ich dann auch laut aus: »Wow!« Mehr fällt mir erst einmal nicht ein, aber ich kann sehen, wie Tante Ellen sich über mein Lob freut. »Das ist einfach unglaublich. Was ist da alles drin?«

»Och«, tut sie ein wenig bescheiden, aber ihre Augen blinken vor Freude. »Die Erdbeeren aus unserem Garten.«

»Mieze Schindler?«, hake ich nach.

Sie nickt, so dass ihre grauen Locken wippen. »Und ein halber Apfel. Na ja, und auch noch ein paar Früchte vom Markt. Etwas Banane.« Jetzt beugt sie sich vertraulich zu mir. »Normalerweise würde ich so was ja nicht kaufen. Also etwas, das nicht aus der Region kommt, aber ich habe gesehen, dass die Elfriede von diesem neuen Stand … da wollte ich dann mal sehen, ob das schmeckt.«

»Aber was ist es?« Die Neugierde kribbelt einfach überall. Unter meinen Fingernägeln, meinen Fußsohlen. Sie prickelt in meinem Nacken und lässt das Adrenalin in meinem Blut hochkochen. Ich *muss* es wissen! Sofort!

Tante Ellen steht auf und geht zum Mülleimer. Sie fängt an, im Beutel zu wühlen, und fördert schließlich ein paar Schalen zutage, die aussehen, als hätte jemand einen Stegosaurus gehäutet. Einen pinkfarbenen Stegosaurus, um genau zu sein.

»Heinz hat gesagt, das ist von einem Kaktus. Nennt sich Drachenfrucht.« Sie flüstert es beinahe. »Innen war das Fruchtfleisch rosa wie ein Bonbon. Aber ehrlich gesagt, so allein schmeckt sie nicht besonders. Wie eine Melone.«

Ich nicke hastig. »Aber diese Kombination ist umwerfend!« Und deshalb ist die Farbe auch so grellpink, überlege ich. Sieht aus, als hätte sich ein Einhorn in die Flasche übergeben. Himmlisch schön. »Kannst du mir zeigen, wie das gemacht wird?«, frage ich sie ganz direkt. »Es schmeckt wirklich sensationell gut.«

»Von dieser Drachenfrucht habe ich aber keine mehr hier, dann muss ich Emil morgen zum Markt schicken.«

»Ja, bitte!« Meine Stimme zittert vor Aufregung, und an meinen Unterarmen hat sich eine Gänsehaut gebildet. Ich habe überhaupt keine Ahnung von Obst, aber ich weiß, wann etwas vielversprechend ist. Und das hier schmeckt verdammt vielversprechend. Da könnte man was draus machen. Ich meine, da könnte man *wirklich* was draus machen. Wozu habe ich jahrelang bei Cosmic Internet gearbeitet und ein Gespür für gute Ideen entwickelt? Ich muss unbedingt Emil davon erzählen.

Ich kriege nicht einmal mit, wie Tante Ellen ihre Utensilien vor mir ausbreitet und anfängt zu plappern. Ab und an trifft ein Wortfetzen mein Ohr, aber ich kann mich nicht auf sie konzentrieren. Wörter wie *Kaltmodellage* oder *Saugpumpenmassage* sagen mir überhaupt nichts. Erst als sie mit einem Spatel plötzlich etwas auf meine Stirn pappt, komme ich wieder zu mir. Gleichzeitig geht die Tür auf, und Benjamin steckt sein grinsendes Gesicht in die Küche.

Er sagt nur ein Wort. »Schick.« Emil folgt ihm. Ich bin immer noch betäubt. In einer Phase irgendwo zwischen Elektrisiertheit und Koma.

Tante Ellen seufzt frustriert auf. »Leonie, du bist heute überhaupt nicht bei der Sache. Du hast einfach zu viel auf dem Feld gearbeitet. Ich muss unbedingt mit Emil reden.« Sie sieht ihren zweiten Neffen böse an und schüttelt den Kopf.

»Ja«, bestätigt Benjamin und dreht sich zu seinem Bruder um. »Du musst ein ernstes Wort mit Emil reden.«

Dieser Idiot. Er kann es einfach nicht lassen, sich über mich lustig zu machen. Ich wünschte, die beiden würden sich verziehen. Peinlich genug ist es ja, mit dieser Paste auf der Stirn hier rumzusitzen, als wäre ich eine Skulptur, an der man etwas zuspachteln muss.

Tante Ellen schnalzt mit der Zunge und legt ihre Hände ruhig auf den Tisch. »Emil, das geht so nicht. Du darfst Leonie nicht so schwer arbeiten lassen. So können wir unmöglich bis Freitag den Schminkkurs gemeinsam machen. Du weißt doch, dass die Landfrauen kommen, um sich für die Wahl der Erdbeerkönigin schön machen zu lassen. Das ist eine einmalige Gelegenheit, Leonie als neue Anti-Age-Managerin vorzustellen.«

»Ist okay«, brummt Emil.

»Versprich mir, dass du sie morgen nicht so hart rannimmst!«, verlangt sie, und ich erstarre.

Urplötzlich bin ich im Hier und Jetzt, und mein Gesicht ist bestimmt so pink angelaufen wie Tante Ellens Erdbeersmoothie. O mein Gott, hat sie wirklich von »hart rannehmen« gesprochen? Mit weit aufgerissenen Augen starre ich auf einen Punkt über Tante Ellens Schulter. Müssten nicht die Gardinen dringend gewaschen werden? Oder der Fliesenspiegel poliert werden? Jetzt bloß nicht in Emils Richtung gucken!, beschwöre ich mich. Aber dann kann ich doch nicht anders, und mein Blick schwenkt wie magnetisch angezogen zu Emil, der sich mit dem Ellbogen im Türrahmen abgestützt hat und sich nun mit der rechten Hand in den T-Shirt-Kragen fährt, als wäre dieser ihm schlagartig zu eng geworden. Seine Augen sind so dunkel wie zwei schwarze Murmeln.

Ich höre ein grunzendes Geräusch und sehe, dass Benjamin sich kaum noch unter Kontrolle hat. Um seine Mundwinkel zuckt es verdächtig, und ich könnte schwören, dass ihm die Augen tränen. »Ja, Emil«, keucht er hilflos, »hör doch, was Tante Ellen sagt. Du darfst Leonie nicht so hart rannehmen.«

»Das ist mein vollkommener Ernst!« Mit einem Feuchttuch wischt mir Tante Ellen die Reste der Paste vom Gesicht. »Versprichst du mir das, Emil?«

»Äh«, macht Emil, und dabei grinst er debil. »Versprochen.«

To-do

1. Mit Emil dringend über diese Smoothies reden!
2. Seinen Bruder bei der nächsten Gelegenheit darüber aufklären, dass Emil mich keinesfalls hart rangenommen hat. Na ja, vielleicht auch nicht. Vielleicht ist es auch besser, damenhaft über dieses Thema zu schweigen.
3. Nicht mehr daran denken, wie es sich anfühlen würde, von Emil hart rangenommen zu werden.
4. Überhaupt nicht mehr an Emil denken.
5. Emil, seufz.

KAPITEL 22

Ich halte es einfach nicht mehr aus! Mit einem genervten Stöhnen fahre ich aus dem Bett hoch, in dem ich mich seit einer Stunde wälze, weil ich vor lauter Gedankenkarussell nicht schlafen kann. Immer wieder kommt das hoch, was Daniel Herbst mir eingebläut hat, als er mich vor zwei Jahren bei Cosmic Internet eingestellt hat:

Wir sind kein gottverdammtes Labor! Wenn wir ein Projekt starten, dann weil wir wissen, dass es funktionieren wird. Wir experimentieren nicht.

Aber jetzt befinde ich mich in einer Experimentierphase. Bisher habe ich immer auf der anderen Seite gestanden, nicht auf der kreativen, sondern der, auf der gebaut wird. Nach Plan. Nach einem Konzept.

Die Idee allein reicht nicht. Jeder Vollidiot hat eine Idee. Eine Idee zu haben, ist so, als würde man aus einem Traum aufwachen und sich noch mal auf die andere Seite rollen. Auf das Aufstehen kommt es an!

Aber ich habe keine Ahnung, ob Emil aufstehen kann. Was ich jedoch weiß, ist: Ich würde ihm gerne dabei helfen. Mit neuer Motivation schnappe ich mir den Block, den ich mir aus Tante Ellens Küche stibitzt habe und auf dem sie sonst ihre Einkaufsliste führt. Wenn ich genau hinschaue, kann ich noch die Worte erkennen, die sich von der entfernten Seite durchgedrückt haben:

– 500 g Magerquark

– Capuschino (das hat sie wirklich so geschrieben)
– Ein Viertel Fleischwurst
– Schrundensalbe

Ich will gar nicht wissen, was eine Schrundensalbe ist und wofür Tante Ellen sie braucht. Ich kann nur hoffen, nicht für mein Gesicht!

Meine Notizen drehen sich ausschließlich um die Dinge, von denen ich keine Ahnung habe. Wo kauft man die Rohstoffe ein? Wie werden Fruchtpürees produziert? Wie lange sind sie haltbar? Wie erhält man eine Biozertifizierung? Muss man die überhaupt haben? Was ist die beste und umweltfreundlichste Verpackung? Was ich nicht recherchieren muss, sind die Dinge, die ich aus meiner langjährigen Arbeit weiß und die hauptsächlich das Branding, Marketing, die Vertriebswege und vor allem die Finanzierung betreffen. Damit kenne ich mich aus.

Mit einem Seufzen lasse ich den Block sinken, dann tippe ich wie blöd auf mein Handy ein, doch das Display ist so winzig und die Ladezeiten über das Handynetz sind einfach nur quälend langsam. Ich brauche einen gottverfluchten Computer! Und nicht nur das, ich brauche auch noch ein Telefon, mein Tablet und meine Smartwatch. In meinen Armen prickelt es. Und ich brauche mein altes Leben zurück!

Woher dieser Gedanke auf einmal kommt, weiß ich nicht. Es ist, als hätte ich stunden-, nein sogar tagelang auf einem Gedanken herumgekaut, ohne ihn zu begreifen, und ganz plötzlich habe ich ihn wieder ausgespuckt. Wäre ich nämlich in meinem alten Büro, hätte ich all die Informationen, die ich brauche, in null Komma nix zusammen, so viel ist klar! Oder Sylvia hätte sie mir besorgt.

In einem Anflug von schlechtem Gewissen mache ich mir bewusst, dass ich mich nicht einmal erkundigt habe, wie es meiner ehemaligen Assistentin geht. Deshalb tippe ich nun eine Nachricht an sie, dass es mir leidtue, was ihr passiert ist, und dass ich hoffe, sie würde bald einen neuen Job finden.

Missmutig kaue ich nun auf meinem Bleistift herum. Doch halt! Hat Emil nicht einen Laptop? Er hat gesagt, dass er überall arbeiten kann, solange er nur einen vernünftigen Internetanschluss hat. Und da er sich bisher jeden Abend in seinem Zimmer verkrochen hat, um seine Firmen-Mails, all die Nachfragen und die Beschwerden zu beantworten, ist er bestimmt bestens ausgerüstet. Das Einzige, was mich von einem Computer und dem unendlichen Universum des Wissens trennt … ist also bloß eine Zimmerwand.

Ich schwinge die Beine über den Bettrand und stehe auf. Im Spiegel sehe ich eine Frau mit verstrubbelten Haaren und leicht gebräunter Haut. Mit den Fingern versuche ich, die Strähnen zu entwirren, und schlinge ein einfaches Gummi um den zusammengefassten Zopf. In meinen Beinen und Armen spüre ich Muskeln, von deren Existenz ich bisher nicht einmal etwas geahnt habe. Ich schlüpfe in die einzige Jeans, die ich besitze, auch wenn es mir unangenehm ist, weil sie ziemlich fleckig ist und müffelt. Das T-Shirt lasse ich an, zupfe es nur ein wenig nach unten und gucke, ob es dort auch bleibt und mein blasser Bauch nicht zu sehen ist. Und dann mache ich einen Schmollmund.

Wo kommt das denn auf einmal her? Vor Entsetzen schlage ich mir die Hand vors Gesicht. Ich will doch nur an Emils Laptop und an nichts anderes. Ich habe nicht vor, Emil irgendwie zu bezirzen oder so. Das hier wird ein rein geschäftliches Gespräch, Leonie!

Krampfhaft versuche ich mich zu erinnern, wie ich mich sonst auf schwierige Gespräche vorbereitet habe. Ach ja, mit meiner »Victory«-Pose!

Ich atme tief durch und hebe meine Arme in V-Haltung in die Höhe. Und das Kinn. Eigentlich müsste ich jetzt mehrmals hintereinander in die Luft springen, als wäre ich gerade durch ein Zielband gelaufen, aber mir kommt das Ganze plötzlich furchtbar albern vor. Und das soll meinen Testosteronspiegel erhöhen? Wofür brauche ich überhaupt einen höheren Testosteronspiegel? Im Augenblick weiß ich es wirklich nicht. Achselzuckend nehme ich meine Notizen auf und drücke die Klinke meiner Zimmertür hinunter. Hoffentlich schläft Tante Ellen tief und fest, es wäre mir schrecklich peinlich, wenn sie mich dabei erwischt, wie ich über den Flur schleiche. Auch wenn es natürlich rein geschäftlich ist.

Benjamin sitzt im Wohnzimmer auf der Couch. Durch die Milchglastür flackert das blaue Licht des Fernsehers. Ich bete, dass Emil nicht bei ihm im Wohnzimmer ist, und gehe auf Zehenspitzen bis zu seiner Zimmertür. Klopfen, Leonie! Du musst bloß klopfen!

Okay, jetzt nur keine Panik. Das läuft ganz professionell ab: Ich erzähle Emil von Tante Ellens Smoothies und meiner Idee, wie man sich damit von anderen Smoothie-Herstellern abheben kann. Ich zeige Emil meine Notizen mit den offenen Fragen. Ich schlage ihm vor, ihn bei der Planung und Umsetzung zu unterstützen. Meine Kontakte bestehen schließlich weiterhin, auch wenn ich nicht mehr Daniels Prätorianer bin. Und wenn er mich an seinen Laptop lässt, dann habe ich ihm innerhalb von zwei Stunden nicht nur einen ersten Kostenplan erstellt, sondern auch eine Auflistung aller Schritte, die der Reihe nach abgearbeitet werden müssen. Ich kann ihm aufzeigen, wie er ein neues Unternehmen baut, das bereits nach einem Jahr profitabel ist, und dann werde ich ihm klarmachen, warum das Unsinn ist, und auch, warum es bei SubSox nicht funktioniert hat. Weil Emil nämlich nur eine Stadt haben wollte, ein einziges Land, und weil er den Fehler gemacht hat, nicht groß genug zu denken. Er *muss* groß denken!

Ich straffe meine Schultern und klopfe energisch an seine Tür, damit ihm auch gleich klar ist, dass es sich hierbei um keinen Abendbesuch handelt, um mit ihm zu flirten oder so. Das hier ist Business! Ich klopfe noch einmal und sogar noch eine Spur energischer. Businessmäßiger. Los, mach auf!

Nichts.

Wie seltsam. Emil hat doch bisher jeden Abend in seinem Zimmer verbracht, und ich bin auch sicher, dass er noch nicht schläft, weil wir erst halb zehn haben. Und aus Fernsehen hat er sich die letzten Tage auch nichts gemacht. Mit den Fingerknöcheln hämmere ich gegen die Tür. Autsch. Das war wohl doch etwas zu fest. Ich reibe mir die Finger und horche. Höre ich da etwa doch ein Schnarchen? Ganz automatisch bewegt sich mein Oberkörper nach vorn, und mein Ohr presst sich gegen das Türblatt.

Dann spüre ich plötzlich eine Bewegung hinter mir.

»Lass mich mal!«

Vor Schreck mache ich einen Satz und gebe ein entsetztes Quieken von mir.

Emil lehnt sich lässig gegen die Tür und horcht, genauso, wie ich es getan habe, dann taucht der Halbmond an seinem Mundwinkel auf, und er grinst breit. »Also ich höre nichts.«

»Du hast mich zu Tode erschreckt!«

»Wolltest du zu mir?«

»Natürlich wollte ich zu dir!«, blaffe ich ihn an und füge dann schnell hinzu: »Ich habe geklopft.«

»Das war nicht zu überhören. Ich stand unter der Dusche und dachte, jemand versucht gerade, die Wand einzureißen. Wolltest du etwas Bestimmtes?«

Er war duschen? O Mann, das ist nicht zu übersehen. Emil hat schließlich nur ein Handtuch um die Hüften geschlungen. Ich kneife die Augen zusammen und versuche ganz ruhig zu atmen.

»Nichts Bestimmtes, nein. Das heißt, ich wollte dir etwas vorschlagen.« Meine Hand wedelt mit den Notizzetteln.

Ich sehe nichts. Also mit *nichts* meine ich, dass ich Emil nicht angucke. Mein Blick ist fest auf die dunkelbraune Holztür geheftet, deren Maserung wirklich faszinierend ist.

»Worum geht's?« Emil nimmt mir die Zettel ab, wirft aber keinen Blick darauf. »Leonie, alles okay mit dir? Ist was mit deinen Augen?«

»Ja«, krächze ich. »Ich meine, nein!« Und im Geiste wiederhole ich immer wieder: Emil war duschen, Emil war duschen. Und dann: Nicht hingucken, bloß nicht hingucken. Das ist nur ein Mann, mit einem Handtuch bekleidet, nichts Weltbewegendes. Und außerdem ist es ein Mann, der sich nicht einmal das Gesicht regelmäßig rasiert, geschweige denn sein Brusthaar … Das ist so was von überhaupt nicht stylish, oder? Ich kann mir auch wirklich nicht vorstellen, dass mir das gefallen würde. Und überhaupt bin ich rein beruflich hier, und … Mist, jetzt habe ich doch hingeguckt.

»Warte, ich ziehe mir grad was über.« Er verschwindet durch die Tür und lehnt sie nur an.

Zu spät! Viel zu spät! Jetzt ist alles im Eimer, denke ich verzweifelt. Ich habe ihn gesehen, und damit meine ich, ich habe ihn *gesehen*! Mein Mund ist ganz trocken, und meine Hände schwitzen, als hätte ich sie auf einer heißen Herdplatte abgelegt. Nie wieder kann ich mich mit Emil rein geschäftsmäßig unterhalten, wenn ich weiß, was für ein Body sich unter diesen labberigen T-Shirts verbirgt. Wie hätte ich das auch ahnen sollen? Wie hätte ich denn ahnen können, dass sich ein bisschen Erdbeerenpflücken *so* auswirkt?

Als Emil nach einer Minute die Tür weit öffnet, bin ich ein Nervenwrack. Dunkel habe ich in Erinnerung, warum ich bei ihm geklopft habe, aber von der Business-Leonie ist so gut wie nichts mehr übrig.

»Komm rein.«

Ich betrete die Höhle des Löwen in der Gewissheit, sie ganz sicher nur ohne Kopf wieder zu verlassen. Aber hey, das ist bei der männlichen Gottesanbeterin bestimmt auch so, und trotzdem lässt es sich das Tier nicht nehmen, das Weibchen zu begatten.

Begatten? Wie komme ich denn jetzt auf dieses Thema? Wollte ich nicht eigentlich mit Emil über Smoothies reden? Smoothies, richtig. Ich schlucke, dann suchen meine Augen das Zimmer nach einer Sitzgelegenheit ab – meine Beine sind ganz wackelig.

»Hier.« Emil wirft ein paar Klamotten von seinem Schreibtischstuhl herunter und rollt ihn ein Stück zur Seite. Dankbar lasse ich mich darauffallen, und dann sprudelt einfach alles aus mir heraus. Ich quassle wie ein Wasserfall davon, dass seine Tante die leckersten Smoothies der Welt macht und dass ich das schließlich beurteilen könne, denn bei Cosmic Internet würden wir die ständig trinken. »Also die veganen«, führe ich an. »Manche Firmen verwenden nämlich Schweinegelatine zum Klären von Fruchtsäften.«

Ich beschreibe ihm, wie schön die Farbe ist und wie clean und stylish man das Design halten könnte, wenn man das Fruchtmus nicht in kleine bunte Plastikbecher kippt, sondern sie in eleganten Glasflaschen verkaufen würde. »Wie bei den Waltons. Nur mit einem hübschen Keramikaufdruck.« Und zu guter Letzt schwärme ich ihm vor, wie ideal dieses Business doch für ihn wäre, weil es seine beiden größten Leidenschaften miteinander verbindet: die Gründung eines eigenen Unternehmens und seine Liebe zu Früchten.

»Ich will dich ja nicht enttäuschen, Leonie«, fängt er an und setzt sich im Schneidersitz vor mir auf den Fußboden. »Aber die ersten Smoothie-Hersteller sind in Deutschland seit 2006 auf dem Markt. Glaub mir, dass ich schon oft darüber nachgedacht habe, aber es gibt einfach kein Alleinstellungsmerkmal. Was soll an diesen Smoothies besser sein als an anderen. Warum sollte irgendjemand sie anstelle der anderen Marken kaufen, die sich auf dem Markt schon etabliert haben?«

Ich spüre Emils Hände an meinen Füßen. Er knöpft die Schleife meiner Turnschuhe auf, und schwups, landet der erste Schuh in der Zimmerecke.

»Weil wir keine normalen Smoothies machen, sondern hochtourige.« So, jetzt habe ich alles Wichtige gesagt.

Emil fasst an meine Ferse und zieht mir einen Strumpf aus. Warum macht er das? Ich kann mich kaum noch darauf konzentrieren, was ich sage, sondern harre mit angehaltenem Atem darauf, was er als Nächstes macht.

Er macht erst einmal nichts. »Erzähl weiter«, fordert er mich stattdessen auf.

»Also«, ich schlucke und drehe mich unruhig auf dem Stuhl hin und her. »Die Corporate Identity, die man aufbauen würde, wäre die eines gesunden Cocktails, der nicht bloß aus Saft und Alkohol besteht, sondern aus heimischem Frucht- oder Gemüsemus, exotischen Früchten, Direktsaft und mit einem Aussehen, das nicht nur cool, sondern auch sehr sexy ist.«

»Sexy, ja?«

Ich stehe auf und laufe unruhig durch das Zimmer, was nicht sehr bequem ist, weil der Raum mit Möbeln zugestellt ist und ich um einen Hocker, meine Schuhe und den Schreibtischstuhl herumtänzeln muss. »Denk doch nur mal daran, wie freudlos grüne Smoothies sind! Kein bisschen Pep! Aber die Mischung aus Smoothie und Cocktail ist genial!«

Emil ist ebenfalls aufgestanden. »Also eine Mischung aus Gesundheit und Spaß.«

»Ganz genau!« Ich strahle ihn an. Emil weiß sofort, worauf es ankommt. Erst jetzt wage ich es, ihn genauer zu betrachten. Er hat sich eine abgewetzte Jeans angezogen und das T-Shirt, das ich ihm gekauft habe. Auf seiner Brust steht deshalb zwar »Ich muss gar nix!«, aber das könnte genauso gut auch bedeuten, dass alles geht. »Ich muss gar nichts« ist so gut wie »Ich mache, was ich will«. Aber was will Emil?

Ich muss die Frage wohl laut gestellt haben, denn im nächsten Augenblick spüre ich, wie sich seine Arme um meine Taille legen, und ich höre ihn sagen: »Ich will dir dieses T-Shirt ausziehen.«

KAPITEL 23

Okay, das ist ja nichts Schlimmes, oder? Ich bin extrem nervös, nicke aber hastig. »Wenn … also wenn du *unbedingt* willst.«

Die Narbe in seiner Augenbraue gibt Emil ein leicht bedrohliches Aussehen, aber das Grübchen an seinem Mundwinkel macht es wieder wett. Emil lacht leise. Im nächsten Augenblick schnappt er sich den Saum meines T-Shirts und zieht es mir über den Kopf.

»Also«, frage ich ihn, »was hältst du von dieser Smoothie-Sache? Denkst du, das könnte etwas werden? Ganz ehrlich, ich habe ein richtig gutes Gefühl dabei. Wenn ich mal an deinen Computer dürfte, dann könnte ich dir genau aufstellen …«

»Die Jeans«, unterbricht er mich und deutet auf zwei große Flecken, die meine Oberschenkel zieren. »Unglaublich, dass eine Sauberfrau wie du mit so einer verdreckten Hose rumläuft. Damit kannst du dich aber nicht auf mein Bett setzen.«

Hui, ist der auf einmal aber streng! Und eigentlich hatte ich gar nicht vor, mich auf sein Bett zu setzen, aber nun gut, wenn er darauf besteht. Seufzend knöpfe ich meine Hose auf und schiebe sie mir über die Hüften. An den Beinen ist sie hauteng und bleibt hängen.

»Setz dich!« Er schiebt mich zur Bettkante und gibt mir dann einen Stoß. Mit einem überraschten Ausruf plumpse ich rücklings auf seine Matratze.

Jetzt zieht Emil sich sein eigenes T-Shirt über den Kopf und wirft es hinter sich. Er nimmt meinen linken Fuß und stemmt ihn gegen seinen straffen Bauch.

Ich spüre seine Körperwärme an meiner Fußsohle und ein Prickeln, das sich von dort aus bis in meine Eingeweide hochzieht, als er mir sehr langsam die Hose abstreift.

»D-du hast mir noch keine Antwort gegeben«, stammle ich hilflos. Ach du liebe Güte! Emil hat mit einem Mal seine Jeans verloren, und diese Slipboxer kommen mir vage bekannt vor. Das erste Mal habe ich sie gesehen, als er sie mir bei Cosmic Internet schmackhaft machen wollte. Wirklich eine hervorragende Qualität, das muss man ihm lassen. Wenn sie vielleicht auch ein bisschen eng sitzen. Oh.

Emils Knie berühren das Bett, dann senkt sich die Matratze unter seinem Gewicht. Seine Arme stützen sich rechts und links neben meinem Kopf ab. Ich kann eine Ader sehen, die ihm am Hals pocht, als er sich über mich beugt. »Wie war noch mal die Frage?«

Frage? Was für eine Frage denn?

»Ich … weiß nich«, japse ich bloß.

Er grinst spitzbübisch, und im nächsten Augenblick berühren seine Lippen meine Schulter, meinen Hals, meinen Unterkiefer. Sie finden meinen Mund und … oh … schmecken noch viel besser als Tante Ellens Smoothies. Viel zu schnell hört er auf, mich zu küssen. Seine Zunge wandert tiefer. Umspielt meine Brustspitze. Noch tiefer. Eine Hand stiehlt sich in meinen Slip. Seine Küsse an meinem Beckenkamm sind so zärtlich, als hätte er sie seit Ewigkeiten nur für diesen einen Moment aufgespart. Emils Bartstoppeln kratzen mir auf der Haut und hinterlassen ein Prickeln. Es dauert nicht lange, und ich umklammere seinen Unterleib mit den Beinen.

Sein Brustkorb liegt schwer auf mir, und meine Brüste sind schweißnass. Emil bewegt sich langsam. Genüsslich. Das hier ist nicht wie Erdbeerenpflücken. Es geht nicht darum, möglichst schnell das Körbchen vollzukriegen.

Irgendwann lässt er sich auf die Seite rollen und zieht mich mit. Ich keuche überrascht auf. »Du bist dran«, sagt er. Schweißperlen rinnen von seiner Stirn, und sein strubbeliges Haar ist klatschnass. Alles an Emil ist angespannt, und wir verbinden uns zu einem Rhythmus, der durch meinen ganzen Körper trommelt.

Emils Blick lässt mich keinen einzigen Moment los. Und erst viel später, als wir keuchend nebeneinanderliegen, sieht er mich nur noch durch halbgesenkte Lider an. Träge. Dann tastet er nach seinem Handy und stellt leise Musik an. Es ist das erste Mal, dass ich Emils Chillout-Playlist höre, und ich weiß nicht, ob ich jemals so lange einfach nur dagelegen habe, ohne etwas zu sagen oder zu tun, aber ich würde es am liebsten für immer tun. Oder wenigstens diese eine unendliche Nacht lang.

Emils Lippen bewegen sich nahezu lautlos zu einem Song von Max + Johann: *Und wenn du schläfst, muss ich dich ansehen, um den Moment, wenn du die Augen aufschlägst, nicht zu verpassen, hundemüde, kanns nicht lassen. Nur aus Angst, dass du irgendwann gehst.*

Auf meinem Mund liegt ein Lächeln, nein, eher ein zufriedenes Grinsen wie das einer satt gefressenen Katze. Ich schließe die Augen und höre den sanften Beat der Musik und meinen eigenen Puls.

Bin ich so müde, dass mein Kopf gerade Unsinn treibt? Oder hab ich mich verliebt?

Es ist, als wäre das Lied nur für mich geschrieben worden.

Ich kann keinen Gedanken mehr fassen, keine Worte mehr formulieren, nur wahrnehmen, wie wir beide atmen, wie Emils Daumen meinen Unterarm streichelt und sich eine Gänsehaut auf mir ausbreitet, als eine leichte Brise die Gardine aufbauscht.

»Leonie.«

Es wispert an meinem Ohr, und ein Schatten fällt über mich. Ein Schatten, den die Morgensonne geschaffen hat, die durch die Gardinen hereindrängt. Bis eben ist da noch dieses herrliche orangerote Leuchten hinter meinen Augenlidern gewesen, und jetzt ist es abgedunkelt.

»Leonie?«

Nein, bitte nicht! Ich will nicht aufwachen. Dieser Traum war einfach umwerfend! Ich will nicht plötzlich rausgerissen werden, will ihn noch festhalten, Emil noch ein bisschen länger auskosten. Ich will …

Oh.

Die Lippen, die sich sanft auf meine legen, fühlen sich kein bisschen nach einem Traum an. Ich kann es nicht fassen. Das alles war gar kein Traum? Das war *real*?

Ich schlage die Augen auf und sehe Emils Gesicht direkt an meinem, die kleinen Fältchen, weil er mit geschlossenen Augen lächelt, und die weiße Linie, die seine rechte Augenbraue teilt. Meine Hände schließen sich um seinen Nacken.

Mit einem sehnsüchtigen Brummton schiebt Emil mich von sich. »Es ist kurz vor sechs.«

»Wunderbar«, raune ich und ziehe ihn wieder näher zu mir heran. »Dann haben wir ja noch Zeit, und ich weiß schon, wie wir sie nutzen.«

»Dir mögen drei Minuten reichen, aber für mich ist das

nix.« Zärtlich knabbert Emil an meinem Kinn und lacht auf, weil ich ein empörtes Schnauben von mir gebe. »Tante Ellen steht jeden Morgen pünktlich um sechs auf. Mir soll es ja egal sein, aber ich könnte wetten, dass du ihr nicht in die Arme laufen willst, wenn du aus meinem Zimmer schleichst wie eine Diebin.«

»Ich bin keine Diebin.«

»Es hat dich bloß noch niemand überführt. Aber wir beide wissen ganz genau, was für eine gefährliche Frau du bist. Und ich habe vor, dich alles abstottern zu lassen, was du mir gestohlen hast.«

Mir wird ganz mulmig zumute. »Auf dem Erdbeerfeld?«

»Vielleicht.«

Im Kopf überschlage ich die Verluste, die ich und Cosmic Internet ihm beigebracht haben, und ziehe die Nase kraus. »Bei einem Stundenlohn von fünf Euro könnte das lebenslänglich bedeuten.« Im selben Moment beiße ich mir auf die Lippe. Leonie, halt doch die Klappe! Das klingt so, als wolltest du von ihm irgendeine Liebeserklärung hören. Irgendetwas, was mit »Ich liebe dich« anfängt und mit »Für immer und ewig« aufhört. Etwas, das viel zu kitschig ist, um echt zu sein

»Wir werden sehen.« Emil steht auf, und ich zwinge mich, nicht zu ihm hinzusehen, als er sich nach den verstreuten Klamotten bückt. Es ist wohl besser, wenn ich so schnell wie möglich in mein Zimmer verschwinde. Emil soll schließlich nicht glauben, dass ich jetzt an ihm hänge wie eine Klette. Ich meine, was ist schon groß passiert? Wir haben eine Nacht zusammen verbracht, und es war schön. Sehr schön. Absolut wunderwundersch… Stopp! Das hat alles nichts zu sagen. Das macht man so, wenn man erwachsen ist, dafür muss man nicht gleich an was Ernstes denken, oder? Aber verdammt, warum fühlt es sich dann so ernst an?

Ich schlüpfe eilig unter der Decke hervor, als Emil mit seinem Kopf im Kleiderschrank verschwindet, und ziehe mich in Rekordgeschwindigkeit an. Nicht auszudenken, wenn Tante Ellen mich erwischt. Oder Benjamin, was fast noch schlimmer wäre, weil der keine Gelegenheit verstreichen lässt, sich über mich lustig zu machen. Als Emil sich zu mir umdreht, bin ich bereits barfuß in meine Turnschuhe geschlüpft. »Wir sehen uns später!«, bringe ich hastig hervor und reiße die Tür auf, bevor er etwas erwidern kann. Ich springe über den Flur, mit der einen Hand halte ich meine Strümpfe, mit der anderen meine Hose zusammen, die ich so schnell nicht zuknöpfen konnte.

Ich habe gerade das Gästezimmer erreicht, als ich höre, wie die Tür zum Wohnzimmer aufgerissen wird.

»Guten Morgen, Leonie Schiller!«

Ich erstarre, die Hand schon an der Klinke. »Äh, guten Morgen!« Mist, es ist Benjamin. Ich stoße die Zimmertür auf und werfe unauffällig meine Socken hinein. Tue so, als hätte ich den Raum gerade erst verlassen. Doch mein Bett wirkt so jungfräulich wie in einem frisch gemachten Hotelzimmer. Lässig drehe ich mich um und versperre Emils Bruder die Sicht, während ich mein T-Shirt so weit nach unten ziehe, dass man meinen offenstehenden Reißverschluss nicht sehen kann. »Du bist aber schon früh auf. Ich wollte gerade … also … ins Bad.«

»Ich konnte nicht schlafen.« Er seufzt ein bisschen.

Was heißt hier, er konnte nicht schlafen? Benjamin sieht aus, als hätte er gerade zwei Wochen Wellness auf den Malediven hinter sich. Sein jungenhaftes Gesicht strahlt vor Frische.

»Das alte Haus gibt echt komische Geräusche von sich.« Er lässt seine Hand unbestimmt durch die Luft schweben. »Ständig knackst und ächzt es.«

»Vielleicht die Deckenbalken?« Mein Gesicht glüht, als hätte ich Sonnenbrand.

»Schon möglich.«

Seine Augen blitzen.

»Ich habe eben meinen tausendsten Kranich gefaltet«, sagt er fröhlich. Dabei wirkt er so stolz wie ein Kleinkind, das für den Muttertag ein Bild gemalt hat.

»Das ist ja … toll. Ich gratuliere.« Ich bemühe mich um einen anerkennenden Tonfall. Nehmen die bei *MinD* wirklich nur Leute auf, deren IQ höher als 130 ist? Bei Benjamin muss ihnen da ein Fehler unterlaufen sein. Er kann unmöglich ein solches Superhirn sein.

Benjamin nickt eifrig. »Ich überlege, eine neue Challenge zu starten. Was hältst du von tausend mal tausend?«

Tausend mal tausend? Spinnt der jetzt völlig? »Das sind eine Million. Du willst wirklich eine Million Kraniche falten?« Ungläubig starre ich ihn an.

»Mir müssen dann natürlich genügend Haikus einfallen. Wie gefällt dir übrigens mein Bild?«

Wovon zum Teufel redet er?

Das Fragezeichen muss mir auf der Stirn zu lesen sein, denn Benjamin spricht gleich weiter. »Das Bild, das ich gestern Abend kreiert habe. So gegen halb elf.«

Spielt es denn eine Rolle, um wie viel Uhr? Ich folge seinem Blick und starre auf den Fußboden. Mein Unterkiefer klappt nach unten. Gottverdammt! Ich kann nicht glauben, was ich da sehe. Und vor allem kann ich nicht glauben, dass ich es *erst jetzt* sehe! Benjamin hat den kompletten Flur mit seinen Papierkranichen ausgelegt. In einem Abstand von wenigen Zentimetern hockt ein Kranich neben dem anderen. Überall.

Also fast. Nur dort, wo ich eben entlanggehüpft bin, sieht man eine deutliche Schneise. Von Emils Zimmertür zu meiner – ein Bild der Verwüstung.

»Ich nenne es *Überführungskunst.*« Benjamin schaut mich unschuldig an. »Nicht bewegen«, sagt er plötzlich und zückt sein Smartphone. »Ich muss noch schnell ein Bild für Instagram machen.«

Und *zummm*, schießt mir das Blitzlicht ins Gesicht.

KAPITEL 24

»Du bist ein Schatz!« Tante Ellen gibt Emil einen dicken Schmatzer auf die Wange, und ich muss mich zusammenreißen, nicht neidisch zu gucken.

»Ich habe allerdings nicht alles gekriegt. Guanábana kannte niemand, und Goji-Beeren gab es nur getrocknet, die habe ich mir geschenkt. Da müsst ihr improvisieren.« Emil stellt seine Einkäufe auf der Küchentheke ab, und mich überkommt ein ganz warmes Gefühl. Er hat doch tatsächlich einen Jutebeutel genommen, und ich schwöre, dass ein Jutebeutel noch nie so männlich ausgesehen hat! Bei diesem Anblick macht mein Herz einen Hüpfer, und in meinem Magen blubbert es ganz seltsam, so als würden Blasen aus einem Sektglas aufsteigen. Ich bin wohl ein wenig verliebt … in Jutebeutel. Und wenn ich ganz ehrlich zu mir selber bin, vermutlich auch ein klitzekleines bisschen in die kräftigen Hände, die nun das Obst daraus zutage fördern. Okay, ich bin total verknallt, was soll's!

»Sie sehen toll aus«, schwärme ich und stiere auf Emils Hände, als wären sie ein Ausschnitt aus diesem bröckeligen Fresko von Michelangelo, das man immer auf Postern sieht. Seine Hände sind so kraftvoll und anmutig. Schnell schnappe ich mir ein Stück Obst. »Also, die Früchte, meine ich. Sie sind so schön … *orange*.« Meine Handfläche reibt zärtlich über die überraschend glatte Haut wie über einen Kinderkopf.

»Das ist ein Granatapfel«, sagt Emil.

»Genau.« Ich reibe weiter über das runde Ding.

»Der ist rot.« Emil nimmt mir die Frucht aus der Hand und sieht mir prüfend ins Gesicht. »Ich glaube, da ist doch etwas mit deinen Augen. Bist du sicher, dass du nicht mal zum Arzt willst? Wir haben hier keine große Auswahl, aber Dr. Hilmcke ist ganz okay, kannst du hingehen.«

Tante Ellen mischt sich ein. »Zu dem wollte ich auch noch. Ich muss mir unbedingt von ihm ein paar Schlaftabletten verschreiben lassen. Diese Baldriankapseln wirken überhaupt nicht!« Sie wendet sich zur Spüle, dreht den Wasserhahn auf und stellt eine Seihe mit Erdbeeren darunter. »Was für ein schrecklicher Krach in der letzten Nacht …«

»Vielleicht habe ich nur was *im* Auge. Emil, kannst du mal nachsehen?« Ich schlucke schwer.

Emil kommt mir so nah, dass ich seinen warmen Atem spüren kann. »Schau mal zur Decke«, sagt er und fasst mich unters Kinn. Dann murmelt er sanft. »Ich sehe nichts.«

In der Spüle klappert es. Ich höre, wie Tante Ellen die Seihe ausschlägt und die Erdbeeren abtropfen lässt. Sie schimpft weiter vor sich hin. »… wenn ich diese Igel erwische! Die machen einen Lärm, wenn sie sich paaren. Sie *grunzen*! Das hat sich angehört, als würden sie es direkt unter meinem Fenster treiben, nur um mich zu ärgern. Dass ihr dabei schlafen könnt!« Sie reißt lautstark eine Schublade auf und fischt ein Messer heraus.

»Ja«, raunt Emil und fängt an zu grinsen. »Ich habe das auch gehört.« Sein Daumen fährt unendlich langsam über meine Unterlippe, doch dann gibt er mir einen viel zu flüchtigen Kuss auf den Mundwinkel, bevor seine Tante etwas bemerkt. »Das Weibchen *grunzt* wirklich extrem laut.«

»Woher willst du wissen, dass es das Weibchen war?«, platze ich heraus und kämpfe vergeblich gegen die Hitze in meinem Kopf an.

»Intuition.« Als er sich zur Seite dreht, streift sein Arm meinen Bauch. Ich weiß genau, dass er das mit Absicht macht, und halte die Luft an.

Im selben Moment fährt Tante Ellen herum und blafft mich an. »Wir haben keine Zeit für ein Kaffeekränzchen. Wenn wir jetzt nicht dieses Obstmus fertigmachen, dann kann ich dir nicht mehr zeigen, wie du morgen die Landfrauen schminken sollst. Ich weiß sowieso nicht, warum wir das unbedingt heute tun. Wofür müssen wir diese *Schmusies* machen?«

Tante Ellen ist schon den ganzen Morgen schlecht gelaunt. Sie ist furchtbar aufgeregt wegen der Wahl der Erdbeerkönigin. Erst recht, seit sie weiß, dass sich ausgerechnet Elfriedes Enkelin Laura zur Wahl gestellt hat, die gerade mal siebzehn ist. Tante Ellen tut mir ein bisschen leid.

»Wir machen die Cocktail-Smoothies doch als Werbung für deine Erdbeeren. Und natürlich auch, um auszuprobieren, wie sie bei den Leuten ankommen. Um zu testen, ob man sie im Internet verkaufen kann.«

»Im Internet!«

Das ist eines von Tante Ellens Hasswörtern, wie ich heute Morgen schon herausgefunden habe.

»Das ist doch nichts für normale Menschen!«, grummelt sie. »Man kann doch nichts in der Luft verkaufen.« Mit den Fingern schnipst sie vor ihrem Gesicht rum und hackt dann mit dem Messer den Granatapfel in zwei Hälften. »Das hat doch keine Zukunft. Man muss schließlich sehen und anfassen, was man einkauft. Wenn ich noch einmal so jung wäre wie ihr, würde ich einen Laden mieten. Direkt auf der Hauptstraße.«

Der Hauptstraße wovon? Etwa von Weißnich?

»Ja, Tante Ellen«, sage ich schwach. Ich unterdrücke den Impuls, sie über den Marktplatz Internet aufzuklären. Bei Cosmic Internet gibt es dazu im Foyer ein Wandtattoo: *Geschäfte wurden erfunden, weil die Leute im Mittelalter noch kein Internet hatten.*

Aber ich will Tante Ellen nicht unnötig aufregen. »Sag mir einfach, was ich machen muss, dann haben wir rappzapp die paar Smoothies fertig. Ich verspreche dir, ich gebe mir besonders viel Mühe.«

»Nun«, mosert sie, »als Erstes brauchst du mal eine Schürze.« Sie drückt mir ein geblümtes Etwas in die Hand, das ich mit einem befremdlichen Zug um den Mund in Empfang nehme. Ich meine, muss man so was beim Kochen tragen? Gibt es dafür ein Gesetz? Ein Gesetz zum Schutz der von Flecken bedrohten Kleidung oder so was?

Mit spitzen Fingern lasse ich das Teil auseinanderfallen. Während ich noch mit meiner Würde kämpfe, verabschieden sich Emil und Benjamin, um zum Erdbeerfeld zu fahren. Benjamin sieht nur mäßig begeistert aus, was ich mit heimlicher Genugtuung betrachte. Doch bevor die beiden durch die Haustür verschwinden, renne ich ihnen hinterher.

»Emil, kann ich vielleicht nachher mal an deinen Laptop?«

Ich will unbedingt die Zeit nutzen und etwas für das *Projekt* recherchieren und ausdrucken. Ohne mein Tablet fühle ich mich fast ein bisschen nackt.

Emil bleibt abrupt stehen, und wenn ich nicht wüsste, dass es Quatsch ist, würde ich denken, dass er ein wenig erschrocken aussieht. Benjamin hält das Türblatt fest und starrt zu Boden.

»Du weißt schon.« Ich wedele unbestimmt mit der Hand.

»Nur was nachsehen. Dauert auch nicht lange, versprochen … Aber okay, falls dir das nicht recht ist, kann ich vielleicht morgen im Ort …« Abwartend spielen meine Hände mit Tante Ellens Blümchenschürze und kneten den Stoff.

Emil tauscht mit seinem Bruder einen kurzen Blick. »Überhaupt kein Problem. Das Blöde ist nur, dass ich gerade ein Antivirusprogramm durchlaufen lasse. Ich hab mir wohl irgendeinen Trojaner eingefangen.« Er breitet die Arme aus und zeigt mir seine offenen Handflächen. »Das wird noch Stunden dauern. Besser, du lässt mich nachher erst mal gucken, ob es geklappt hat.«

Irgendwie verhält sich Emil komisch. Er steht so unschuldig vor mir wie Jesus. Ein hilflos grinsender Jesus.

»Oh, ach so.« Ich zucke mit den Schultern. »Das macht ja nichts, dann vielleicht morgen. Wahrscheinlich komme ich heute eh nicht zum Durchatmen.« Ich lache nervös auf. »Eure Tante hat mir versprochen, dass ich nachher mein eigenes *Ich* kennenlerne. Professionelle Schminktechniken für den *Business-Look*.« Ich verdrehe gespielt die Augen.

O Gott, hört sich das schauderhaft an! Meine Stimme klingt genauso falsch wie Emils.

»Dann bis später.« Ich schließe die Tür hinter den beiden und trotte mit hängenden Schultern zurück in die Küche. Tante Ellen steht am Fenster und guckt nach draußen. »Der Wagen müsste auch mal neu lackiert werden«, sagt sie. Ich werfe einen Blick über ihre Schulter und sehe, wie Emil nur widerwillig in den Laster steigt. Mehrmals sieht er sich zum Haus um, die Stirn gerunzelt.

Ich binde mir endlich diese blöde Blümchenschürze um und sende ein Dankgebet zum Himmel, dass meine Mutter mich so nicht sehen kann. Sie würde eine Herzattacke erleiden. (»Leonie, man studiert doch nicht, um später das Gästeklo selbst zu putzen oder Suppe zu kochen!«)

Doch wenn ich es genau betrachte, finde ich es eigentlich gar nicht so furchtbar, ein wenig Hausarbeit zu machen. Ich habe zum Beispiel heute Morgen die Klobürste benutzt, das war nun wirklich nicht weiter schwer. Und ich habe den Spiegel im Badezimmer mit Zeitungspapier abgerieben, so wie Tante Ellen es mir gezeigt hat. Na und? Deshalb werden mir doch keine Punkte abgezogen, oder? Emil hat schließlich auch Wäsche gewaschen und sie draußen auf der Leine aufgehängt. Unter anderem übrigens meine Bürobluse, mit der ich hier angekommen bin. Sie flattert jetzt gemeinsam mit Emils T-Shirts im Wind, was ich sehr intim finde. Ich meine, unsere Anziehsachen sind in der Waschmaschine im selben Waschwasser geschwommen. Eng umschlungen. Nun teilen sie sich eine Leine, spüren dieselben Sonnenstrahlen und denselben Wind. Und wenn er noch stärker weht, dann reiben sie ein wenig aneinander.

O Mann, jetzt habe ich einen Kloß im Hals.

»Nicht träumen, Leonie, wir haben noch eine Menge Arbeit vor uns!« Tante Ellen reicht mir ein gigantisch großes Messer, das ich ehrfürchtig betrachte, und ich freue mich wie blöd darüber, dass sie mich beim Träumen erwischt hat. Olga wäre stolz auf mich. Ich muss sie unbedingt anrufen und ihr davon erzählen. Ich habe zwar keine Zeit verbummelt, aber ich habe geträumt. Es ist herrlich!

Doch die ganze Zeit, während ich nach Tante Ellens Anweisung das Obst schäle, entkerne und kleinschneide, habe ich ein mulmiges Gefühl wegen Emils Computer. Ich kann mir sein seltsames Verhalten einfach nicht erklären. Dass er einen Virus auf seinem Laptop hat, glaube ich ihm nicht, und selbst wenn, dann würde das Antivirusprogramm nicht *Stunden* dafür brauchen. Es kommt mir eher so vor, als würde er etwas vor mir verbergen. Er ist bereit, mich an seinen Computer zu lassen, sobald er nachgesehen hat, ob der Virus entfernt wurde? Das ist lächerlich. Ich bin zwar keine Technikspezialistin, aber ich kenne mich bestimmt nicht weniger gut damit aus als Emil. Er will nur vermeiden, dass ich an seinen Computer gehe, bevor … Ja, bevor was? Bevor er nicht etwas entfernt hat, was ich nicht sehen darf? Was hat er angestellt? Hat er sich Pornos angesehen und befürchtet, dass mich nackte Brüste vom Bildschirm anspringen, wenn ich den Laptop aufklappe? Meine Güte, so schlimm wäre das auch wieder nicht, so was macht doch jeder mal, oder nicht? Obwohl er das nach der letzten Nacht nun wirklich nicht nötig hätte, überlege ich missmutig.

Ich kann kaum noch an etwas anderes denken. Selbst als wir die ersten drei Sorten Smoothie-Cocktails fertiggestellt haben und ein wenig davon kosten, bin ich mit dem Kopf immer noch bei Emils Schreibtisch. Wir füllen die Cocktails in leere Schnapsflaschen ab (Wieso um Himmels willen hat Tante Ellen den ganzen Keller voll von leeren Schnapsflaschen? Das müssen Hunderte sein!) und packen sie in den Kühlschrank.

Und dann hocke ich am Esstisch und schminke Tante Ellen, so wie sie es mir erklärt hat. Ich selbst habe inzwischen ein – wie Tante Ellen es nennt – *dezentes* Business-Make-up im Gesicht und auch endlich den Dreh raus. Es ist gar nicht so schwer, Tante Ellen zufriedenzustellen, ich muss bloß ein wenig übertreiben. Also alles an Farbe auftragen, was die Palette hergibt. Kein Problem, denn in Kunst war ich früher gar nicht schlecht. Ich beeindrucke Tante Ellen mit meinem Wissen über Komplementärfarben und bin schockiert, dass sie tatsächlich Lidschatten in diesen Farben besitzt. Ich rate ihr von diesen Kombinationen dringend ab und schwärme stattdessen von sanften Erdtönen, weil sie ihrem *natürlichen* Teint schmeicheln werden.

»Du hast schon sehr viel von mir gelernt«, stellt Tante Ellen zufrieden fest, als ich ihr den Spiegel vorhalte. Wir machen ein paar Selfies mit meiner Handykamera. Und dann lachen wir uns beide darüber kaputt, dass wir die Augen so weit aufgerissen haben.

Tante Ellen ist sehr an meinem Smartphone interessiert. Aus Spaß spiele ich ihr ein paar YouTube-Videos vor. (»Und das kann man einfach so im Internet angucken? Von anderen Leuten? Kostet das was?«) Besonders das Video von diesem Pfarrer hat es ihr angetan. Er singt bei einer Hochzeit völlig überraschend Halleluja von Leonard Cohen, und Tante Ellen wird ganz wehmütig. (»Früher war ich mal in Heinz verliebt. Aber ich konnte doch keinen Mann heiraten, der *Knobloch* mit Nachnamen heißt. Entsetzlich!«)

Dann schauen wir uns an, wie Paul Potts bei »Britain's Got Talent« *Nessun Dorma* singt und weinen beide ein bisschen. »Guck nur, was der für schiefe Zähne hat«, schnieft Tante Ellen.

Zwischendurch kocht sie eine Suppe aus Möhren, Erbsen, Sellerie und Hühnerfleisch, die einfach köstlich schmeckt. Das Huhn hat sie von Heinz, der wohl jeden Donnerstag ein Hühnchen schlachtet, das vorher wochenlang glücklich auf der Wiese Körner und Würmer picken durfte. (Ich hoffe sehr, das war nicht gelogen, auch wenn ich die Sache mit den Würmern etwas ekelig finde.) Doch das alles kann mich nur kurzfristig von meinen Gedanken ablenken. Irgendwann kehren sie mit voller Wucht zurück, und die Neugierde bringt mich beinahe um. Emil hat gesagt, ich dürfe an seinen Laptop, wenn das Virusprogramm durchgelaufen ist. Ob das nun stimmt oder nicht, er hat mir nicht ausdrücklich *verboten*, an seinen Laptop zu gehen, oder?

Wenn ich ihn einfach nur anschalte und überhaupt nicht gucke, was er da für Programme und Dateien hat? Ich käme natürlich nie auf die Idee, mir seinen Browserverlauf anzusehen. Es geht mich nun wirklich nichts an, welche Seiten er im Internet besucht hat.

Unruhig kaue ich an meinem Daumennagel. Einmal diesen Gedanken zugelassen, komme ich nicht mehr davon los. Irgendwann springe ich von meinem Stuhl auf, sage Tante Ellen, dass ich mich ein wenig hinlegen will, und überlasse ihr mein Handy. Mit klopfendem Herzen stakse ich über den Flur zu Emils Zimmer.

To-do

1. Tief durchatmen!
2. Bei Schnüffeleien immer einen Lappen mitnehmen, um Fingerabdrücke zu beseitigen.
3. Nur schnüffeln, wenn man sich sicher sein kann, das Ergebnis der Schnüffelei auch zu verkraften.

KAPITEL 25

Meine Hand schwebt über der Tastatur von Emils Laptop. Irgendwie erwarte ich, dass etwas passiert, was mich davon abhält, ihn zu öffnen – ein Stromschlag vielleicht oder das plötzliche Schrillen des Telefons –, doch nichts geschieht.

Okay, Leonie, jetzt keine Panik!

Ich gucke einfach nur, ob das Virusprogramm noch läuft. Falls nicht, dann spricht auch nichts dagegen, dass ich mal kurz im Internet etwas recherchiere und gegebenenfalls die ein oder andere Seite ausdrucke, oder? Keinesfalls will ich nachsehen, was Emil zu verbergen hat. Mit zitternden Fingern klappe ich den Laptopdeckel hoch, und sofort geht die Beleuchtung an.

Kein Virusprogramm. Natürlich.

Obwohl ich es geahnt habe, bin ich im ersten Moment

doch fassungslos. Emil hat, was das betrifft, auf jeden Fall gelogen. Ich weiß nicht, ob es mich glücklich machen soll, dass ich es ihm angesehen habe. Ist es denn gut, wenn jemand ein *schlechter* Lügner ist?

Der Bildschirm zeigt mir eine geöffnete Worddatei. Emil hat offenbar gerade einen Text gelesen oder geschrieben, bevor er heute Morgen zum Einkaufen aufgebrochen ist. Schnell kneife ich die Augen zusammen. *Lalalalala*, summe ich stumm vor mich hin, denn ich will den Inhalt auf gar keinen Fall lesen. Ich will nur etwas über Smoothies recherchieren, sonst nichts, rede ich mir ein. Hektisch fahre ich mit dem Cursor nach unten und klicke seinen Internet-Browser an. Mit einem eleganten Schwung faltet sich die Seite auf, aber leider nicht nur die eine. Bestimmt ein Dutzend Internetseiten sind noch geöffnet!

Ich überlege, sie sofort wegzuklicken, aber dann würde Emil sich vermutlich wundern, wohin sie auf einmal verschwunden sind. Ich muss schnell einen neuen Tab aufmachen, denke ich panisch. Flott! Ich dirigiere den Mauszeiger nach oben, kann aber nicht verhindern, dass mir ein Fitzelchen der geöffneten Seite ins Auge springt. Ich will das nicht sehen, ich will das nicht sehen … Auf keinen Fall will ich das sehen, das geht mich nichts an! … Aber was auch immer es ist, bitte lass es keine Pornoseite sein … Und wenn es doch eine Pornoseite ist? … Ich gucke nur mal schnell, ob da auch keine nackten Brüste zu sehen sind … Puh, keine nackten Brüste, Gott sei Dank! Ich bin total erleichtert! … Aber was ist das? Ich sehe ein grünes Logo … nein, nein, nein, ich habe gar nichts gesehen … lalalalala … komisch, das kommt mir irgendwie bekannt vor … Ist das eine Rakete? Eine grüne Rakete? … Nein, ich gucke da gar nicht genauer hin … Oh, ist das etwa das Logo von Cosmic Internet?!

Meine Hand zerquetscht fast die Maus vor Anspannung. Es ist das Logo von Cosmic Internet, kein Zweifel.

Ich bin elektrisiert. Und machtlos. Einmal das Logo meiner Firma entdeckt, rast mein Blick über den Bildschirm, scannt die ganze Seite ab. Es ist die Seite »Über uns« mit den Abbildungen der Mitarbeiter. Daniel Herbst trägt sein typisches Haifischkragenhemd und lächelt sein leicht überhebliches Lächeln. Hat er eigentlich immer schon so graue Schläfen gehabt? Schräg darunter drei weitere Männer aus dem Vorstand. Ich scrolle ganz nach unten, wo ich neben Marc aufgelistet bin. Ich kann mich noch genau an den Tag erinnern, als die Fotos gemacht worden sind. Das war irgendwann im Winter. Weil aber die Firma in allem total dynamisch, jung, sommerlich und frisch rüberkommen sollte, hat man von uns verlangt, die warmen Winterjacken auszuziehen und im Innenhof vor einer Palme zu posieren. (Die Palme wurde am Stamm durch dicke Jutesäcke vor der Kälte geschützt, aber wir bekamen natürlich keine Jutesäcke.) Wenn man genau hinsieht, kann man auf den Bildern erkennen, dass unsere Lippen leicht blau sind und unsere Arme von einer Gänsehaut überzogen. Ich trage eine hellblaue kurzärmelige Bluse mit eingepaspeltem Saum und – so stand es auf der Internetseite, auf der ich sie bestellt habe – *raffinierten Details*. Die *raffinierten Details* befinden sich jedoch am rückwärtigen Kragen, was wirklich ärgerlich ist, denn die sieht man natürlich auf keinem Foto. Jetzt sehe ich die Bluse aber nicht einmal von vorn, denn mein Bild ist überhaupt nicht mehr auf der Seite zu finden.

Das ist doch nicht möglich. So schnell?

Hastig drehe ich das Rädchen an der Maus, und die Seite rollt hoch und wieder runter. Tatsächlich, mein Bild ist weg, und auch das von Sylvia. Ich kann es nicht glauben! Unser Webdienst braucht in der Regel drei Monate, bis er es endlich mal schafft, einen neuen Mitarbeiter auf der Website hochzuladen, aber wenn man mal einen Fehler macht (was ja nicht einmal stimmt!), dann wird man nach drei, vier Tagen schon von der Seite gelöscht? Habe ich nicht erst vorgestern erfahren, dass mein Vertrag aufgelöst worden ist? Und Sylvia? Ich bin fassungslos und fahre erneut über die Seite. Hat sich sonst noch was getan? Nein, sonst sind alle da, wo sie immer waren, selbst in der Entwicklungsabteilung fehlt kein Mann, dabei ist da eine deutlich höhere Fluktuation als bei uns. Brockmann will ich gar nicht erst sehen, den Unsympat. Mit dem hatte ich nie was zu tun, aber als Daniel mich vor die Tür gesetzt hat, da kreuzte er auf einmal mit ihm in meinem Büro auf. Würg.

Moment! Brockmann ist nicht mehr im Vorstand, sehe ich gerade. O Mann! Brockmann ist nicht mehr im Vorstand! Da stehen nur noch drei Männer. Stehfest, Richter und Knoll. Kein Brockmann. Und auch sonst wird er nirgendwo mehr angeführt.

Was ist da passiert?

Meine Augen erfassen automatisch die anderen Tabs. Ich sehe die Überschriften nur in Bruchstücken, solange ich die Seiten nicht aufrufe, aber auch diese Bruchstücke sind sehr vielsagend:

Skandal bei Cosmic Inte…
Börsengang verschoben we…
Internetriese Cosmic Internet verwickel…
Diebische Mitarbeiterin entlas…
Heute schon geschillert? Start…

Moment mal! Wie festgebrannt pappt mein Blick auf dem letzten Tab fest. Ich lasse den Cursor darübertanzen und klicke die Seite an. Dann lese ich die Überschrift in ihrer ganzen Pracht:

Heute schon geschillert? Start-up-Szene hat neuen Begriff für das Klonen von Websites.

Waaas?

In Köln wurde erstmals beim Saubermann der Start-up-Szene (Cosmic Internet) fahrlässig mit Daten umgegangen. Wie zuvor berichtet, hat die Mitarbeiterin L. Schiller das Unternehmen SubSox nicht nur 1:1 kopiert, sondern auch die Kundendaten abgefangen. SubSox war bis vor kurzem noch auf Platz 24 der deutschen Start-up-Unternehmen mit dem höchsten Umsatzzuwachs gelistet. Die Zeiten sind vorbei, die Internetseite wurde inzwischen offiziell geschlossen, und »schillern« ist in der Branche zu einem geflügelten Wort geworden.

Und ich habe gedacht, das Schlimmste, was mir passieren konnte, wäre eine Frau mit Punkt zu sein! O mein Gott, es gibt einen Begriff aus meinem Nachnamen, das ist entsetzlich! Wieso hat Emil mir das nicht gesagt? Wieso hat er überhaupt die ganzen Seiten geöffnet? Ich dachte, er will ganz neu anfangen? Ich dachte, er würde sich genauso wie ich darauf konzentrieren, etwas Neues zu finden?

Okay, jetzt bin ich wirklich angefixt. Ich sehe alle Seiten durch, die Emil geöffnet hat, und finde die eine Meldung, die alles noch kurioser macht: *Wechsel zur Konkurrenz: Cosmic Internet verklagt ehemaliges Vorstandsmitglied.*

Es geht um Brockmann. Ich bin völlig perplex, als ich die Meldung durchgehe. Brockmann hat bei Cosmic Internet überraschend gekündigt und bei einem unserer größten Konkurrenten angefangen. Ich überfliege den gesamten Artikel. Brockmann soll eine Vereinbarung unterschrieben haben, die ihm untersagt, innerhalb von 18 Monaten nach der Beendigung des Arbeitsverhältnisses bei Cosmic Internet zu einem direkten Konkurrenten zu wechseln. Jetzt ist er ausgerechnet bei *UnityBase* gelandet, und Cosmic Internet will mit seiner Klage eine einstweilige Verfügung erwirken, die es Brockmann untersagt, seine Position bei *UnityBase* anzutreten. Andernfalls soll eine Entschädigung in Millionenhöhe anfallen.

In Gedanken versunken nehme ich einen Stift von Emils Schreibtisch auf und klopfe mir damit gegen die Zähne. Wieso hat Brockmann ausgerechnet jetzt gekündigt? Etwa wegen des Skandals mit SubSox? Genauso perplex bin ich, weil Cosmic Internet offenbar den Börsengang verschoben hat, obwohl alles perfekt dafür vorbereitet war. Ich starte eine neue Suche und finde eine Notiz auf Finanzen.net, die erklärt, dass Cosmic Internet seine erste Börsenberechnung zurücknehmen musste. Wegen nicht näher erklärter Turbulenzen.

Man munkelt jedoch, dass der Skandal ums »Schillern« in Zusammenhang damit steht. Ist Cosmic Internet SE *in Wirklichkeit eine Klon-Schmiede?*

Ich starre und starre und merke gar nicht, wie angespannt ich bin. Erst als draußen auf dem Hof eine Autotür zuknallt, schrecke ich auf.

Emil!

Das Herz rutscht mir in die Hose. Mit fliegenden Händen schließe ich schnell die Seiten, die ich neu aufgerufen habe.

Schritte auf dem Kies.

Der Browserverlauf – Mist! Hastig öffne ich das Menü und setze überall dort ein Häkchen, wo ich gewesen bin, und klicke auf »löschen«. Warum ich so schrecklich nervös bin, weiß ich gar nicht, denn eigentlich habe ich nichts verbrochen. Aber irgendwie erscheint es mir seltsam, dass Emil meine Probleme so verfolgt. Okay, es sind im Grunde auch *seine* Probleme. Trotzdem. Warum macht er dann so ein Geheimnis darum?

Misstraut er mir etwa immer noch? Denkt er denn, dass *ich* dahinterstecke? Oder macht er sich vielleicht sogar insgeheim über mich lustig? Ich meine, es gibt ein geflügeltes Wort mit meinem Nachnamen, das muss man sich mal vorstellen! Wie peinlich ist das denn? Wer will schon etwas mit einer Frau zu tun haben, die in der ganzen Branche verschrien ist? Wer will schon eine Frau, die … die … *schillert*!?

Ich schlage den Laptopdeckel zu. Schnell, Leonie, bevor er hereinkommt! Mist, auf dem MacBook sind überall meine Fingerabdrücke zu sehen. Ich bin wirklich eine ganz miese Schnüfflerin, überfällt es mich. Fahrig reiße ich mein T-Shirt hoch und fange an, damit wie irre über den Laptop zu reiben. Dann noch über die Maus. Puh, das wäre geschafft.

In der nächsten Sekunde schlüpfe ich aus dem Zimmer und versuche, meine Nerven zu beruhigen. Bleib ganz cool, Leonie! Er wird es nicht merken, er kann es gar nicht merken. Es sei denn, er geht sofort in sein Zimmer und fühlt, ob der Laptop noch warm ist. Ich werde ihn also aufhalten müssen, irgendwie ablenken, damit sein Computer Zeit hat, sich abzukühlen. Himmel, *ich* muss mich abkühlen!

Er wird es mir ansehen, ich weiß es genau. Auf meiner Stirn steht groß und dick »Schnüfflerin«. Ich schlucke den Kloß in meiner Kehle hinunter und eile über den Flur. Wie immer steckt der Haustürschlüssel von außen im Schloss. Ich sehe die bunten Farben durch das Milchglas schimmern, als zwei

Gestalten sich der Tür nähern. Jede Sekunde werden Emil und Benjamin durch diese Tür kommen. Ich kann hier unmöglich so blöd im Flur rumstehen! Wie ein aufgeschrecktes Kaninchen wende ich mich nach rechts und links, da lässt mich das Schrillen der Klingel fast bis zur Decke hochfahren. Wieso klingelt Emil denn? Wie hypnotisiert stiere ich auf die Tür und kann mich nicht rühren. Und von Tante Ellen ist auch nichts zu hören. Erst als es nach wenigen Augenblicken ein zweites Mal klingelt, stakse ich auf wackeligen Beinen zum Eingang.

Ich drücke die Klinke nach unten, atme tief durch, setze ein künstliches Lächeln auf und versuche, meine Panik zu unterdrücken. Ich bin die *unschuldige* Leonie Schiller, mein Gewissen ist so rein wie meine Jeans. Okay, das ist ein blöder Vergleich, außerdem sind meine Hosen ziemlich verdreckt. Na los!

Ich öffne die Tür.

»Guten Tag!«, sagt eine junge Frau in Uniform. »Wir sind auf der Suche nach einer Frau Schiller, sie soll zurzeit hier wohnen.«

Verdammt! Es ist die Polizei! Einerseits bin ich erleichtert, dass es doch nicht Emil ist, aber andererseits könnte das hier noch viel schlimmer sein.

Und lügen ist zwecklos. »Äh, ja, das bin ich.«

Die Frau wechselt mit ihrem Kollegen einen bedeutungsschwangeren Blick, dann zückt sie ihren Notizblock. »Sind Sie im Besitz eines Renault ZOE mit dem Kennzeichen K-CI 1E?«

O Gott, was ist passiert? Der Wagen steht immer noch an der Tankstelle, ich habe ganz vergessen, ihn abzuholen. Hoffentlich wurde er nicht beschädigt oder so.

»Sagen Sie bloß, jemand ist mir reingefahren?«

Das wäre echt Mist, schließlich gehört das Auto nicht mir. Im Augenblick kann ich es wirklich nicht gebrauchen, auch noch eine Autoreparatur bezahlen zu müssen. Und wie soll ich das Daniel erklären?

Die Polizistin kritzelt etwas auf ihren Block, und ich ahne jetzt schon, dass es teuer werden wird. Ihr Gesicht ist jedoch ausdruckslos. »Der Wagen wurde als gestohlen gemeldet.«

KAPITEL 26

»Als gestohlen gemeldet? Aber wieso?«, stammle ich. »Ich habe ihn nicht als gestohlen gemeldet.«

Jetzt zieht die Polizistin genervt ihre Augenbrauen in die Höhe, und ihr Kollege antwortet für sie. »Als Halter ist die Firma Cosmic Internet SE angegeben, und diese Firma hat den Diebstahl gestern angezeigt.«

»Aber das ist nicht möglich, weil … Das ist doch mein Firmenwagen.«

»Sind Sie Angestellte der Cosmic Internet SE?«

»Ja, natürlich. Also … ich meine, ich *war* angestellt, bis vor ein paar Tagen zumindest.«

»Dann haben Sie es offenbar versäumt, den Firmenwagen zurückzugeben.« Sie schüttelt den Kopf, und ihr blonder Pferdeschwanz peitscht über ihre Schultern. Ihr Gesichtsausdruck spricht Bände. *Wie kann man nur so doof sein?*

Das frage ich mich allerdings auch.

»Aber ich h-habe nicht einmal eine Nachricht von Cosmic Internet bekommen«, stottere ich. »Müssen die mich nicht erst einmal vorwarnen? Mich anrufen oder eine Mail schreiben?«

Beide schütteln noch eine Spur genervter den Kopf.

»Einen Brief?«, versuche ich es weiter.

»Hören Sie, das müssen Sie mit Ihrem Ex-Arbeitgeber schon selbst klären. Dafür sind wir nun wirklich nicht zuständig. Wir nehmen jetzt Ihre Personalien auf und lassen den Wagen abschleppen. Holen Sie mal Ihren Ausweis und die Schlüssel, Fahrzeugpapiere und so weiter.« Mit einem Wedeln scheucht sie mich zurück ins Haus.

Ich bin wie vor den Kopf geschlagen. Wie kann Daniel sich erdreisten, den Wagen als gestohlen zu melden? Selbstverständlich hätte ich den Wagen noch zurückgebracht, ich klaue doch kein Auto, bei dem eine grüne Rakete auf der Seite klebt! Ich bin so wütend, dass ich den Polizisten die Autoschlüssel am liebsten vor die Füße pfeffern würde, aber die beiden können natürlich auch nichts dafür. Und eigentlich sind sie auch ganz nett. Ich muss ein Protokoll unterschreiben, und sie notieren meine Ausweisnummer. Alles Weitere wird sich dann in den nächsten Tagen klären. Dann raten sie mir noch, mich bei meinem Ex-Arbeitgeber zu melden, um die Wogen zu glätten.

»Vielleicht sind sie dann ja bereit, die Anzeige zurückzuziehen. Fragt sich nur, wer dann die Kosten für den Abschleppdienst übernimmt. Ach ja«, die Polizistin deutet auf das Türschloss, »Sie sollten auch den Haustürschlüssel nicht im Schloss stecken lassen. Damit laden Sie Einbrecher ja geradezu ein.«

Ich nicke und bin enorm froh, als sie wieder weg sind. Erschöpft falle ich gegen die geschlossene Haustür. In meinen Adern brodelt es, und ich merke, wie ich immer wütender werde. Schlimm genug, dass sie mich einfach, ohne Beweise zu haben, fristlos entlassen, aber mir dann auch noch die Polizei auf den Hals zu hetzen …! So langsam bin ich echt sauer. Mit einem wütenden Schnauben gehe ich ins Wohnzimmer, wo ich Tante Ellen im Sessel schlafend vorfinde. Deshalb hat sie das Klingeln also nicht gehört.

Plötzlich ist mein ganzer Ärger wie weggeblasen. Dieses Bild wirkt auf mich unendlich friedlich. Der riesige Ohrensessel aus burgunderrotem Velours scheint Tante Ellen fast zu verschlingen. Sie hat ihre Beine auf einem Hocker abgelegt. Eine ihrer Stahllocken fällt ihr ins Gesicht, was ganz untypisch für sie ist, denn normalerweise ist sie immer perfekt frisiert. Der Lippenstift, den ich eben bei ihr aufgetragen habe, ist etwas verschmiert. Sie sieht so winzig aus, dass mein Herz vor Zuneigung plötzlich aufsteigt wie ein Ballon, in den man Helium geblasen hat. Ihre Schultern sind eingesunken, und in ihren Händen hält sie mein Smartphone. Leise dudelt Musik aus dem Gerät, das ich ihr ganz vorsichtig aus den Fingern ziehe.

Flashmob in Kölner U-Bahn, lese ich als Überschrift und muss unwillkürlich grinsen. Tante Ellen hat in der letzten Stunde offenbar Dutzende Videos geguckt und ist nun bestens informiert. Leise schleiche ich aus dem Zimmer und schließe den YouTube-Kanal. Ich sehe, dass mehrere Nachrichten auf meinem Handy eingegangen sind, und stöhne auf. Bitte nicht noch mehr Hiobsbotschaften! Mein Bedarf ist für heute bereits gedeckt. Für heute und für die nächsten zehn Jahre, wenn ich ehrlich bin.

Trotzdem tippe ich auf den WhatsApp-Button. Egal, was es ist, es wird nicht besser, wenn ich die Augen davor verschließe, wie ich es in den letzten Tagen gemacht habe. Das habe ich ja gerade gelernt.

Marc Krings:
Leonie? Bist du save? Können wir bitte contacten! Bin tight getaktet, habe aber breaking news für dich.

O Marc, denke ich mit plötzlicher Wehmut. Irgendwie vermisse ich ihn. Also nicht sein seltsames Kauderwelsch, aber unsere gemeinsame Arbeit. Und sein Mundgeruch ist auch nur schlimm gewesen, wenn man sich zu dicht neben ihn gestellt hat. Ich überlege, ob ich ihn gleich anrufen soll, doch Marc neigt ein wenig zu Übertreibungen. Seine wichtigen Nachrichten sind vermutlich genau die, die ich eben auf Emils Laptop gelesen habe. Ich schicke ihm eine kurze Antwort mit den Worten: *Alles okay, danke! Ich hoffe, dir geht es auch gut. Melde mich heute Abend.*

Die nächste Nachricht ist von Olga. Und die übernächste auch. Und die überübernächste. Auweia. Sie hat immer nur ein Wort getippt: *Anrufen!*

Wenn das von Olga kommt, dann kann man davon ausgehen, dass es wirklich wichtig ist, denn sie würde mich nie stören, wenn ich einmal in meinem Leben vorhabe, freie Zeit zu verbummeln, da bin ich ganz sicher. Also rufe ich sie sofort an und verspüre ein unangenehmes Grummeln im Magen. Es tutet nur zweimal, dann wird abgenommen.

»Olga, ich bin's, Leonie.«

»Ich weiß«, schnarrt es aus dem Hörer. »Haben Sie schön gehabt Urlaub?«, erkundigt sie sich höflich.

»Habe ich, vielen Dank! Das war eine gute Idee mit dem Bummeln«, sage ich. »Was ist denn passiert?«

»Haben Sie auch schön spaziert ohne Ziel über Wiese?«

»Ich habe Erdbeeren gegessen«, antworte ich. Ich weiß zwar nicht warum, aber ganz plötzlich steigen mir Tränen in die Augen. Olga ist einer der wenigen Menschen, die sich immer für andere interessieren. Deren Gedanken nicht bloß um sich selber kreisen und der ich alles anvertrauen kann. »Wie geht es Ihnen denn, Olga? Haben Sie alles, was Sie brauchen? Ich habe Ihnen das Geld in die Dose getan. Im Küchenschrank neben dieser komischen grünen Packung, die mit dem weißen Pulver«, erinnere ich sie.

»Ist N-A-T-R-O-N«, buchstabiert sie geduldig. »Brauche ich zu putzen Backofen.«

Ich frage sie nicht, warum mein Backofen überhaupt geputzt werden muss. Ich habe den, glaube ich, noch nie benutzt. »Und Ihnen geht es gut, ja?«

»Habe ich gehabt gute Zeit mit Enkelsöhne. Blini gebacken und angeguckt Kräne in Rheinauhafen.«

»Das klingt schön.« Ich kann sie direkt vor mir sehen, wie sie mit dem Kopf wackelt und sich mit der Hüfte gegen die Küchentheke abstützt. Also zumindest stelle ich es mir so vor, dass Olga immer in der Küche telefoniert. Vielleicht ist das auch Quatsch, und sie sitzt in ihrem Wohnzimmer lässig im Ledersofa und scharrt mit den Füßen über ihren blankpolierten Marmorboden. (»Haben wir alle Marmorboden zu Hause, ist normal in Odessa, deshalb wir haben auch hier.«)

»Olga«, frage ich sie, »ist noch jemand von der Presse da gewesen?«

»Keine Mann von der Ruck-Zuck mehr gesehen. Ich habe gestellt Umzugskarton vor Tür. *Viele* Umzugskarton! War schlau von mir, eh?«

»Ja, sehr schlau!« Ich nicke. Olga ist einfach genial! Aber irgendwie habe ich das Gefühl, dass sie mir etwas verheimlicht. Ihr fröhliches Plaudern scheint mich auf etwas Unangenehmes vorzubereiten.

»Was ist denn los? Warum sollte ich denn zurückrufen?«

»Jaaaa«, sagt Olga gedehnt. »Ist eigentlich kurze Geschichte. Habe ich gemacht eine Fehler.«

»Aber Sie machen nie Fehler.« Ich bin ehrlich entsetzt.

»Ich weiß.« Sie klingt ein wenig betrübt. »Aber Mutter Schiller ist schlau, noch schlauer als ich.«

Mir bricht kalter Schweiß aus. Was hat meine Mutter denn

auf einmal in diesem Gespräch zu suchen? »Hat meine Mutter etwa angerufen?«

»Hat nicht angerufen, ist gekommen zu Wohnung, als ich geputzt habe Fußleisten.«

Schon wieder die Fußleisten? Wie lange braucht Olga denn, um die paar Fußleisten abzuwischen? Das Ganze kommt mir merkwürdig vor. Dann geht mir auf, was Olga da gerade gesagt hat. »Meine Mutter ist zu mir nach Hause gekommen?«, stoße ich entsetzt hervor. »Aber sie war doch noch nie in meiner Wohnung! Sie hat mich noch nicht einmal besucht, als ich frisch eingezogen bin!«

Okay, überschlage ich schnell die Möglichkeiten, ich habe ihrer Sekretärin meine Adresse gegeben, und seitdem schickt meine Mutter mir zum Geburtstag und zu Weihnachten ein Päckchen. Sie weiß also, wo ich wohne. Aber: Ich habe ehrlich gesagt nicht gedacht, dass sie *wirklich* weiß, wo ich wohne.

»Und was wollte sie?«, frage ich nun schwach.

»Sie mir gegeben hat zweihundert Euro für putzen Fußleisten. Dann ich musste gehen auf Klo, und sie hat genommen Zettel in Küche.«

»Welchen Zettel?« Mir schwant Übles.

»Wo ich geschrieben habe Adresse von Tante Ellen in Eifel.«

»Und sie hat den Zettel *mitgenommen*?« Mein Herzschlag geht so schnell wie eine Buschtrommel. Das darf doch nicht wahr sein! Bitte, bitte nicht!

»Habe ich doch gerade gesagt, sie hat genommen Zettel!« Jetzt klingt Olga ungehalten.

»Scheiße«, entschlüpft es mir.

Olga gibt ein zustimmendes Gemurmel von sich. »Ist auch, was ich habe gedacht. Ist verfluchte Scheiß.«

KAPITEL 27

Okay, jetzt nicht gleich in Panik ausbrechen! Überschlagen wir erst einmal die Fakten!

1. Meine Mutter hat Tante Ellens Adresse.
2. Meine Mutter weiß, dass ich mich an dieser Adresse aufhalte.
3. Sie hat ein Hühnchen mit mir zu rupfen.
4. Ich habe kein Auto mehr, um zu verschwinden.

Fazit: Ich bin geliefert.

Und was das Allerschlimmste ist: Ich habe niemanden, den ich um Hilfe bitten kann. Ich kann Tante Ellen unmöglich meine Mutter zumuten! Ich weiß, dass sich das schlimm anhört, aber ich weiß eben auch, wie meine Mutter ist. Die letzten Tage mit Emils Tante haben mir das erst so richtig klargemacht. Meine Mutter ist nicht so nett zu Menschen, von denen sie annimmt, dass sie irgendwie unter ihrer Würde sind. (Was mich einschließt.) Und da sie niemals Fehler macht, ist sie auch nicht so nett zu Menschen, die ab und zu mal danebenliegen. (Was mich ebenfalls einschließt.) Meine größte Angst ist also nicht einmal, dass sie *mich* in die Finger bekommt und zusammenstaucht, sondern eher, dass sie zu Emils Familie irgendwie herablassend sein könnte.

Doch wie soll ich das Emil klarmachen? Wie sieht das denn aus, wenn ich meine eigene Mutter vor ihm schlechtmache? Dabei ist meine Mutter wirklich eine bewundernswerte Frau!

Sie ist ja so wahnsinnig erfolgreich. Ich bewundere sie, ganz ehrlich. Nur auf der menschlichen Seite hapert es ein wenig.

Vielleicht sollte ich genau auf diese Art anfangen. Ich werde Emil sagen, dass meine Mutter höchstwahrscheinlich auf dem Weg zu uns ist und dass sie eine bewundernswerte Frau ist. Ich werde ihm sagen, dass sie wahrscheinlich wütend auf mich ist, weil ich ihr nichts von meinem Dilemma erzählt habe und sie es aus dem Internet erfahren musste … und dass sie eine bewundernswerte Frau ist. Ich werde ihm sagen, dass sie eventuell vorhat, mich in der Luft zu zerreißen, weil ich so blöde war, mich hereinlegen zu lassen, und sie kein gutes Haar an mir oder ihm, Tante Ellen oder sonst irgendjemandem auf der Welt lassen wird … und dass sie eine bewundernswerte Frau ist.

So könnte es funktionieren.

»Tante Ellen?«, rufe ich schon durch den Hausflur und stoße dann die Tür zum Wohnzimmer auf. Emils Tante sitzt stocksteif in ihrem Sessel, hat sich gerade hastig das Haar zurechtgezupft und sieht mich an, als hätte sie den ganzen Nachmittag schon auf mich gewartet und nicht etwa fast zwei Stunden lang gepennt.

»Da bist du ja endlich! Hast du etwa so lange gefaulenzt? Wir haben ja schon halb sechs!«

»Entschuldige«, fange ich vorsichtig an. »Ich habe einfach völlig die Zeit vergessen. Aber jetzt … ich habe gerade etwas erfahren und muss unbedingt mit Emil sprechen, und er hat sein Handy gar nicht dabei. Es ist wirklich dringend. Wie komme ich denn jetzt zum Erdbeerfeld?«

Ich trete auf der Stelle wie ein Kleinkind und komme mir dabei unendlich blöd vor, aber Tante Ellen ist eine Frau der Tat!

»Wir könnten Heinz anrufen«, überlegt sie laut. »Oder du nimmst den Porsche. Ja, am besten, du nimmst den Porsche.«

»Ihr habt einen Porsche?« Ich glaube, mich verhört zu haben. Das ist ja – wow! Ich bin noch nie Porsche gefahren. Ich meine, das ist schließlich ein Benziner, und ich fahre normalerweise nur Elektroautos. Dass Tante Ellen mir den wirklich überlassen will, erstaunt mich. Hat sie denn keine Sorge, dass ich ihr eine Beule reinfahre?

»Ich verspreche dir, ich werde supervorsichtig sein.«

»Ach«, winkt Tante Ellen ab. »Bei dem alten Ding!« Sie wuchtet sich aus dem Sessel und schlurft zum Wohnzimmerschrank, aus dem sie einen Messingbecher herausholt. Raschelnd kramt sie darin herum, dann reicht sie mir feierlich einen Schlüssel.

Tante Ellen bewahrt ihre Autoschlüssel in einem Becher auf? Mit gerunzelter Stirn nehme ich ihn in Empfang und wundere mich über die seltsame Form. Scheint ja wirklich schon ein sehr alter Porsche zu sein. Bestimmt ein Oldtimer.

»Er steht unter dem Überdach auf dem Hof.«

Ich drücke Tante Ellen dankbar einen Kuss auf die Wange und schnappe mir noch mein Handy, bevor ich rausgehe und die Treppenstufen nach unten springe. Komisch, dass mir der Porsche vorher nie aufgefallen ist, überlege ich. Da standen doch immer nur zwei Traktoren. Ein riesengroßer grüner und ein kleiner roter, der schon ziemlich alt und verbeult aussieht. Ich laufe über den Kies zum Überdach und … sehe immer noch bloß zwei Traktoren.

Auweia.

Ich fasse es nicht! Das kann doch nicht sein! Tante Ellen hat einen Porsche-*Traktor*? Verflixt, was mache ich denn jetzt? Ich weiß nicht einmal, wie ich da ohne Räuberleiter raufkomme, geschweige denn, wie man ihn startet oder fährt! Hilflos geht mein Blick vom Traktor zum Haus und wieder zurück. Doch ich muss jetzt *sofort* losfahren, sonst kommt mir meine Mutter womöglich noch zuvor. Mit einem Fluch auf den Lippen stapfe ich zum kleinen roten Traktor und klettere unbeholfen auf den Sitz. Und jetzt?

Ich gebe ein Seufzen von mir, was mehr nach einem Wimmern klingt, und zücke schließlich mein Handy. Sieht mich auch keiner? Schnell tippe ich, auch wenn es mir unendlich peinlich ist, folgende Frage in die Google-Suchleiste:

Wie startet man einen Traktor?

Ich rechne nicht wirklich mit einer vernünftigen Antwort und bin ganz überrascht, dass Google mir keinen Vogel zeigt. Und tatsächlich klingt gleich das erste Ergebnis äußerst vielversprechend:

Traktor fahren – wikiHow

Ich kann mein Glück kaum fassen. Es handelt sich dabei wahrhaftig um eine detaillierte Anleitung. Wahnsinn, was es alles gibt! Aber mein Gott, wie ausführlich ist das denn? So viel Zeit habe ich nun wirklich nicht. Ich überspringe Punkt 1, den Traktor überprüfen, und gehe gleich über zu Punkt 2, den Traktor fahren.

Wie, ich soll mich anschnallen? Womit denn? Die Bilder auf dem Handydisplay sehen irgendwie auch ganz anders aus als das, was ich in echt vor mir habe. Wahrscheinlich rechnen sie bei wikiHow nicht damit, dass man einen *alten* Traktor starten will, verdammt.

Okay, das hat alles keinen Sinn. Ich stopfe das Handy zurück in meine Tasche. Menschenverstand, Leonie! Reiner Menschenverstand!

Ich stecke den Schlüssel ins Schloss, drehe ihn um und …

nichts passiert. Was ist das denn für ein Mist? Ist der Traktor kaputt?

Und wofür sind eigentlich die beiden Hebel da zwischen meinen Beinen? Und wofür dieser komische Knauf, an dem man ziehen kann? Ach egal, ich ziehe einfach mal dran. Und dann falle ich fast vom Sitz, als der Motor urplötzlich lospockert. Wow, ist das irre! Alles unter mir vibriert, nur dass der Traktor sich immer noch keinen Zentimeter bewegt. Ich trete auf die Kupplung und bewege testweise einen der Hebel. Langsam lasse ich die Kupplung kommen, und der Traktor macht einen Satz nach vorne. Ich fahre. O mein Gott, ich fahre Traktor!

Und wie halte ich ihn an? Wie hält man dieses Scheißding an, verdammt? Langsam und gemächlich rattert der Traktor auf die Straße, und ich sehe das Unglück jetzt schon kommen, denn da vorne schickt sich eine alte Frau an, genau diese Straße zu überqueren. Es ist dieselbe alte Oma mit den Gummistiefeln und der transparenten Regenhaube auf dem Kopf, die mir schon vor ein paar Tagen begegnet ist. Hat die kein Zuhause?

Ich bin nicht schlecht in Wahrscheinlichkeitsrechnung. Wenn wir beide in diesem Tempo weitermachen, werden wir uns vermutlich irgendwo treffen. Wo ist die Scheißbremse? »Huhu!«, rufe ich der alten Dame zu, aber sie sieht nicht einmal auf. Ganz sicher ist sie stocktaub. Panisch suche ich den Fußraum ab und trete in letzter Sekunde die Kupplung durch. Ruckartig kommt der Porsche zum Stehen, und mir hämmert das Herz gegen die Rippen. Das war knapp. Ich warte eine endlose Minute ab, bis die Alte auf der anderen Straßenseite angekommen ist, erst dann wage ich es, wieder anzufahren.

Das Tempo ist nicht gerade rasant. Zwischendurch schaue ich auf die Uhr in meinem Handy und schicke ein Stoßgebet zum Himmel. Auf der Hauptstraße hat man das Gefühl, überhaupt nicht voranzukommen. Endlos ziehen die Felder an mir vorbei, und mir begegnet keine Menschenseele. Nicht einmal ein anderer Traktor, worüber ich sogar froh bin, denn ich habe keine Ahnung, was man als Traktorfahrer so macht, wenn einem ein Gleichgesinnter begegnet. Winkt man sich dann zu?

Da vorne kommt mir ein Wagen entgegen. Du meine Güte, hat der ein Tempo drauf! Typisch Mercedesfahrer, denke ich noch. Ein sehr schickes Cabrio in Rubinschwarz mit Frankfurter Kennzeichen. Bäh, diese eingebildeten Großstadtfuzzis!

Mir rinnt der Schweiß in Bächen hinab, so angespannt bin ich. Ich wische mir mit dem Unterarm über die Stirn, als der Mercedes in einem Affenzahn an mir vorbeibrettert. Ich sehe unter meinen Arm durch auf eine große Sonnenbrille und flatternde Haare in Karamellbraun, genau wie meine, und das Herz bleibt mir fast stehen. O Gott, sie hat sich zu mir umgesehen! Hastig drehe ich den Kopf nach vorne und fange an zu flüstern: »Du hast mich nicht gesehen, du hast mich nicht gesehen …«

Als ich einen Blick über die Schulter zurückwerfe, ist vom Mercedes nichts mehr zu entdecken, und ich stoße erleichtert die Luft aus. Nie im Leben hat meine Mutter mich erkannt. Ich sehe doch völlig anders aus als das letzte Mal. Das letzte Mal ist nämlich schon Jahre her, da waren wir in einem japanischen Restaurant zusammen essen, um zu feiern, dass ich meinen Bachelor gemacht habe. Es war stockduster, und im Vergleich zu heute muss ich da geradezu gespenstisch weiß ausgesehen haben.

Endlich kommt Tante Ellens Erdbeerfeld in Sicht. Der Porsche ist erschreckend laut, wieso habe ich das nicht vorher bedacht? Alle Köpfe gehen hoch, als ich mit dröhnendem Töff-Töff in den Feldweg einbiege. Ich hocke wie eine Vollidiotin auf diesem Traktor und hoffe bloß, dass ich ihn rechtzeitig bremsen kann, ohne gegen Emils Laster zu donnern. Ich parke ihn besser etwas weiter weg, denke ich, und trete die Kupplung durch. Als ich den Schlüssel abziehe und ungelenk vom Sitz herunterklettere, kommt Emil mir schon entgegen. Er sieht alarmiert aus, als erwarte er schlechte Nachrichten.

»Ist was mit Tante Ellen?«

»Nein, alles in Ordnung«, rufe ich ihm zu, und ich komme mir unendlich kindisch vor. Wie soll ich ihm denn sagen, dass mich die Ankunft meiner Mutter so in Panik versetzt hat? Ich meine, ich bin schließlich erwachsen! Und soll ich ihm gestehen, dass ich all die geöffneten Tabs auf seinem Laptop gesehen habe? Dass ich weiß, wie die ganze Branche über mich lacht? Dass es ein geflügeltes Wort mit meinem Nachnamen gibt?

»Ich wollte …«, stammle ich und verstumme.

Ich starre auf Emils Unterarme, an denen die Adern deutlich hervortreten, und seine Hände, die aussehen, als könnten sie nicht nur vorsichtig Erdbeeren pflücken, sondern auch Bäume ausreißen. Emils Haar ist zerzaust, die Narbe an seiner Augenbraue tritt überdeutlich hervor, und sein T-Shirt ist verschwitzt. Auf seinem Brustkorb steht: *Ich könnte es dir erklären, aber dein Gehirn würde explodieren.*

»Was wolltest du?«

Ganz plötzlich muss ich lächeln. »Ich will dir dieses T-Shirt ausziehen.«

To-do

1. Emil
2. Emil
3. Emil
4. …

KAPITEL 28

Ich habe Emil gefragt, ob wir gemeinsam ohne Ziel über die Wiese bummeln können, und er hat ja gesagt. Das haben wir auch getan, allerdings nicht sehr lang. Nur so lang, bis wir sicher sein konnten, dass Benjamin mit den letzten Erntehelfern abgedampft ist, und wir ganz allein waren. Und jetzt liegen wir beide im Gras, über uns ist keine einzige Wolke zu sehen, sondern höchstens mal der Kondensstreifen eines Flugzeugs. Die Abendsonne ist immer noch warm und brennt mir auf den Bauch. Ich weiß jetzt schon, dass ich einen Sonnenbrand bekommen werde, denn im Vergleich zu Emils ist mein Oberkörper milchweiß.

Emil hat eine Spur von Erdbeeren auf meinen Körper gelegt, die er nun Stück für Stück aufisst. Ich muss lachen, weil es kitzelt, wenn seine Bartstoppeln meine Haut streifen, und seufzen, wenn er seinen Lippen die Zunge folgen lässt.

»Keine Sorge«, sagt er, als er sich schließlich auf seinen Ellbogen aufstützt und mich ansieht. »Tante Ellen wird schon mit deiner Mutter fertig werden. Sie muss ja ein richtiger Drachen sein. Du bist ihr wohl sehr ähnlich, was?«

Ich gebe Emil einen Stoß, so dass er lachend auf dem Rücken landet, und beuge mich über ihn. »Nur wenn man mich provoziert.«

Emil grinst und fängt an, mich zu küssen. Ich habe ein schlechtes Gewissen, weil meine Mutter nun bestimmt schon zwei Stunden bei Tante Ellen ist und ich nicht abschätzen kann, wer von beiden mehr darunter leidet. Ich wage jedenfalls nicht zu hoffen, dass sie bereits wieder gefahren sein könnte. Sie steht immer unter Strom und hat vermutlich etliche Termine absagen müssen, um hierherzukommen, da wird sie keinesfalls abreisen, bevor sie ihr Ziel erreicht hat. Wie auch immer dieses Ziel aussehen mag.

»Ich habe meine Mutter immer bewundert«, sage ich und lege meinen Kopf auf Emils Brustkorb. (Der Anfang ist schon mal gut. Jetzt bloß nichts Schlechtes über die eigene Mama sagen, Leonie!) »Früher wollte ich genauso werden wie sie, so tough und erfolgreich. Jetzt bin ich mir da aber nicht mehr so sicher. Sie arbeitet in einer typischen Männerbranche. Ich glaube, das verändert einen, wenn man das jahrelang macht.«

Emil scheint an meiner Mutter weniger interessiert zu sein. »*Du* hast dich auch verändert.« Ich kann spüren, wie seine Finger in mein Haar greifen und mit einer Strähne spielen. »Du bist nicht mehr so … nervös.«

»Ich bin überhaupt nicht nervös gewesen!«, behaupte ich.

»Dann eben hektisch.«

»Ich bin nie hektisch! Wenn überhaupt, dann bin ich ein wenig … angespannt gewesen. Ich habe einen stressigen Job.

Also, ich *hatte* einen stressigen Job. Da ist es doch völlig normal, dass man nicht so ruhig und ausgeglichen ist wie jemand, dessen Lieblingsplaylist *Chillout Lounge* heißt.«

Unter meinem Kopf fängt Emils Brustkorb an zu beben. »Selber schuld. Du hattest doch null Privatleben, wie willst du dich da auch entspannen?«

Entspannen? Soll ich Emil gestehen, dass ich dieses Wort aus meinem Leben komplett gestrichen habe? Ich meine, wer will sich denn schon entspannen, wenn man stattdessen brandneuen Internetunternehmen beim Aufbau helfen kann? Wenn man kreative Ideen weiterentwickeln und Unterstützung und Marketing anbieten kann und überhaupt am pulsierenden Leben der Gründerszene teilhat?

»Ich will mich aber gar nicht entspannen!«, begehre ich auf.

»Stimmt«, sagt Emil und unterdrückt ein Gähnen. »Du willst dich lieber weiter stressen lassen und dich sogar in deiner Freizeit *optimieren*. Sorry, ich hab's vergessen.« Er klingt nicht sauer, trotzdem habe ich das Gefühl, dass ihm das nicht gefällt. »Ich kapiere einfach nicht, warum sich heute jeder selbst upgraden muss.«

»Es kann ja nicht jeder nur Bier trinken und rülpsend am Grill stehen«, murre ich.

»Hast du mich schon rülpsend am Grill stehen sehen?« Er wirkt amüsiert. »Und wenn schon? Müssen wir alle immer schöner werden? Gesünder? Darf ich kein Steak mehr essen, wenn mir danach ist und ich weiß, dass das Tier ein gutes Leben hatte? Muss ich noch fitter werden? Kreativer? Schlauer? Und dabei auch noch gelassener, achtsamer? Muss ich überall und immer das Beste rausholen? Selbst in meiner Freizeit?«

»Ich weiß nicht, was du meinst.«

Emil seufzt. »Ich glaube, es reicht dir nicht, bloß Leonie Schiller zu sein. Du willst die *perfekte* Leonie Schiller sein. Also du *wolltest* es bisher.«

Mir rutscht das Herz in die Hose. Woher weiß er das? Habe ich etwa im Schlaf geredet? Woher sonst kann er wissen, dass ich eigentlich Leonie Schiller 2.0 bin und sogar nach der 3.0 strebe? Weiß er etwa noch mehr? Weiß er, dass ich meine Schritte zähle, also gezählt *habe*? Ich meine, ich habe nicht nur einen Fitness-Tracker auf meinem Handy, sondern auch einen Schlaf-Tracker, einen Tagesablaufplaner und eine »Wann gieße ich meine Blumen«-Erinnerungsfunktion. (Obwohl ich gar keine lebenden Blumen habe.) Auf meinem Smartphone befinden sich Dutzende von Apps, die meinen Lebensstil gesünder und effektiver gestalten sollen, und bisher hat das auch immer wunderbar funktioniert. Obschon ich gestehen muss, dass ich mich ab und zu unter Druck gesetzt gefühlt habe, wenn mir mein Handy sagte, ich hätte im Schlaf zu wenig REM-Phasen gehabt, zu unregelmäßig gegessen, meine Leistung nicht gesteigert oder grundsätzlich zu wenig Sport getrieben. Man muss sich das mal vorstellen: Ich stand einmal im Edeka an der Kasse, da piepste mir mein Smartphone zu, ich müsse jetzt sofort eine Ruhepause einlegen! Was hätte ich denn machen sollen? Mich zum Brokkoli aufs Band legen?

»Was ist denn so schlecht daran, wenn man sich selbst verbessern möchte? Willst du das denn nicht? Jetzt tu nicht so, als hättest du überhaupt keinen Ehrgeiz! Du hast immerhin SubSox aufgebaut und auf Platz 24 gehievt!«

»Platz 24?« Emil sieht mich perplex an. »Auf was für einer Liste denn? Der Liste der größten Pleiten?«

»Im Gegenteil! Der Liste der Unternehmen mit dem höchsten Umsatzzuwachs in diesem Jahr. Das ist sensationell, und das schafft man bestimmt nicht, wenn man auf dem Sofa liegt und Playstation daddelt.«

Emil grinst. »Aber ich habe einen Kicker im Büro.«

Einen Moment starre ich ihn sprachlos an, dann fange ich an zu prusten und tue so, als verberge ich mein Gesicht an seiner Schulter. Dabei will ich eigentlich nur an Emil riechen und seine Wärme spüren. Alles an Emil strahlt nämlich Wärme aus, und damit meine ich nicht die Hitze, die die Sonne uns auf die Haut treibt und uns zum Schwitzen bringt. Es ist eine Wärme von innen.

Emil gibt mir einen Kuss auf den Scheitel. »Da ist kein nächstes Level, das man erreichen muss«, sagt er. »Klar kann man immer noch eine Sprosse höher steigen, aber wozu? Lohnt sich all die Mühe überhaupt? Woher willst du wissen, dass dein Leben wirklich besser wird, wenn du selbst in allem immer besser wirst? Willst du nicht so geliebt werden, wie du bist?«

O mein Gott, er hat das L-Wort in den Mund genommen! Wie mutig er ist! Mir wird ganz schummerig, und ich kann kaum atmen, weil mein Brustkorb sich von innen plötzlich wie ein Ballon ausdehnt. Ob ich geliebt werden will? So wie ich bin?

»Ja«, stammle ich. »N-natürlich will ich das.«

»Von mir?«

Ja, ja, ja!, rufe ich stumm aus, und als ich hochgucke, sieht mir Emil direkt in die Augen. Ich muss gestehen, dass mich das komplett außer Gefecht setzt. An seinem Mundwinkel taucht wieder die kleine halbmondförmige Kerbe auf, und ich könnte in Ohnmacht fallen, weil mein Herz trommelt wie verrückt.

»Warum nicht?«, sage ich schwach und schlucke. »Ich hab auch grad … nichts Besseres vor.«

Für immer und ewig habe ich nichts Besseres vor.

* * *

Wir fahren in den Hof, als es anfängt zu dämmern. Emil hat darauf bestanden, dass ich den Traktor zurückfahre, und auf dem Notsitz Platz genommen. »Jede Frau sollte Traktor fahren können«, hat er bloß dazu gesagt, und es ist sehr wahrscheinlich, dass ich mich nur wegen dieses Satzes noch eine Spur mehr in ihn verliebe. Weil ihn die ganzen Stereotypen nämlich nicht beeindrucken. (Okay, seine genauen Worte waren: »Diese Rollen interessieren mich einen Scheiß!«)

Wider besseres Wissen habe ich gehofft, dass das Auto meiner Mutter nicht vor Tante Ellens Haus steht. Es hätte ja schließlich auch eine optische Täuschung sein können, eine Fata Morgana, weil ich so angespannt und panisch gewesen bin. Aber als ich den Traktor in Richtung Überdach lenke, haftet mein Blick kurzfristig an dieser rubinschwarzen Luxuskarosse, und ich trete fast zu spät auf die Kupplung, um den Traktor zu stoppen. Emil pustet hörbar den Atem aus. »Perfekt«, sagt er, aber ich sehe eine Schweißperle von seiner Stirn herunterrinnen und muss lachen.

Das Lachen vergeht mir schneller, als mir lieb ist, denn die Haustür wird ruckartig aufgerissen. Ich zucke zusammen, in Erwartung von meiner Mutter harsch angesprochen zu werden, doch es ist bloß Benjamin. Er hat sich geduscht, und aus seinen Haaren tropft es auf ein feuerrotes T-Shirt mit der Aufschrift: *Hilfe! Mich verfolgt ein endoplasmatisches Retikulum!*

Ist das so eine Brüder-Sache? Ich sollte mal ein dringendes

Wort mit den beiden reden, was ihren T-Shirt-Geschmack betrifft, überlege ich und folge Emil zur Treppe.

»Du hast Besuch«, verkündet Benjamin feierlich. Ich versuche, in seinem Gesicht zu lesen, ob es schlimm ist, aber Benjamin grinst wie immer dümmlich vor sich hin. Unfassbar, dass er so was wie ein Genie ist! Was man ihm allerdings zugutehalten muss: Er schafft es wirklich, dass man sich in seiner Gegenwart nicht unzulänglich fühlt.

»Meine Mutter«, stottere ich. »Ist sie …« Ich mache eine unbestimmte Geste über meinem Kopf, von der ich selbst nicht weiß, was sie darstellen soll. Eine Explosion vielleicht?

»… tot?«, beendet Benjamin meinen Satz. »Nö, sie schläft.«

»Sie schläft?« Emil und ich sind beide völlig überrascht. Damit habe ich nun gar nicht gerechnet. Ich dachte, sie hätte inzwischen die Party gesprengt (im übertragenen Sinn), wenn nicht sogar einen Krieg angezettelt (ebenfalls im übertragenen Sinn) oder einen Mord begangen (Sie wissen schon).

»Ihr hättet Tante Ellen erleben sollen! Sie hat deine Mutter regelrecht abgefüllt!« Er sieht stolz aus, aber ich kann ihm nicht so recht folgen. Meine Mutter trinkt keinen Alkohol. Also zumindest nichts unter Champagner, und ich bin mir auch ziemlich sicher, dass sie nicht in Feierlaune war, als sie herkam.

Wir steigen die Treppenstufen nach oben, wo Benjamin weiter auf uns einplappert, jetzt allerdings im Flüsterton. »Tante Ellen hat ihr erzählt, dass du mit einem Traktor zu ihren Erdbeerfeldern gefahren bist, Leonie. Das Gesicht hättest du sehen müssen, einfach genial!«

»O mein Gott!«, entfährt es mir. »Und dann brauchte sie einen Schnaps?«, hake ich nach.

Benjamin grinst noch breiter. »Da noch nicht. Erst als Tante Ellen ihr verklickert hat, du würdest neuerdings als Erntehelferin mitarbeiten, wurde es interessant. Da musste deine Mutter dringend auf die Toilette. Ich glaube, sie hat sich übergeben. Tja«, er schnalzt mit der Zunge, »warum musste Tante Ellen auch unbedingt noch erwähnen, dass du heute Morgen erst das Klo geputzt hast? Das war vielleicht ein bisschen zu viel für die gute Frau.«

Die gute Frau. Au Backe.

Ich glaube, mir wird auch schlecht. Wie betäubt kralle ich mich an Emil fest, um nicht umzufallen.

»Was hast du ihr angetan?«, fragt Emil nun direkt.

Benjamin winkt ab. »Ich habe ihr überhaupt nichts angetan. Wir haben nur gepflegt Konversation betrieben. Ich habe ihr meine Kranichsammlung gezeigt, ein paar Haikus vorgelesen, das Übliche halt, um eine Frau bei Laune zu halten, die auf ihre Tochter wartet, der sie kultiviert den Kopf abreißen will.«

»Aber wieso schläft sie jetzt? Hat sie so viel getrunken?«, möchte ich wissen. »Und wo überhaupt? Etwa in meinem Bett?«

Mit einem eifrigen Nicken öffnet Benjamin die Flurtür. »Tante Ellen hat sie die Smoothie-Cocktails probieren lassen. Alle. Der pinkfarbene hat ihr wohl am besten geschmeckt.« Benjamin sieht aus, als denke er nach. »Falls man davon sprechen kann, dass jemandem überhaupt noch etwas schmeckt, wenn er es sich literweise in den Schlund gekippt hat.«

Das ist entsetzlich! Einfach schauderhaft. Wer weiß, was meine Mutter alles gesagt hat, wenn sie wirklich so angetüddelt gewesen ist. Vielleicht hat sie etwas ganz Abfälliges geäußert? Über Tante Ellens Hof, ihre Erdbeerfelder, das Landleben, was weiß ich!

»Hat sie …« Ich traue mich kaum, es auszusprechen, weil es so kritisch klingt. So als ob ich genau das von ihr erwarte. Aber es nützt ja nichts, um den heißen Brei herumzureden. »Hat sie sich schlecht benommen? Sag ganz ehrlich«, bitte ich ihn, und Benjamin seufzt ein wenig.

»Sie hat sich … wie eine Dame verhalten, keine Sorge.«

Oh, Gott sei Dank! Ich bin ja so erleichtert! Meine Knie sind praktisch aus Kaugummi, so erleichtert bin ich.

»Erst als Tante Ellen ihr verkündet hat, du wärst ihre neue Anti-Age-Managerin. Da hat sie dann laut ›Gott verdammt!‹ gebrüllt und ›Nur über meine Leiche!‹.«

Ich schließe für einen kurzen Moment die Augen.

»Willst du ein Foto von ihrem Ausraster sehen?«, fragt Benjamin unbekümmert und zieht sein Handy aus der Tasche. »Ich habe eine ganze Serie davon auf Instagram hochgeladen.«

KAPITEL 29

Die Geräusche, die an mein Ohr dringen, als ich in Emils Bett aufwache, kommen mir nur entfernt bekannt vor. Sie sind schrill und laut und irgendwie hektisch. Es muss schon länger her sein, dass ich mich in einer solchen Kulisse befunden habe. Meine Hand tastet suchend nach Emil, findet aber nur eine leere, warme Stelle, auf der er bis vor kurzem noch gelegen haben muss. Enttäuscht rapple ich mich auf. Dann durchzuckt es mich. Ist das etwa die Stimme meiner Mutter?

Sofort stürzen die Erlebnisse des Vortages auf mich ein: das Telefongespräch mit Olga, der Zettel mit Tante Ellens Adresse, der Traktor, die grüne Wiese und der Geschmack von Erdbeeren auf Emils Lippen. Kurz erlaube ich mir, mich diesem berauschenden Gefühl hinzugeben, dann rasen meine Gedanken auch schon weiter: Benjamin, Tante Ellens Smoothie-Cocktails und das 15-Sekunden-Video meiner Mutter, auf dem sie wie eine Furie in Tante Ellens Küche tobt. (Benjamin hat für das Video bereits gestern Abend 3843 Kommentare auf Instagram erhalten. Fast jeder zweite lautet: »Wie geil, Alter!«)

Am liebsten würde ich mir die Decke über den Kopf ziehen. Aber ich kann Tante Ellen in dieser prekären Situation schlecht allein lassen. Es ist schließlich alles meine Schuld. Ich werfe einen Blick auf Emils Armbanduhr, die auf dem Nachttisch liegt. Schon neun, oje. Zärtlich streichle ich über das dunkelbraune Leder, das so zerknittert ist wie ein

Stück Papier, und das leicht zerkratzte Glas, das sich über das vergilbte Ziffernblatt mit den goldenen Zeigern wölbt. Mit einem Seufzen lege ich sie zurück und stemme mich aus dem Bett.

Unbemerkt husche ich ins Bad, und nachdem ich in null Komma nix geduscht und mich in mein frisch gewaschenes Businessoutfit geworfen habe, fühle ich mich einigermaßen gewappnet. Emil hat mir die Klamotten bereitgelegt, damit ich meine Mutter nicht mit der verdreckten Jeans verschrecke. Alles sollte so auszusehen wie vorher, überlege ich. *Ich* sollte am besten so aussehen wie vorher. Dabei ist es genau das, was ich gar nicht mehr möchte: so sein, wie ich vorher gewesen bin. Emil hat ja so recht. Warum versuche ich ständig, mich upzugraden? Wonach suche ich überhaupt? Warum will ich eigentlich jemand anders sein und bin nie mit mir zufrieden? Bin ich nicht gut genug, so wie ich bin? Sollte ich nicht auch meiner Mutter so gut genug sein?

Das Herz pocht mir bis zum Hals, als ich über den Flur zum Esszimmer laufe, von wo der Lärm bis in die Schlafzimmer schallt. Ich atme tief durch und drücke die Klinke nach unten. Als die Tür langsam aufschwingt, habe ich ein Déjà-vu. Ich sehe mir selbst dabei zu, wie ich im Alter von zehn mit einem Hula-Hoop-Reifen aus Holz in unsere kahle Küche komme. Meine Mutter tippt, das Telefon unters Kinn geklemmt, etwas in ihren Laptop. Gleichzeitig wirft sie einen Blick in einen Taschenspiegel und zieht sich die Lippen rot nach. Sie sitzt auf einem stylishen Barhocker und hat die Beine mit den hochhackigen Schuhen übereinandergeschlagen. Als sie auflacht, wippt ihr rechter Fuß auf und ab. Sie lässt den Lippenstift auf den Tisch fallen und bedeutet mir, leise zu sein und ihr den Taschenrechner rüberzureichen. Ich lasse meinen Hula-Hoop-

Reifen los, um den Rechner an mich zu nehmen, da rollt er durch den Raum und donnert gegen Mamas Knie. Dummerweise hat sie genau in diesem Augenblick ihre Kaffeetasse hochgehoben und gießt sich vor Schreck die heiße Brühe über den Laptop. Ihr Aufschrei hallt mir jetzt noch in den Ohren.

»Sie kommt nicht ins Team, wenn sie sich nicht verpflichtet!«, faucht meine Mutter gerade mit hochrotem Kopf ins Telefon. Als sie mich sieht, hebt sie eine Hand und gibt mir zu verstehen, dass es gerade ganz schlecht ist. »Zwei Monate Auszeit nach der Geburt? Das soll wohl ein Witz sein! Sag Sheryl, ich kann sie nicht gebrauchen, wenn sie so unzuverlässig ist.«

Mir bleibt der Mund offen stehen. Habe ich mich gerade verhört? Will meine Mutter tatsächlich eine Mitarbeiterin feuern, weil sie zwei Monate Babypause gemacht hat? Nein, es ist sogar noch schlimmer, wie ich vernehmen kann, als sie weiter in den Hörer brüllt.

»Mit der Milchpumpe ins Büro zu kommen – unglaublich! Und sich dann auch noch beschweren, wenn die Kollegen sich über sie lustig machen.« Sie stößt einen Pfeiflaut aus. »Mach ihr die Papiere fertig, und besorg uns diesen jungen Mann aus Elroys Team. Ich will ihn haben. Und es ist mir egal, ob wir ihn mit einem Bonus locken müssen. Sie arbeiten zu fünft an diesem Deal, da werden wir eben großzügig über den Daumen peilen, dass er für diesen Geschäftsabschluss verantwortlich ist.«

»Guten Morgen«, höre ich eine warme Stimme an meinem Ohr. Emil schleicht sich mit einem Augenzwinkern an mir vorbei und stellt meiner Mutter einen dampfenden Kaffee vor die Nase. Und was macht sie? Sie winkt zum Dank mit einem kleinen Finger, während sie weiter in ihr Telefon spricht.

Ich fasse es nicht! Als Emil sich zum Gehen wendet, hält sie eine Hand vor die Sprechmuschel und pfeift ihn zurück: »Haben Sie Süßstoff reingetan? Zwei Stück, habe ich gesagt.«

Emil nickt und sagt höflich: »Selbstverständlich.«

Ich glaube, ich sterbe vor Scham. Wie kann sie sich hier nur so aufführen? Meine Mutter hat mit der größten Selbstverständlichkeit das ganze Esszimmer in Beschlag genommen. Überall liegen Papiere verstreut: Auf dem Tisch, dem Fußboden, der Heizung, sogar über die Lampe hat sie einen ellenlangen Ausdruck gehängt, gegen den sie jetzt mit einem Kugelschreiber tippt, als würde sie irgendwelche Zahlenkolonnen kontrollieren. In diesem Wust an Zetteln hat sie zwei Laptops ausgebreitet, ein Tablet und sage und schreibe vier Handys. Das Telefon, in das sie aber gerade spricht, ist das alte Gerät von Tante Ellen mit extra großen Tasten.

»Gib diese Nummer bitte weiter, darüber kann man mich heute ständig erreichen, das Netz in diesem Kaff ist eben schon wieder zusammengebrochen. Wie der Ort heißt?« Meine Mutter wirft ihre perfekt frisierten Haare zurück und überlegt. Dann schnipst sie mit den Fingern: »Junger Mann!« *Schnips, schnips.* »Wie heißt der Ort hier noch gleich?«

Emil dreht sich mit einem Lächeln zu meiner Mutter um, bei dem mir das Herz stehenbleiben würde. »Weißnich.«

»Also wirklich«, sagt meine Mutter ins Telefon. »Hast du das gehört? Diese Eifler haben überhaupt kein Benehmen. Ja, ich weiß, es ist eine Zumutung.« Sie seufzt, dann fährt sie mit Schwung zum Fenster herum und guckt nach draußen. »Aber hübsche Blumen haben sie hier.«

Ich bin so erschrocken, dass ich kaum Luft kriege. An Emils Stelle würde ich platzen vor Wut. Ich befürchte, ich werde sogar auf jeden Fall gleich an Emils Stelle platzen.

Er aber bleibt ganz ruhig. Er zuckt mit den Schultern und zieht mich aus dem Zimmer. Draußen drängt er mich gegen die Wand und haucht mir einen sanften Kuss aufs Ohr. »So geht das schon den ganzen Morgen. Tante Ellen ist völlig fertig.«

»Es tut mir so leid«, jammere ich. »Sie ist schrecklich, ich weiß, aber was soll ich denn machen? Sie ist immerhin meine Mutter.«

»Bist du sicher, dass sie dich nicht adoptiert hat?« Emil grient. »Entschuldige, war ein blöder Witz. Das würde sie nie tun.« Er streckt mir die Zunge heraus. »Aber weißt du, was das Gute ist? Sie ist viel zu beschäftigt, um sich mit dir auseinanderzusetzen.«

»Das stimmt.« Ich seufze tief.

»Aber gleich kommen die Landfrauen, um sich von dir und Tante Ellen schminken zu lassen. Glaubst du, dass du das auf die Reihe kriegst? Wir könnten deine Mutter vielleicht solange im Esszimmer einschließen«, scherzt er.

»Bei Wasser und Brot«, raune ich und zucke im gleichen Moment zusammen, weil die Tür neben uns aufgerissen wird. Emil und ich fahren auseinander, aber meine Mutter ist viel zu sehr auf ihren eigenen Kram fixiert, um es überhaupt zu bemerken.

»Heute Mittag«, beginnt sie fahrig. *Schnips, schnips.* »Ich nehme nur eine Suppe. Gemüse und etwas Hühnchen. Am liebsten indisch.« *Paff*, schlägt sie die Tür wieder zu.

Emil und ich starren uns an. Und dann, weil es einfach unglaublich ist, fangen wir beide an zu lachen. Wir können nicht damit aufhören. Völlig hilflos werden wir von Lachsalven geschüttelt und liegen uns in den Armen. Als aus dem Esszimmer ein empörtes »Ruhe!« erschallt, macht es das noch schlimmer. Mir laufen die Tränen über die Wangen, und mein Bauch schmerzt. Auch Emil wischt sich die Lachtränen aus dem Gesicht, und schnell retten wir uns zu Tante Ellen in die Küche, bevor wir noch mehr Ärger bekommen.

»Ich weiß gar nicht, was es da zu lachen gibt«, sagt Tante Ellen, die dabei ist, ihre Schminkutensilien zu ordnen und das aufzufüllen, was schon fast aufgebraucht ist. Sie dreht sich abrupt zu mir um und überrascht mich damit, dass sie mich in ihre Arme reißt. »Du armes, armes Kind!« Mehr muss sie nicht sagen, denn in ihren Augen schimmert es. Fest drückt sie mich an sich und schluchzt leise auf.

»Bitte hör auf, Tante Ellen«, sagt Emil, »sonst heule ich gleich mit. Du lässt außerdem deinen Eintopf anbrennen.«

Mit einem leisen Aufschrei stürzt Tante Ellen an den Herd. Sie drückt Emil einen Kochlöffel in die Hand und gibt ihm Anweisungen, was er zu tun hat, während wir gleich die Frauen aus dem Landfrauenverein bearbeiten werden. Ich bin Emil sehr dankbar für seinen Ablenkungsversuch, denn ich war tatsächlich kurz davor, in Rührung auszubrechen. Außerdem bin ich furchtbar nervös. Zum einen, weil ich der Meinung bin, in Sachen Make-up nun wirklich keine Koryphäe zu sein, zum anderen, weil so viele Frauen kommen werden, die ich nicht kenne. Ich mache das hier nur, um Tante Ellen einen Gefallen zu tun, bestätige ich mir selbst. Sie ist so nett zu mir gewesen, dass ich ihr einfach nicht gestehen kann, wie furchtbar ich das finde.

Meine Sorgen, die Landfrauen betreffend, sind aber ganz unbegründet, denn die Invasion, die eine halbe Stunde später über uns hereinbricht, lässt mir wirklich keine Möglichkeit, verlegen zu sein. Es sind acht Frauen aus dem Dorf, die jüngste davon nur wenige Jahre älter als ich, die älteste eine Greisin mit schlohweißem Haar, die unbedingt Lidschatten in Fliedertönen verwenden will. Die Küche ist erfüllt von Gelächter und Gegacker. Ab und zu schaut Emil kurz nach dem Eintopf, verschwindet aber schnell wieder, weil die Frauen ihn mit Anspielungen überschütten, bei denen ich eine rote Birne bekomme.

»Und dein Neffe ist wirklich schwul?«, fragt eine füllige Frau mit hochgesteckten blonden Haaren. Sie hat so viel Rouge aufgetragen, als hätte sie nachher noch einen Bühnenauftritt. »Es ist eine Schande um den hübschen Kerl.«

»Nicht Emil!«, sage ich hastig und bekomme sofort wieder einen heißen Kopf. »Sein Bruder Benjamin.«

Sie seufzt. »Er ist der Feingeist in der Familie, nicht wahr?«

Benjamin, ein Feingeist? Ich unterdrücke ein Schnauben, und Tante Ellen gibt einen schmatzenden Laut von sich. »Er hat einen Freund bei der Bundeswehr. Ich kann es nicht verstehen«, sagt sie und schüttelt den Kopf. »Der Sohn von Hannelore ist auch homosexuell. Ich habe Benjamin gefragt, warum er nicht den nimmt, der kann wenigstens backen. Na ja«, fügt sie hinzu, »in der Stadt haben die jungen Leute einfach mehr Auswahl.« Sie fängt an, ihren Bronzepuder zu verteilen, und ich unterdrücke ein Grinsen, während ich die Reinigungsbürste der »zeitlosen Schönheit« über die Haut einer Siebzigjährigen gleiten lasse. Mehr als drei Stunden sind wir zugange, und die ganze Zeit höre ich von meiner Mutter keinen Pieps, was mich sehr erleichtert. Mir graust es vor dem Augenblick, an dem sie vielleicht ein kleines Zeitfenster für mich übrig hat. Im Grunde könnte es ewig so weitergehen. Tante Ellen und ich reinigen, pflegen und schminken, und zwischendurch essen wir Eintopf und Erdbeerkuchen, den jemand mitgebracht hat. Dazu gibt es ein Schlückchen Likör.

Als Emil meiner Mutter etwas zu essen bringen will, halte ich ihn davon ab. »Ich will nicht, dass du meine Mutter bedienst«, sage ich und schnappe mir Teller und Besteck.

»Dafür hat sich das Studium doch gelohnt«, sagt er und zwinkert mir zu. »Ehrlich, Leonie, das macht mir nichts aus.«

»Ich weiß«, gebe ich ihm zur Antwort. »Aber mir macht es etwas aus!« Und das meine ich ganz ernst. Ich kann es nicht ertragen, sie so herablassend zu erleben. Es ist etwas anderes, wenn sie mir gegenüber so gedankenlos ist, aber nicht bei Emil oder seiner Tante. Nicht, wo sie sich als Gast hier im Haus aufhält.

Ich klopfe leise an die Tür und schiebe sie auf. Meine Mutter sitzt am Esstisch, hat die Füße verschränkt und sich eine Lesebrille aufgesetzt. Sie hat viel mehr Falten im Gesicht, als ich es in Erinnerung hatte. Überhaupt muss ich feststellen, dass sie furchtbar blass aussieht. Habe ich auch einmal so blass ausgesehen? Vor ein paar Tagen noch? Ich habe das Gefühl, dass seitdem ein Jahrhundert vergangen ist.

Vorsichtig schiebe ich einige Papiere zur Seite und setze den Teller auf dem Tisch ab. »Tante Ellen hat dir einen Eintopf gekocht«, lasse ich sie wissen.

»Mmh?« Sie schaut von ihrem Laptop auf und scheint mich das erste Mal überhaupt richtig wahrzunehmen. »Wer ist Tante Ellen?«, fragt sie irritiert und begutachtet das Gemüse, das in dem tiefen Teller schwimmt.

»Die Frau, bei der du hier übernachtet hast«, sage ich, und es klingt ein wenig patzig.

»Ach so.« Sie klappt den Laptop nicht zu, sondern schiebt ihn nur ein wenig zur Seite, bevor sie den Löffel aufnimmt und ihn in die Suppe taucht. »Ich habe übrigens einen Anwalt auf die Sache angesetzt«, lässt sie mich wissen.

Ich habe keine Ahnung, wovon sie redet. »Was für eine Sache?«

»Diese Geschichte mit dem Start-up, das du angeblich kopiert haben sollst.« Sie führt den ersten Löffel zum Mund und verzieht das Gesicht. »Es ist unfassbar, mit welcher Dreistigkeit so ein paar junge Unternehmer versuchen, Geld herauszuschlagen.«

Ich zucke zusammen, als hätte sie mich geohrfeigt. »Wer? Wer versucht, Geld herauszuschlagen?«

»Leonie, wovon zum Teufel reden wir hier eigentlich? Diese Sockenverkäufer. Die beiden Männer, die das Start-up gegründet haben. SubSox. Sie haben doch Klage eingereicht.«

Um mich herum fängt alles an, sich zu drehen. »Aber«, keuche ich auf, »wie kommst du denn darauf?«

Das kann doch nicht sein! Das kann einfach nicht sein. Das muss ein Missverständnis sein. Emil würde niemals …

»Sag mal, Leonie, liest du eigentlich jemals deine Post? Ich kann nicht glauben, wie naiv und fahrlässig du bist. Hat Olga dir denn deine Korrespondenz nicht nachgeschickt? Du kannst doch nicht tagelang in diese Einöde verschwinden und deine Angelegenheiten völlig vernachlässigen!«

Olga? Post? Ich kann keinen klaren Gedanken fassen. Alles wirbelt durcheinander. Hat meine Mutter etwa meine Post gelesen, als sie in meiner Wohnung war? Das würde sie doch nicht tun, oder? Ich kann kaum glauben, was sie mir da erzählt. Das ist alles nicht wahr. Emil würde doch niemals …

KAPITEL 30

»Du musst mitfahren«, bedrängt mich Tante Ellen. »Du hast so viel geholfen. Schau nur, wie hübsch Anneliese aussieht.« Sie zeigt auf ihre Freundin, deren hochtoupierte Haare in Dunkellila in der Sonne glänzen. Für die Haare bin ich allerdings nicht verantwortlich, sondern bloß für den dazu passenden Lidschatten und die Lippen in einem satten Pflaumenton. Mir ist hundeelend zumute. Ich weiß genau, dass Emil mich niemals verklagen würde, das Ganze ist einfach absurd! Trotzdem …

Was ist mit seiner Internetrecherche? Warum hat er nicht mit mir darüber gesprochen? Ich dachte, dass er und ich … dass wir gemeinsam neu anfangen könnten. Okay, das ist vielleicht alles etwas überstürzt, schließlich kennen wir uns kaum. Was weiß ich denn schon von ihm bis auf das, was ich über Google herausgefunden habe und von dem die Hälfte nicht einmal stimmt oder von mir falsch interpretiert wurde? Was weiß ich denn schon, außer dass er bis vor kurzem noch Management in Köln studiert hat, seltsame T-Shirts trägt und eine unendlich liebenswürdige Familie hat? Dass er nach Erdbeeren schmeckt und sich als Kind an einem Lockenstab verbrannt hat? Dass er gerne im Garten arbeitet, deutsche Popmusik mag und offensichtlich eine Aversion gegen Rasierapparate hegt? Dass er keine Lust hat, sich an das Leben anderer anzupassen, und mich gefragt hat, ob ich von ihm geliebt werden möchte, so wie ich bin?

Beim letzten Gedanken fängt mein Herz sofort an zu hüpfen. Dieses lächerliche kleine Ding hopst in meiner Brust auf und ab wie auf einem Trampolin, und ich fange ganz automatisch an zu lächeln.

»Also kommst du doch mit.« Tante Ellen sieht erleichtert aus.

»Ja«, sage ich bestimmt. Und mir kommt da noch eine andere wichtige Sache in den Sinn. »Ich komme mit, schließlich will ich sehen, wie diese Elfriede nach dreißig Jahren endlich ihre lang verdiente Niederlage einfährt!«

Tante Ellen küsst mich beherzt auf die Wange, und meine Hand geht ganz von allein in mein Gesicht, wo ich den Abdruck ihrer Lippen noch etwas klebrig spüren kann. Bestimmt habe ich nun einen roten Lippenstiftabdruck, denke ich, und mir wird ganz warm dabei.

Emil ist bereits mit Heinz und Mirko vorausgefahren, um den Stand aufzubauen. Benjamin hat keine Lust mitzukommen und hat sich ins Wohnzimmer zurückgezogen. Ich kann nur hoffen, dass er und meine Mutter sich nicht begegnen, wenn sonst niemand im Haus ist.

Das Erdbeerfest findet auf dem Kirchplatz statt, hat Tante Ellen mir verraten. Ich kann mir unter diesem Fest ehrlich gesagt überhaupt nichts vorstellen. Nun ja, es wird wohl Erdbeeren geben und vielleicht Kuchen. Aber sonst?

Meine Mutter hat sich im Esszimmer verbarrikadiert und macht keine Anstalten, ihre Arbeit auch nur mal für ein paar Minuten zu unterbrechen. Ich habe ihr gesagt, wo wir zu finden sind, und ihr den Weg erklärt, aber ich weiß jetzt schon, dass sie nicht nachkommen wird. Was um Himmels willen ist eigentlich so wichtig, dass man es nicht mal für eine Stunde liegen lassen kann? Ich meine, sie rettet keine Menschenleben, oder?

Außerdem mache ich mir ein wenig Sorgen um sie. Sie sieht gar nicht gesund aus, überlege ich und muss an meine eigene Ankunft hier in Weißnich denken und wie blass und verschreckt ich gewesen bin. Nun habe ich das Gefühl, ein ganz klein bisschen dazuzugehören, auch wenn es vermutlich Quatsch ist.

Ich schnappe mir meine Handtasche und steige mit Tante Ellen in das Auto von Anneliese und ihrer Tochter. Zusammen fahren wir die wenigen Minuten bis zur Ortsmitte. Bereits auf dem Parkplatz können wir die Musik hören und das Gelächter der Besucher. Es wurden Zelte aufgebaut und Biertische, für die Kinder gibt es eine Hüpfburg und einen Stand, wo sie sich ihre Gesichter anmalen lassen können. Überall rennen kleine Mädchen in Erdbeerkostümen herum, die auf ihrem Kopf selbstgehäkelte rote Mützchen tragen. Es ist entzückend, und ich kann mich nicht erinnern, jemals auf einem solchen Dorffest gewesen zu sein.

Auf einem großen Schwenkgrill brutzeln Steaks und Würstchen, und der ganze Platz ist mit Stroh ausgelegt. Wirklich jede kleinste Fläche ist mit Kisten voller Erdbeeren bedeckt.

Staunend sehe ich mich um, da stößt Tante Ellen mir ihren Ellbogen in die Seite und zischt durch die Zähne: »Schau dir das an!« Ihre ausgestreckte Hand deutet auf einen Schaukasten, in dem Bekanntmachungen des Pfarrbüros hängen. Direkt daneben prangt ein großes Plakat vom Erdbeerfest. Ich kapiere erst nicht, was Tante Ellen mir zeigen will, dann entdecke ich das Poster, das halb über das Erdbeerfestplakat geklebt wurde. Darauf ist eine hübsche junge Frau abgebildet, mit dunkelbraunen Zöpfen und einem erdbeerroten Kleid. In ihren Armen hält sie einen Korb, der mit üppigen Erdbeeren gefüllt ist.

»Ist das die Erdbeerkönigin?« In meiner Stimme schwingt Ehrfurcht mit, denn sie sieht einfach bezaubernd aus.

»Das ist Elfriedes Enkelin.« Tante Ellen hingegen sieht aus, als hätte sie gerade erfahren, dass ihre Rente bis auf weiteres halbiert wurde. »Sie ist noch nicht einmal gewählt worden, und trotzdem hängen schon überall Fotos von ihr. Das geht doch nicht mit rechten Dingen zu.«

Da muss ich ihr leider recht geben. »Das kommt mir auch seltsam vor.« Ich lasse meinen Blick schweifen und entdecke Emil, der gemeinsam mit Mirko die Smoothie-Cocktails ausschenkt. Das heißt, Emil schenkt aus, Mirko scheint irgendwie abgelenkt zu sein. Immer wieder wandert sein Blick suchend umher. Dann sehe ich, wie er anfängt zu lächeln, und ganz automatisch folge ich seinem Blick. Ah, denke ich, da ist Patrycja.

»Ich sehe mir das Plakat mal genauer an«, sage ich zu Tante Ellen und schlendere über den Platz. Kurz darauf schlängele ich mich zwischen Emil und Mirko hinter den Stand. »Wenn Elfriedes Enkelin die Wahl gewinnt, wird das Tante Ellen für heute den Rest geben, befürchte ich.«

»Ich weiß.« Mirko seufzt. »Mein Vater ist im Weißnicher Erdbeerkomitee.« Er fängt an, sich zu kratzen. »Die Sache ist schon so gut wie ausgemacht. Es wird zwar eine geheime Wahl geben, aber im Grunde weiß jeder, wie das Ergebnis ausfallen wird.«

Emil schenkt den Fruchtcocktail in kleine Plastikbecher. »Wir haben darauf leider keinen Einfluss. Sowohl der Bürgermeister als auch der Landrat sind bei der Wahl anwesend. Hier«, er hält mir einen kleinen Becher hin.

Nur zaghaft nippe ich daran, denn ich befürchte, dass ich heute noch einen kühlen Kopf brauche. »Wie sollen wir die

Cocktails nennen?«, frage ich Emil. »Wir brauchen einen hippen Namen, um sie optimal zu vermarkten.«

Emil sieht ratlos von einem Becher zum anderen, und ich gebe ihm einen Stoß. »Ich dachte, du bist der Kreative von uns beiden?«

Er bläst Luft in die Backen. »Mir fehlt gerade jede Phantasie, aber hast du nicht gesagt, der pinkfarbene sähe aus wie Einhornkotze? Das wäre mal was anderes.«

»Das würde Tante Ellens Landfrauen bestimmt nicht gefallen.« Ich versuche zu lächeln, aber innerlich bin ich nicht ganz bei der Sache. Was mir meine Mutter erzählt hat, hämmert unbeirrt in meinem Kopf, und ich verspüre eine entsetzliche Angst, dass sie recht haben könnte. Vielleicht bin ich wirklich naiv? Vielleicht hat mich Emil doch verklagt, und ich weiß nur noch nichts davon. Denn wieso sollte sich meine Mutter etwas so Haarsträubendes ausdenken? Ich rufe mir die geöffnete Internetseite von Cosmic Internet in Erinnerung und dass ich dort schon ausgelöscht worden bin, und dabei bildet sich in meinem Magen ein ganz mulmiges Gefühl. Was, wenn Emil mich auch auslöschen will?

»… was hältst du davon?« Emil grinst und wartet auf meine Reaktion. Verflixt, ich habe nicht zugehört.

»Fruchtbrumme«, wiederholt er. »Klingt das in deinen Ohren appetitlicher?«

»Ja«, sage ich lahm und bemühe mich um ein Lächeln.

»Leonie?«

»Mmh?«

»Ist alles okay? Du wirkst so abwesend.« Emils Stirn ist gerunzelt, und die Narbe an seiner Augenbraue lässt ihn grimmig dreinblicken. Er schaut sich um, aber noch sind keine Besucher da, die er bedienen müsste. Die Veranstaltung beginnt offiziell erst in einer halben Stunde. Als ich nicht antworte, flüstert er plötzlich: »Ich muss dir etwas sagen.« Er sieht nicht gerade glücklich dabei aus.

Mein Herz krampft sich spontan zusammen. O Gott, denke ich, jetzt wird er es mir beichten. Sofort bin ich hellwach. Meine Hände krallen sich an dem papiernen Tischtuch fest, das über den Biertisch gebreitet wurde, und mein Herz an dem letzten Funken Hoffnung.

»Was denn?«, krächze ich. Meine Kehle ist wie zugeschnürt, und am liebsten würde ich mir die Ohren zuhalten, weglaufen oder was auch immer. Nur nicht hören müssen, dass Emil mich angelogen hat und dass die Sache mit dem L-Wort nur ein dummer Fehler gewesen ist.

»Ich will ehrlich zu dir sein«, beginnt er. »Ich halte es für keine gute Idee, diese Smoothies zu verkaufen.«

Was? Was soll das heißen?

»Wie meinst du das? Heißt das, du willst hier auf dem Erdbeerfest keine Smoothies verkaufen? Oder du willst *mit mir* keine Smoothies verkaufen?«

»Nein.« Er seufzt leise. »Damit meine ich, ich will überhaupt und grundsätzlich keine Smoothies verkaufen. Weder allein noch mit dir zusammen. Ich halte das schlicht und einfach für eine Scheißidee.«

Eine Scheißidee?

Ich bin so perplex, dass ich nicht weiß, ob ich lachen oder weinen soll. Ich dachte, ich würde ihm dabei helfen können, etwas Neues aufzubauen. Für einen winzigen Moment hatte ich sogar die Vision, dass wir beide … also zusammen … dass wir diese Idee gemeinsam verwirklichen könnten. Ich dachte wirklich, das hätte was werden können. Mit uns. Aber jetzt wird mir immer klarer, dass ich mich da verrannt habe. Emil findet meine Idee blöd. Vor Scham prickelt mein Gesicht, und ich muss mich zwingen, nicht wegzusehen.

»A-aber wieso?«, stammle ich hilflos und fange Mirkos Blick auf, der zwischen uns beiden hin und her pendelt wie beim Tennis. Mirko grient.

»Komm mit«, sagt Emil und fasst mich am Arm. Er zieht mich aus der Reihe und über den Platz. Vorbei an den inzwischen herbeiströmenden Menschen, den kleinen Mädchen mit den süßen Häkelmützchen und den vielen Ständen mit Erdbeeren, Erdbeersaft, Erdbeerbowle, Erdbeerlikör, Erdbeersekt. Erdbeeren, Erdbeeren, Erdbeeren, verdammt!

Hinter dem großen Zelt bleibt Emil stehen. Hier sind wir völlig ungestört, nur die Musik dringt an mein Ohr. Musik, von der ich nie gedacht hätte, dass ich einmal freiwillig einen Ort aufsuchen würde, an dem diese gespielt wird. Ich meine, da drinnen tanzen sie gerade *Discofox*, das muss man sich mal vorstellen! Und was das Schlimmste ist: Ich würde jetzt auch gerne in diesem Zelt mit Emil tanzen. Sogar Discofox. Ich würde jetzt alles viel lieber tun, als dieses Gespräch mit ihm zu führen.

»Kannst du Discofox tanzen?«, frage ich ihn unvermittelt. Hoffentlich kann er die Panik in meiner Stimme nicht hören!

»Was?« Irritiert runzelt Emil die Stirn. »J-ja«, stammelt er. »Natürlich kann ich Discofox tanzen. Verdammt, wir sind hier auf dem Land! Jeder Junge vom Dorf lernt Discofox.«

»Puh«, mache ich. »Das ist ja toll, vielleicht können wir ja mal … also nicht gerade bei Helene Fischer, aber eventuell beim nächsten Lied …«

»Leonie«, unterbricht er mich. »Jetzt hör mir mal zu. Ich hätte dir das schon viel früher sagen sollen.« Und dann sagt er den Satz, vor dem ich mich am allermeisten gefürchtet habe:

»Ich habe dich angelogen.«

To-do

1. Keine Panik! Bloß nicht in Panik ausbrechen! Das ist bestimmt alles gar nicht so schlimm, wie es klingt.

KAPITEL 31

»Was soll das heißen, du hast mich angelogen?«, fahre ich ihn an. Ich kann spüren, wie die Panik in mir hochkocht. Und auch eine Wut. Die Wut auf ihn, weil er mich angelogen hat, und die Wut auf meine Mutter, weil sie offenbar recht gehabt hat. Ich bin ja so blöd!

»Ich habe nicht nur dich belogen«, gesteht Emil. »Eigentlich habe ich vielmehr mich selbst belogen.«

Jetzt wird er es mir sagen. Jetzt wird er mir gestehen, dass er sich geirrt hat und dass das mit dem Lieben-so-wie-du-bist vielleicht etwas voreilig war. »Ich weiß nicht, ob ich dir folgen kann«, sage ich steif. Doch innerlich bin ich kein bisschen steif. Innerlich bin ich eine weiche, wimmernde Masse, die wegzuschwimmen droht.

»Als ich gesagt habe, ich sei sehr gut darin, neu anzufangen, war das gelogen. Ich bin überhaupt nicht gut darin, neu anzufangen, und ich kann das alles, was passiert ist, nicht einfach so auf sich beruhen lassen.«

Ein untersetzter Mann kommt aus dem Zelt heraus und drängelt sich grob an uns vorbei. Ich warte, bis er außer Hörweite ist.

»Und deshalb willst du keine Smoothies verkaufen?« Warum nur habe ich das Gefühl, auf der Stelle zu treten?

In seinen Augen blitzt es auf. »Diese Idee ist nicht neu und nicht gerade originell.«

O Gott! Will er mir damit gerade sagen, dass *ich* eine Scheißidee hatte? Mein Gesicht fängt an zu brennen, bestimmt bin ich jetzt knallrot wie ein Radieschen.

»Wenn ich mich auf ein neues Projekt einlasse, dann muss ich einhundert Prozent dahinterstehen. Und ganz ehrlich, ich stehe nicht hinter Smoothie-Cocktails, nicht einmal zu fünfzig Prozent. Bevor du jetzt ausflippst, hör mir bitte zu.«

Wie kommt er darauf, dass ich ausflippen könnte? Wieso sollte ich verflucht noch mal AUSFLIPPEN? O Gott, mir wird schlecht.

»Kein Mensch wird diese Smoothie-Cocktails kaufen. Also mit kein Mensch meine ich vielmehr, kein *Mann*. Das ist einfach das totale Frauengetränk. Und nicht nur das: Es ist nicht nur ein Getränk für Frauen, sondern vor allem nicht für den Alltag. Wer trinkt denn bitte täglich alkoholische Smoothies?«

Na und?, denke ich. Dann machen wir eben etwas nur für Frauen und nur für die besonderen Tage. Wer redet denn davon, dass man unbedingt etwas für alle Menschen und alle Tage erfinden muss? Kann es nicht etwas Außergewöhnliches sein? Etwas für den *besonderen* Augenblick im Leben? Für die Nische?

Okay, verdammt, Emil hat recht. Groß denken!, rufe ich mir in Erinnerung. Wäre das hier ein Gespräch, das wir bei Cosmic Internet führen würden, dann stünde ich ganz sicher auf seiner Seite. Aber ich bin einfach nicht mehr fähig, mit Emil diese Art von Verhandlungen zu führen. Ich hole tief Luft und suche tief in mir drin nach der alten Leonie. Der Leonie, die diesem frechen Eifel-Idioten – Studium hin oder her – den Dreitagebart geputzt hätte. Aber Leonie Schiller 2.0 ist so was von nicht vorhanden, verflucht!

Das hat Emil doch mit Absicht gemacht! Das muss er

einfach mit Absicht gemacht haben! Er hat mich hier ein paar Tage lang eingelullt – zugegeben, auf sehr schöne Art eingelullt –, nur um mich dann außer Gefecht zu setzen.

Wie blöd kann man eigentlich sein?

Erneut hole ich tief Luft und hebe den Brustkorb. Wie ging noch mal meine »Victory«-Pose? War das irgendwas mit V-Haltung? Die Arme oder die Beine? Verflixt, ich habe es tatsächlich vergessen. Wie soll ich denn mit Emil verhandeln, wenn ich nicht einmal mehr weiß, wie ich mich mental in Verhandlungsstimmung bringe?

Ich seufze tief. Das hier ist ja überhaupt kein Verhandlungsgespräch. Und ich bin mir nicht einmal sicher, ob es wirklich nur um dieses Fruchtmus geht, sondern nicht vielmehr um etwas ganz anderes.

»Kann man nicht auch etwas für die *besonderen* Tage entwickeln?«, versuche ich es noch einmal. Denn das andere will ich einfach nicht so schnell aufgeben. »Für die *außergewöhnlichen* Tage?«

»Klar«, sagt er knapp. »Aber ich will das nicht. Ich will nichts für die besonderen Tage, verdammt. Ich will etwas für *alle* Tage, für den Alltag, kapiert?«

Reden wir jetzt immer noch über Smoothies? Vielmehr habe ich das Gefühl, dass er von mir spricht. Davon, dass ich diejenige bin, die nicht für alle Tage geeignet ist.

»Wenn ich etwas Neues anfange, dann will ich es richtig machen. So ganz richtig. Ich will nicht auf etwas aufbauen, was halbherzig ist, und ich sag dir ganz klar, diese Idee mit den Smoothies ist scheiße!«

Okay, ich glaube, ich hab's kapiert. Emil findet meine Idee mit den Smoothies scheiße, ist gebongt. Er muss das nicht ständig wiederholen.

Ich schäme mich entsetzlich. Das erste Mal bin ich diejenige, die eine Idee hat. Das erste Mal in meinem Leben will ich etwas selbst entwickeln und nicht bloß jemand anderem Starthilfe geben, und es geht in die Hose. Emil hält es für eine Scheißidee. Ich kann nicht fassen, dass er das wirklich zu mir gesagt hat. Und dann auch noch so oft. Als würde er mich für eine Idiotin halten, die es nicht gleich beim ersten Mal versteht. O Gott, wahrscheinlich hält er mich für genauso dämlich wie sein Bruder Benjamin. Worüber haben sie noch gelacht, als ich hinter dem Buchsbaum ihr Telefongespräch belauscht habe?

Kann nicht mal den Zettel in einem Glückskeks finden?

Mir wird innerlich ganz heiß. Und dass er sich nicht vorstellen kann, mit mir mehr als nur eine besondere Nacht zu verbringen, ist auch so was von offensichtlich. Er will etwas für *alle* Tage! Dieses Gespräch ist einfach nur entsetzlich, und ich kann nur beten, dass es so schnell wie möglich vorbei ist.

»Ich habe es ja verstanden«, flüstere ich. Von meinem Kampfgeist ist gar nichts mehr übrig, dafür aber noch ein Rest Stolz, der verhindert, dass ich mich vor Emil im Staub winde. »Du musst gar nichts mehr sagen, bitte.«

Das ist der Moment, in dem ich mir seit langem wieder einmal wünsche, so tough wie meine Mutter zu sein. Sie würde garantiert nicht kleinlaut werden wie ich und sich eine Abfuhr auch noch mehrmals erklären lassen. (»Leonie, wenn du ein Gespräch führst, dann musst du diejenige sein, die es auch beendet. Es liegt in deiner Macht.«)

Wenn sie an meiner Stelle wäre, dann würde sie sich das gar nicht erst anhören. Von einem Mann, der mich auch noch verklagt hat! Langsam rappelt sich auch die Empörung wieder auf. Emil hat mich doch tatsächlich auf Schadensersatz verklagt, das ist einfach unfassbar. Am liebsten würde ich ihm das an den Kopf werfen, aber dann würde ich mich selbst noch mehr demütigen.

»Leonie«, sagt er sanft und fasst mich am Arm. »Du bist nicht wirklich sauer deswegen, oder? Ich weiß, ich hätte dir das von Anfang an sagen sollen, aber du warst so begeistert, ich hab es nicht übers Herz gebracht.«

Nicht übers Herz gebracht? Heißt das, er hat auch noch Mitleid mit mir gehabt? Als ich sein betrübtes Gesicht sehe, glüht mein eigenes förmlich auf. Kann es eigentlich noch schlimmer kommen?, frage ich mich und kralle mich an meiner Handtasche fest. O ja, es kann!

Ich höre Tumult vor dem Zelt, und noch bevor ich die Stimme erkenne, weiß ich, dass es nur meine Mutter sein kann, die so viel Staub aufwirbelt. Wir fahren beide herum. Emil beißt die Zähne zusammen, er scheint auf der Hut zu sein. Ich hingegen bin das erste Mal in meinem Leben fast erleichtert, meine Mutter zu sehen. Auch wenn sie fuchsteufelswild ist – ihre Bluse ist ihr aus dem Rock gerutscht, und sie hinkt, als wäre sie in eine Prügelei verwickelt gewesen. Aber als sie auf uns zuhumpelt, erscheint sie mir wie eine Retterin.

»Mama …«, hauche ich.

»Endlich finde ich dich!« Auf ihren Wangen blühen hektische Flecken auf. Sie gestikuliert wild, und ich erkenne, dass sie einen Absatz ihres Pumps in der Hand hält. Das ist also der Grund, warum sie humpelt.

»Du kannst dir nicht vorstellen, was dieser junge Mann getan hat!«

Ich erwarte fast, dass sie sich auf Emil stürzt, und bin hin und her gerissen zwischen dem Wunsch, ihn zu verteidigen, und dem Bedürfnis, meine Frustration ebenso an ihm auszulassen. Aber sie spricht so hastig weiter, dass ich ihr kaum folgen kann.

»Sein Bruder …«, faucht sie schließlich und deutet mit ausgestrecktem Arm auf Emil, »… hat mich gerade ein Vermögen gekostet!«

Benjamin? Sie redet gar nicht von Emil? Ich bin verwirrt und werfe Emil einen fragenden Blick zu, auf den er schulterzuckend antwortet: »Keine Ahnung, worum es geht.«

»Das kann ich Ihnen genau erklären!« *Schnips, schnips.* Ihre Finger fliegen drohend durch die Luft. »Es mag hier bei Ihnen keine Rolle spielen, ob Sie Ihre Zeit vertrödeln, aber in meinem Business können *Minuten* zwischen Gewinn und Verlust entscheiden. Ich musste diese Papiere verkaufen, sofort! Und Ihr Bruder …«

Sie ist völlig atemlos. Es muss etwas ganz Schreckliches passiert sein. O Gott, ich ahne es! Benjamin hat sie ins Esszimmer eingesperrt. Oder er hat ihr das Video auf Instagram gezeigt. Ganz bestimmt hat er sie mit diesem Video in der Branche unmöglich gemacht, das wird ihm meine Mutter nie verzeihen.

»… er hat es gewagt …«, ihre Stimme ist ein einziges Keuchen, »… mir das WLAN abzustellen.«

»Er hat was?«

Ich bin genauso entgeistert wie Emil und starre meine Mutter mit offenem Mund an.

»Es ist so entsetzlich, ich bringe es kaum über die Lippen«, krächzt sie. »So eine Unverfrorenheit ist mir noch nie untergekommen. Dieser Bauernlümmel hat mir einfach die Verbindung abgeschnitten. Er hat das Internet *abgestellt*. Meine Lebensader! Bis ich meine Assistentin erreicht habe, war der Kurs bereits so weit abgefallen, dass wir nur mit Verlust verkaufen konnten. Ein ganzes Monatsgehalt, das ist verheerend!«

Auweia. Sie hat ja so recht, das ist schrecklich. Aber warum steigt dann trotzdem dieses Blubbern in meiner Kehle auf? Es fühlt sich fast an, als müsse ich lachen. O Gott, Leonie, du kannst jetzt unmöglich lachen. Du kannst doch nicht deine Mutter – Hannelore Schiller, die Nr. 2 der erfolgreichsten Investmentbanker – einfach so auslachen! Hastig schlage ich mir die Hand vor den Mund und gebe ein unterdrücktes Keuchen von mir.

»Schlimm«, presse ich hervor. »Ganz schlimm.«

Emil sagt keinen Ton. Und auch als meine Mutter nach meinem Arm greift und mich mit sich zieht, bleibt er stumm.

»Höchste Zeit, dass wir diese Einöde hier verlassen. Komm, Leonie!« Sie schnauft, während sie in der Tasche nach ihrem Autoschlüssel fingert und den abgebrochenen Absatz hineingleiten lässt. »Ich kann dir gar nicht sagen, wie ich mich darauf freue, wieder in die Zivilisation zurückzukehren. Wir beide freuen uns darauf, wieder im echten Leben anzukommen, nicht wahr?«

Langsam setze ich mich in Bewegung. Doch innerlich klebe ich immer noch an Emil fest, dessen Narbe an der Augenbraue fast nicht zu erkennen ist, so stark hat er die Stirn gerunzelt.

»In die Zivilisation«, wiederholt er stoisch.

Kann er nicht etwas mehr sagen? Etwas, das sich nach *»Mein Baby gehört zu mir!«* anhört oder so? Etwas, was mir verrät, dass er vielleicht gar nicht will, dass ich fortgehe? Sag doch was, verdammt! Begreift er denn nicht, dass ich im Begriff bin, jetzt zu gehen?

»Dann gehe ich wohl jetzt.« Es hört sich an wie eine Frage, und ich muss mich direkt zwingen, die Füße voreinanderzusetzen. Leonie, mach dich nicht lächerlich! Ich sollte aufhören, ihn anzustarren, als würde ich darauf warten, dass er mich zurückhält.

»Tschüs«, stammle ich hilflos. Da kommt mir in den Sinn, dass ich ihm vielleicht Glück wünschen sollte, damit er nicht denkt, ich habe mir mehr versprochen. »Ich hoffe, du findest bald etwas Neues. Etwas für … alle Tage.«

Wenn du jetzt heulst, Leonie, rede ich nie wieder ein Wort mit dir!

KAPITEL 32

Ich heule nicht und fühle mich unendlich tapfer. Tapfer, aber doch wie eine Vollidiotin. Mit einem Piepton öffnet sich die Zentralverriegelung von Mamas Mercedes. Immer wieder drehe ich mich um, kann aber nicht erkennen, ob uns jemand folgt. Warum sollte Emil mir auch hinterherlaufen, das wäre doch albern. Bestimmt ist er froh, mich endlich los zu sein. Das hat er schließlich von Anfang an so gewollt. Ich schrumple so klein auf dem Beifahrersitz zusammen, als wolle ich in die Ritze kriechen. Als wir aus der Parklücke fahren, fällt mir der zerbeulte Fiat ins Auge, dessen Fenster heruntergekurbelt sind und der mit gesetztem Blinker so wirkt, als würde er nur kurz einen Insassen ausspucken wollen.

Ist das nicht Patrycjas Auto?

Ich verrenke mir fast den Hals, dann erkenne ich das knutschende Pärchen darin. Unglaublich. Mirko hat es tatsächlich geschafft, ich kann es nicht glauben. Wie schön … für ihn.

»Pass nur auf, dass du das Leder nicht verschmutzt«, weist Mama mich zurecht, und dabei wirft sie einen skeptischen Blick auf meine Turnschuhe. Eine Erinnerung drängt sich in mir hoch: Sie hat mit Pumps und einem Erdbeerfeld zu tun, aber ich will auf keinen Fall daran denken und dränge sie beiseite.

Wir haben das Ortsschild noch nicht passiert, da fängt meine Mutter auch schon an zu schimpfen. Über diesen Ort hier, die Bauernlümmel und das Landleben im Allgemeinen. Sie tritt auf das Gaspedal, und ich umfasse den Türgriff, während der Fahrtwind mir an den Haaren reißt. Meine Arme sind tatsächlich muskulös geworden, stelle ich fest. Und braungebrannt.

»War ich eigentlich jemals schon so braun?«, frage ich meine Mutter unvermittelt und hebe den Arm an, um ihr meinen Teint vorzuführen.

»Ich hoffe nicht«, blafft Mama und schnippt sich mit einer Handbewegung das Haar über die Schulter zurück, das der Wind nach vorne gewirbelt hat. »Braungebrannt zu sein, ist ein deutliches Zeichen, dass man zu viel Freizeit hat. Als ob man im Business Zeit dafür hätte, sich in der Sonne zu aalen. Also wirklich.« Sie schnalzt missbilligend mit der Zunge.

Damit hat sie wohl recht. Andererseits – ich hatte bisher überhaupt kein Privatleben. Ist es nicht ebenso ein Armutszeugnis, blass und farblos zu sein, als wäre man sein ganzes Leben wie eine Laborratte eingesperrt gewesen?

Ich hangele nach dem Radioknopf und stelle die Musik an. Was würde ich dafür geben, jetzt etwas aus Emils *Chill-out Lounge* zu hören, aber meine Mutter hat einen Klassiksender eingestellt. Andererseits – wenn sie nun dieses Lied von Max + Johann spielten, würde ich vermutlich doch heulen.

Wenn meine Mutter nur nicht so schnell fahren würde! Man kann die Landschaft kein bisschen genießen, wenn man so über die Landstraße rast. Oder durchs Leben.

Mit jedem Meter, den wir uns entfernen, wird mir das Herz schwerer, und ich fange an zu blinzeln. Was erwartet mich denn zu Hause außer einem Briefkasten voller Rechnungen und Post vom Anwalt, weil Emil mich verklagt hat? So richtig kann ich es immer noch nicht glauben. Als ich schniefe, wirft mir meine Mutter einen bösen Blick zu, und ich schiebe meine tränenden Augen auf den Fahrtwind. Nachdenklich ziehe ich mir die Tasche auf den Schoß und wühle nach meinem Handy. Vielleicht sollte ich doch mal Marc zurückrufen und ihn nach seinen Neuigkeiten fragen. Vielleicht gibt es doch noch einen Weg in mein altes Leben zurück, nun, nachdem Brockmann ausgeschieden ist. Ich bin mir fast sicher, dass er es war, der mich unbedingt loswerden wollte. Daniel hätte womöglich noch mit sich reden lassen.

»Keine Sorge, Leonie«, raunt meine Mutter mir zu. »Ich habe den besten Anwalt engagiert, er wird dir deinen Job schneller zurückholen, als du Cosmic Internet sagen kannst.« Das Automatikgetriebe röhrt auf, als sie den Fuß kurz vom Gas nimmt, um dann voll durchzutreten. »Oder sie müssen dir eine Abfindung zahlen, die ihnen die Tränen in die Augen treibt. Und das kommt dann bestimmt nicht vom Fahrtwind.«

Ich beiße mir auf die Lippe, meine Mutter lässt sich wohl nicht so leicht täuschen. Um mich abzulenken, rufe ich die SMS-Nachrichten auf und zucke zusammen.

»Ich glaube, das ist gar nicht mehr nötig«, beginne ich mit zitternder Stimme. »Das mit dem Anwalt, meine ich.« Ungläubig stiere ich auf mein Handydisplay, wo mir eine Nachricht von meinem ehemaligen Chef angezeigt wird.

Daniel Herbst:
Bevor du nein sagst, hör dir erst unser Angebot an. Wie klingt der Titel Group Managing Director für dich?:-)

Daniel Herbst hat mir ein Smiley geschickt. Das ist ein Schock, den ich erst einmal verdauen muss. Ein Smiley. Von unserem CEO. Das ist noch überraschender als dieser Job, den er mir offenbar gerade anbietet. O mein Gott, Daniel bietet mir einen neuen Job an! Warum? Und was bedeutet *Group Managing Director*? Mit diesen bescheuerten Namen habe ich noch nie etwas anfangen können, ganz ehrlich! Mir wurde mal ein Mann als *Facility Manager* vorgestellt, und nachher hat sich herausgestellt, dass es bloß unser Hausmeister ist. Warum zum Teufel sagt man dann nicht einfach Hausmeister? Und was bedeutet dieses Jobangebot? Heißt das, ich soll ganz allein für die Produktentwicklung und die Ressourcen verantwortlich sein? Soll ich etwa tatsächlich *befördert* werden?

Ich schnappe überrascht nach Luft, als das Auto einen Schlenker macht und meine Mutter auf die Bremse steigt, weil wir uns langsam einer Kreuzung nähern.

»Ich glaube, ich bin wieder eingestellt worden«, flüstere ich und traue meiner eigenen Stimme nicht.

»Hah!« Mit diesem triumphierenden Ausruf setzt meine Mutter den Blinker und biegt rechts ab. »Es war nur eine Frage der Zeit, bis sich die Sache aufklärt. Eine Schiller können sie nicht einfach so abservieren. Aber es kann nicht sein, dass sie dich wieder einstellen, ohne dass eine Entschädigung fällig wird. Unser Name wurde schließlich verunglimpft. *Schillern* – ich bitte dich! Sie müssen eine Pressekonferenz abhalten, um das wieder geradezurücken. Ich will, dass das lückenlos aufgeklärt wird.«

Ich nicke stumm, während meine Mutter weiter plant, was Cosmic Internet alles tun muss, um zu Kreuze zu kriechen. Ich schalte mein Handy wieder aus. Ich verstehe noch immer nicht, was da genau passiert ist. Wieso bin ich auf einmal rehabilitiert und soll wieder eingestellt werden? Sogar befördert. Wurde mir nicht gerade erst der Firmenwagen abgenommen und als gestohlen gemeldet? Und jetzt bekomme ich einfach so mein altes Leben zurück. Upgegradet sogar. Ist das nicht genau das, was ich wollte? Wieder bei Cosmic Internet arbeiten? Wieder junge, erfolgversprechende Start-ups fördern und Ideen entwickeln? Ich liebe diesen Job, habe ihn schon immer geliebt! Komisch, dass sich gar kein wirkliches Hochgefühl in mir ausbreiten will. Ich versuche mir in Erinnerung zu rufen, wie es sich angefühlt hat, über den Büroflur zu laufen, während ich meine E-Mails gelesen habe und an meinem Handgelenk die Sprachnachrichten eingetrudelt sind. Wie euphorisch ich war, wenn ich einen Deal abgeschlossen habe oder unsere Ressourcen für eine junge Firma einsetzen konnte.

Doch dann fällt mir ein, dass ich keine einzige lebende Pflanze in meiner kahlen, weißen Wohnung beherberge, und Emils Garten blitzt in meinem Kopf auf. Ich sehe das Licht in der Abendsonne flirren und rieche den Lavendel, als würde ich in diesem Augenblick mit den Händen über die Blütenköpfe streichen. Und ich schmecke etwas Salzig-Süßes auf meiner Zunge, die Mieze Schindler und Emils Daumen … Schnell schüttele ich den Kopf. Ich brauche gar keine Pflanzen zu Hause. Wer soll die denn gießen, wenn ich nie daheim bin? Olga?

Der Gedanke an Olga lässt mich lächeln. Olga würde mir vermutlich raten, ich solle lieber wieder Zeit verbummeln, weil ich zu gestresst bin. Dabei bin ich überhaupt nicht gestresst. Wachsam horche ich in mich hinein. Wenn ich es recht bedenke, habe ich in den vergangenen Tagen so gut wie nie Zeit verplempert. Ich hatte immer etwas zu tun, hatte Muskelkater von der Arbeit als Erntehelferin, trotzdem fühle ich mich so erholt wie nie zuvor. Erstaunlich. Ich sollte öfter mal Auszeiten auf dem Land einplanen. Okay, da ich niemals Urlaub mache, könnte das etwas schwierig werden, aber vielleicht gibt es ja die Möglichkeit, ab und zu durch einen Park zu spazieren. Nach den 18 Stunden Arbeit, meine ich.

Auweia.

Oder ich könnte mir ein Gemüseabo bestellen. Oder eine App auf mein Handy laden mit Bauernhofgeräuschen.

Oje.

Ob Daniel mir anmerken wird, dass ich in den letzten Tagen ganz und gar nicht vegan gelebt habe, wie es bei Cosmic Internet üblich ist? Immerhin habe ich nicht ein einziges Mal von Currywurst geträumt, das muss doch auch etwas wert sein.

Meine Mutter redet immer weiter auf mich ein. Ich habe nichts davon wirklich mitbekommen, erst als ich etwas von »optimieren« vernehme, rüttelt mich das wach, und ich spitze die Ohren.

»… noch härter an dir arbeiten«, sagt sie mit Nachdruck und schlägt mit dem Handballen auf das Lenkrad. »Sonst kommst du nie in den Vorstand. Du musst noch viel dazulernen, Leonie, dich selbst optimieren und in das nächste Level befördern.«

Ich zucke zusammen.

»… und schließlich willst du doch in deinem Leben auch einmal ein Eckbüro bekommen.« *Schnips, schnips.* »Das erreichst du nicht, wenn du so weitermachst wie bisher. Wenn du nur hart genug arbeitest, kommt das Glück irgendwann von ganz allein nach. Sieh mich an!« Sie wirft ihr Haar zurück und lacht auf.

Ich runzle die Stirn, denn ich habe nicht den Eindruck, dass meine Mutter besonders glücklich wäre. Und allein der Gedanke daran, mich weiter zu optimieren, verursacht mir Übelkeit.

Mit der flachen Hand schlage ich mir gegen die Stirn. Ich bin ja so ein Idiot! Was tue ich hier eigentlich? Ist es wirklich das, was ich will? In mein altes, fremdbestimmtes Leben zurück? Mein Roboterleben, wie Emil es genannt hat? Und wie kommt es, dass Daniel mir überhaupt so überraschend mein altes Roboterleben wieder anbietet? Hektisch krame ich nach meinem Handy und warte ungeduldig, dass sich das Mistding wieder hochfährt. Ich kann nicht glauben, dass ich es komplett ausgestellt habe, als würde ich es gar nicht mehr brauchen. So etwas wäre mir noch vor einer Woche niemals passiert.

Als ich endlich die Nachricht tippen kann, zittern meine Finger wie verrückt. *Woher der Sinneswandel?*, schreibe ich an Daniel, und es ist mir völlig egal, dass es ziemlich unfreundlich klingen muss. Es dauert auch keine Minute, da erhalte ich die Antwort.

Daniel Herbst:
Das gehört zum Paket.

Paket? Was für ein Paket, verdammt?
Es tutet erneut.

Daniel Herbst:
Haben wir mit dem Inhaber von SubSox ausgehandelt. Anbei der Link zu den Konditionen. Wir freuen uns darauf, dich wieder in die Cosmic-Internet-Familie aufnehmen zu dürfen.

Cosmic-Internet-Familie? Ich glaube, ich spinne. Familie? Hat Daniel überhaupt eine Ahnung, was er da sagt? Wenn ich das Tante Ellen erzähle! Sie wird sich kaputtlachen, überlege ich mit einem Grinsen auf den Lippen. Dann fällt mir ein, dass Tante Ellen ja gar nicht meine Tante ist und ich ihr das wahrscheinlich nie werde erzählen können, und das Herz wird mir schwer. Und was bitte soll das überhaupt heißen? *Haben wir mit dem Inhaber von SubSox ausgehandelt.*

Ich stehe völlig auf dem Schlauch. Nur eines weiß ich plötzlich ganz genau …

»Mama«, flüstere ich schwach. »Was ist, wenn ich gar nicht so weitermachen möchte wie bisher?«

Meine Mutter geht nicht einmal vom Gas, sondern schüttelt nur den Kopf und stößt ein Schnauben aus. »Unsinn, Leonie. Natürlich willst du das.«

»Und wenn nicht?«, hake ich nach. Ich muss daran denken, was Emil zu mir gesagt hat, als wir zusammen auf der Wiese gelegen und Zeit verbummelt haben. Er hat mir gesagt, dass es kein nächstes Level gibt, das ich unbedingt erreichen müsse.

Woher willst du wissen, dass dein Leben wirklich besser wird, wenn du selbst in allem immer besser wirst? Willst du nicht so geliebt werden, wie du bist?

Und ob ich das will! Ich will es sogar mehr denn je.

Ich hole tief Luft und stupse meine Mutter an die Schulter. »Halt bitte an!«

»Wie bitte? Du glaubst doch nicht, dass wir jetzt eine Rast machen können? Leonie, ich muss dich noch in Köln abliefern und anschließend nach Frankfurt. Ich habe wirklich keine Zeit zu verschenken …«

»Halt sofort an und lass mich aussteigen.«

»Auf keinen Fall! Denk bloß nicht, ich lass dich noch einmal eine solche Dummheit begehen. Du kannst froh sein, dass Cosmic Internet zur Vernunft gekommen ist und dich zurücknimmt. Warte nur ab, sobald du wieder in deinem gewohnten Umfeld bist, wirst du schon klar sehen. Dann wirst du mir dankbar sein, dass ich dich nicht in dieser Wildnis …«

»Ich glaube, mir wird schlecht«, stoße ich abrupt hervor. »Wenn du nicht sofort anhältst, dann muss ich mich bestimmt übergeben. Hier im Auto. Auf diesen Sitz. Ist das Kalbsleder? O Gott, ich spüre schon, wie es mir hochsteigt.« Mit einem Stöhnen halte ich mir die Hand vor den Mund.

Im nächsten Moment macht meine Mutter eine Vollbremsung.

KAPITEL 33

»Dir ist gar nicht übel«, stellt meine Mutter fest, als ich die Autotür aufreiße und beschwingt aussteige.

»Es tut mir leid, Mama.« Ich weiß gar nicht, was ich ihr sagen soll. Ich kann ihr doch schlecht gestehen, dass ich nicht so leben will wie sie, oder? Dass ich das Gefühl habe, etwas zu verpassen, was nie wiederkommen wird. Ich bin schließlich nur einmal jung. Nein, das kann ich ihr unmöglich auf den Kopf zusagen.

Ich laufe zur Fahrerseite und drücke ihre Hand, die stur das Lenkrad festhält. »Ich hab dich lieb«, raune ich und gebe ihr schnell einen Kuss auf die Wange, bevor sie zurückweichen kann. Sie ist so überrascht, dass sie nur ein »Oh« von sich gibt.

»Aber jetzt muss ich zurück zu Emil.«

»Warte!«, ruft sie aus, als ich mich schon weggedreht habe. Ich habe Angst vor einer Standpauke und davor, dass sie mich doch noch zu überreden versucht, aber meine Mutter seufzt nur. Sie wirft einen Blick auf ihre goldene Armbanduhr. »Ich könnte dich zurückfahren.«

Wow. Das ist mit Abstand das Netteste, was meine Mutter mir jemals angeboten hat. Sie springt über ihren eigenen Schatten. Ich bin überrascht und auch gerührt, trotzdem schüttele ich schnell den Kopf. »Ich laufe lieber.«

Und das meine ich ernst. Nur Sekunden später höre ich den Motor hinter mir aufheulen und fange an zu lächeln, als ich meiner Mutter zum Abschied winke.

Es macht mir nichts aus zu laufen. Aber Gott sei Dank habe ich Turnschuhe an und keine Pumps. Leider sind wir doch viel weiter gefahren, als ich angenommen hatte, und nach der ersten Viertelstunde könnte ich mich schon selbst dafür verfluchen, das Angebot meiner Mutter ausgeschlagen zu haben. Jetzt, wo mir kein Fahrtwind mehr ins Gesicht bläst, merke ich erst, wie heiß es immer noch ist, und ich habe nichts zu trinken dabei. Außerdem habe ich keine Ahnung, wie spät es ist, will aber auch nicht auf meinem Handy nachsehen. Mein Gott, Leonie, du wirst es ja wohl aushalten, ein paar hundert Meter zu laufen, ohne die Uhrzeit zu wissen!

Andererseits – wer weiß, wie weit ich von Weißnich entfernt bin? Nachher verlaufe ich mich noch. Besser, ich schalte das Navi ein. Und im nächsten Moment habe ich das Handy, schwups, schon aus der Tasche gezogen und tippe *Weißnich* in die Suchleiste.

Acht Kilometer? Im Ernst?

Verflixt.

Wieso ist hier eigentlich so wenig Verkehr? Es lohnt sich nicht mal, den Daumen rauszuhalten, weil ohnehin kein Auto vorbeikommt. Und selbst das dahinten kommt aus der falschen Richtung, überlege ich missmutig und starre auf den grünen Fleck, der langsam näher kommt. Vielleicht sollte ich das Auto anhalten und versuchen, den Fahrer zu bestechen. So schlimm ist ein kleiner Umweg für ihn bestimmt nicht. Blöderweise habe ich aber gar kein Bargeld mehr. Ob ich ihm meine Apple Watch dafür andrehen kann? Immerhin ist das Band aus echtem Leder. Er muss nur etwas finden, um das Scheißding aufzuladen. Zweimal am Tag.

Lustigerweise sieht das Fahrzeug Heinz' Traktor immer ähnlicher, je näher es kommt. Wenn ich nicht wüsste, dass

Heinz auf dem Erdbeerfest ist und vermutlich gerade seine Stimme im Erdbeerkomitee abgibt, könnte ich schwören, dass …

Es ist Heinz' Traktor, jetzt bin ich mir hundertprozentig sicher. Aber der Fahrer sieht ihm kein bisschen ähnlich, und er kratzt sich auch nicht. Dafür wischt er sich mit dem Unterarm den Schweiß von der Stirn und sieht mit der Narbe an der rechten Augenbraue ein wenig grimmig aus.

Mein Herz hüpft wie ein Pingpongball durch meine Brust. Was machte Emil denn hier? Wir sind acht Kilometer von Weißnich und Tante Ellens Erdbeerfeldern entfernt, und es gibt überhaupt keinen Grund für ihn, hier zu sein. Für mich allerdings auch nicht. Soll ich besser die Straßenseite wechseln? Aber in Deutschland muss man auf Landstraßen immer links gehen, überlege ich und frage mich gleichzeitig, warum ich über einen solchen Schwachsinn nachdenke. Ich starre auf den Boden, bis der Traktor nur noch wenige Meter entfernt ist. Emil verlangsamt das Tempo, der Traktor ruckelt, dann bleibt er plötzlich stehen.

»Was … was machst du denn hier?«, frage ich Emil nicht gerade freundlich. Ich bin schrecklich nervös, und mein Herz hängt mir inzwischen irgendwo in den Kniekehlen.

Emil guckt starr nach vorne. »Ich fahre nach Köln.«

Nach Köln? Mit Heinz' Traktor? Spinnt der? Damit ist er bestimmt eine ganze Woche unterwegs! »Wirklich?«, frage ich ungläubig.

»Okay«, gibt Emil zähneknirschend zu. »Das war nicht so ganz durchdacht. Ich bin ziemlich spontan losgefahren. Ich hätte besser den Laster nehmen sollen. Kann ich dich trotzdem ein Stück mitnehmen?«

In seinem Mundwinkel taucht der kleine Halbmond auf

und lässt mir die Knie weich werden. Aber ich schüttele den Kopf. »Nein danke, ich muss leider in die andere Richtung.« Mit dem Kinn deute ich die Straße entlang. »Nach Weißnich. Aber wenn es dir nichts ausmacht, einen kleinen Umweg zu fahren … Ich kann dich auch bezahlen«, biete ich hastig an, als Emil mich irritiert anguckt.

»Du schuldest mir eh noch eine ganze Menge«, sagt er und wiegt den Kopf hin und her. »Aber okay, hüpf rauf.«

Emil steht auf und streckt mir die Hand entgegen. Ich habe den rechten Fuß noch nicht ganz auf die Stufe gestellt, als ich auch schon hochgezogen werde und an Emils Brustkorb lande. Leider lässt er mich sofort wieder los, setzt sich wieder und startet den Motor.

Emil wendet den Traktor mitten auf der Fahrbahn und tuckert gemächlich los.

»Ich muss dich unbedingt etwas fragen!« Um mich über die Lautstärke des Traktors verständlich zu machen, muss ich fast brüllen. Und dann sehe ich Emil auch nur im Profil und kann außer einem leichten Nicken keine Regung erkennen.

»Du hast vorhin gesagt, du kannst das alles, was passiert ist, nicht einfach so auf sich beruhen lassen«, rekapituliere ich. »Ist das der Grund, warum du mich nun doch verklagt hast?«

»Was habe ich?« Emil starrt auf die Fahrbahn und kneift die Augen zusammen, weil die Sonne ihn blendet.

»Mich verklagt«, schreie ich und rutsche im nächsten Augenblick fast vom Notsitz hinunter, weil Emil abrupt die Kupplung durchtritt. Mit einer schnellen Drehung hat der den Schlüssel abgezogen, und der Motor verstummt.

Seine Augenbrauen gehen in die Höhe. »Ich habe bitte was?«

In der plötzlichen Stille erscheint mir seine Stimme ganz

fremd, und ich werde unsicher. »Mich … verklagt. Du hast mich doch verklagt, oder? Meine Mutter hat gesagt, dass die beiden Sockenverkäufer – damit meinte sie wohl dich und Benjamin – mich auf Schadensersatz verklagt haben. Und meine Mutter weiß nicht einmal, dass du einer von diesen beiden Sockenverkäufern bist.«

Jetzt dreht Emil sich vollständig auf dem Sitz zu mir herum und schaut mich fassungslos an.

»Sollen wir nicht besser weiterfahren?«, frage ich hastig. »Ist vielleicht sicherer, wenn wir nicht mitten hier auf der Straße …« Meine Stimme erstirbt.

»Natürlich weiß deine Mutter, dass ich der Gründer von SubSox bin«, widerspricht er mir und schüttelt ungläubig den Kopf. »Denkst du, ich hätte mich heute Morgen nicht mit ihr unterhalten? Was glaubst du, warum sie mich so herablassend behandelt hat? Sie wollte mich dafür büßen lassen, dass du an SubSox gescheitert bist.«

Ist das sein Ernst? »Das glaube ich nicht«, sage ich, stelle dann aber fest … ich glaube es doch. Und ganz plötzlich rollt eine Welle der Zuneigung über mich hinweg. Meine Mutter ist nicht nur eben über ihren Schatten gesprungen, als sie mich zu Emil zurückfahren wollte, sie wollte mich auch heute Morgen bloß verteidigen. Sie wollte meine Niederlage rächen. Zugegeben auf eine eher unkonventionelle Art, aber sie hat sich offenbar nur aus Liebe zu mir Emil gegenüber so fies verhalten.

»Sie hat mich nur verteidigen wollen«, wiederhole ich laut, bloß um es selbst zu hören. »Gegen einen Sockenverkäufer.«

An Emils Hals fängt eine Ader an zu pochen. »Nenn mich nicht Sockenverkäufer!«

»Und warum nicht? In diesem Moment bricht die ganze Anspannung der letzten Stunden aus mir heraus. Es hat mich verletzt, dass Emil von meiner Idee mit den Smoothies nicht ebenso begeistert gewesen ist wie ich. Und es hat mich verletzt, dass er denkt, ich sei keine Frau für alle Tage. »Du bist doch ein Sockenverkäufer, oder?«, fauche ich ihn an. »Sockenverkäufer, Sockenverkäufer, Sockenverkäufer!«

»Hör auf damit!«

Oho, jetzt sieht Emil wirklich wütend aus. Ich bekomme tatsächlich ein wenig Angst vor ihm. Andererseits – und das ist mir wirklich peinlich –, ich kann einfach nicht aus meiner Haut. Wütend stemme ich die Hände in die Hüften und recke das Kinn in die Höhe, was gar nicht so leicht ist, wenn man ziemlich unbequem auf einem Traktor-Notsitz hockt.

»Du Sockenverkäufer!«

Im nächsten Moment spüre ich einen Ruck, als Emils Arme mich packen und an sich reißen. Ich lande auf seinem Schoß und schnappe nach Luft, da umfasst er auch schon meinen Hinterkopf und presst seine Lippen auf meine. Oh, wow! Ich schlinge beide Arme um Emils Hals und klammere mich an ihn. Seine Finger fahren mir ins Haar, und sein Bart kratzt mir im Gesicht, so dass meine Lippen sich bereits nach wenigen Augenblicken wund anfühlen. Seine Zunge stößt mir in den Mund, und sie schmeckt so wunderbar nach Emil, dass ich ein Seufzen von mir gebe.

Das muss ich mir unbedingt merken. Wenn ich Lust auf eine hemmungslose Knutscherei habe, muss ich ihn bloß als Sockenverkäufer titulieren. Das ist ja einfach.

»Emil«, keuche ich und klopfe ihm auf den Oberarm.

»Hm?« Er hat die Augen geschlossen. Sein Kuss ist jetzt so zärtlich, dass mir die Tränen in die Augen schießen. Wenn er nicht sofort damit aufhört, heule ich. Schnell schiebe ich ihn ein Stück von mir weg.

»Also stimmt es?«

Emil blinzelt. »Was stimmt?«

»Dass du mich verklagt hast?«

»Natürlich habe ich dich *nicht* verklagt. Ich habe Brockmann verklagt.«

»Du hast Brockmann verklagt? Du hast *Brockmann* verklagt?« Ich kann nicht glauben, was ich da höre. »Du hast ein Vorstandsmitglied von Cosmic Internet verklagt? Aber … wieso …«

»… hast du Brockmann verklagt?«, beendet er meine lächerliche Stammelei. Der Halbmond an Emils Mundwinkel wird deutlich sichtbar, und um seine Augen bilden sich ein paar Fältchen. »Weil Richard Brockmann, liebe Leonie Schiller, von deinem Computer aus SubSox geklont hat. Und er hat auch die anderen Internetadressen gekauft, um jede Expansion im Keim zu ersticken.«

»Woher weißt du das?«

»Ich habe es … recherchiert.« Emil sieht aus, als wäre er ziemlich stolz auf sich, und das ist völlig okay. Ich bin auch ziemlich stolz auf ihn.

»Dann hat er das nur gemacht, um Cosmic Internet mit einem Skandal zu schwächen«, überlege ich laut. »Damit sie ihren Börsengang verschieben, vermutlich.«

Emil nickt. »Davon gehe ich auch aus. Brockmann ist inzwischen zu einem direkten Konkurrenten von euch gewechselt, zu *UnityBase*. Und *UnityBase* hat seinen Börsengang vorgezogen. Da war eine Menge Geld im Spiel und Cosmic Internet hat nicht wenig verloren.«

Vor meinem inneren Auge ploppen die ganzen Internetseiten auf, die Emil auf seinem Laptop geöffnet hatte, und mir wird ganz flau. »O Emil, es ist mir so peinlich, dass sie aus meinem Namen ein geflügeltes Wort gemacht haben«, gestehe ich ihm. »Jeder Idiot kennt jetzt meinen Namen.«

»Ich weiß.« Emil seufzt. »Ich habe das schon gestern gesehen.«

»Und warum hast du mir das nicht gesagt?«

»Weil ich schwer davon ausgegangen bin, dass es dir peinlich sein wird«, sagt er. »Ich wollte nur nicht, dass du dich schlecht fühlst.«

Ich umfasse Emils Gesicht und streiche ihm endlich diese wirren Augenbrauen glatt, wie ich es die ganze Zeit schon tun wollte.

»Dieser Brockmann«, ärgere ich mich. »Dann war ich nur ein blödes Bauernopfer. Brockmann hat mich einfach hopsgehen lassen, um diesen Skandal zu provozieren.«

»Nicht dich«, verbessert Emil. »Uns.«

In mir kocht der ganze Ärger wieder hoch, diese Ungerechtigkeit, und ich muss mich räuspern. »Er hat dein Unternehmen ruiniert.«

»Und deshalb bin ich kein Sockenverkäufer mehr.« Emil grinst und sagt: »Aber ich hole mir alles zurück, Leonie! Und dann fange ich etwas Neues an. Etwas, hinter dem ich zu einhundert Prozent stehen kann.«

»Ich dachte, du bist nicht so gut darin, neu anzufangen?«

»Na ja«, sagt er. »Ich muss es ja nicht allein machen.«

Er fängt sogar schon in diesem Moment etwas Neues an. Er fängt nämlich an, mich wieder zu küssen. Und ich könnte einfach ewig hier mit ihm auf diesem alten Traktor mitten auf der Landstraße sitzen.

»Wie kommt es, dass Cosmic Internet mir ein neues Jobangebot gemacht hat?«, will ich von ihm wissen, als er sich von mir löst. »Steckst du dahinter? Daniel hat mir eine kryptische Nachricht geschickt, dass es zu irgendeinem *Paket* dazugehört. Hast du etwa mit ihm verhandelt?«

Emil nickt. »Das war Teil unseres Deals. Ich erhalte eine Entschädigung in Form einer finanziellen Förderung plus der Benutzung aller Ressourcen von Cosmic Internet zum Aufbau eines neuen eCommerce-Unternehmens. Außerdem muss ich gegenüber der Presse Stillschweigen bewahren. Und du bekommst deinen Job zurück.«

»Er hat mich befördert«, platzt es aus mir heraus.

»Du wolltest es doch unbedingt. Ich war mir supersicher, dass du sofort wieder bei *Cosmic* einsteigen würdest, wenn du die Chance dazu bekommst. Du hast diesen Job geliebt.«

Ich werde rot und winke ab. »Ach, das war doch nur ein Job. Ich bin mir gar nicht so sicher, ob ich überhaupt noch dafür geeignet bin. Cosmic Internet ist wirklich nichts für alle Tage«, gebe ich zu bedenken.

Auf einmal spüre ich Emils Hände, die meine Hüften umfassen, und den Druck seiner Finger auf meinem Körper. Er vergräbt seine Nase in meinem Haar und seufzt. »Ich habe das ernst gemeint, Leonie. Wenn ich etwas Neues anfange, dann will ich es richtig machen. So ganz richtig. Ich will nicht auf etwas aufbauen, was halbherzig ist, ich will dich nicht für die besonderen Tage. Ich will dich für *alle* Tage.«

In meiner Kehle bildet sich ein dicker Kloß, der sich nicht runterschlucken lässt, und meine Beine fühlen sich an wie Wackelpudding. »Okay«, krächze ich. »Damit bin ich im Prinzip einverstanden. Aber …« Ich halte inne. »Kann ich die Nächte bitte mit dazunehmen?«

Emil lacht leise, und ich bin ganz hingerissen von diesem Grübchen, das sich in diesem Augenblick wieder in seinen Mundwinkel schleicht.

Als wir irgendwann wieder losfahren, befürchte ich zu platzen, so viele Gefühle haben sich in mir angestaut. Wahrscheinlich sehe ich furchtbar dämlich aus mit diesem seligen Grinsen auf dem Gesicht. So als hätte ich mindestens schon tausend Kraniche in meinem Leben gefaltet. Das beruhigt sich erst, als wir in den Ort fahren und am Kirchplatz ankommen.

Ich kann die Musik schon von weitem hören und will unbedingt noch an diesem Abend herausfinden, ob Emil geblufft hat oder ob er wirklich wie jeder andere Junge vom Dorf Discofox tanzen kann. Wir stellen den Traktor ab und haben noch nicht einmal das Zelt erreicht, als das laute Rufen von Tante Ellen uns überfällt.

»Wo seid ihr denn die ganze Zeit? Ich habe euch schon überall gesucht.« Sie rennt so schnell zwischen den Zeltstangen hindurch auf uns zu, dass ich schon Angst bekomme, sie könnte stürzen. Ihre Stahllocken wippen wie elektrisiert, sie muss ja eine tolle Neuigkeit haben.

Sie deutet in das Innere des Zeltes. »Die Erdbeerkönigin ist gerade gekrönt worden, und ihr habt es verpasst!«

Emil verdreht die Augen, aber das kann nur ich sehen. »Sag bloß, es ist *nicht* Elfriedes Enkelin geworden.«

Aus Tante Ellens Augen sprüht es Funken. »Natürlich ist es Elfriedes Enkelin geworden!« Sie klingt empört, so als wundere sie sich darüber, dass wir daran zweifeln konnten. »Aber irgendjemand hat ihr auf dem großen Plakat einen dicken Schnurrbart gemalt. Die Erdbeerkönigin hat geheult, weil es nun überall auf den Pressefotos zu sehen sein wird. Alle sind ganz aus dem Häuschen deswegen. Ist das nicht herrlich?«

»Das ist ja furchtbar«, sage ich und weiche Emils Blick aus. Ich schäme mich ein bisschen. »Das arme Ding.«

Leonie Schiller:
Lieber Marc, mach dir keine Sorgen, alles ist mute. Bin leider zu loose getaktet, um dich zu contacten. Alles Liebe, Leonie

To-do

1. Tante Ellen davon überzeugen, dass ich nichts damit zu tun habe, dass die Erdbeerkönigin auf allen Plakaten einen dicken Zuhälterschnurrbart hat.
2. Olga darüber informieren, dass sie in meiner Abwesenheit keine Russendisco in meiner Wohnung veranstalten darf (auch keine Ukrainerdisco) und dass sie die Fußleisten vergessen hat.
3. Emil als neues Start-up etwas mit Suppen vorschlagen. (Ist für alle Tage und schmeckt Männern und Frauen! Namensidee: Souper-Trouper)
4. Mich von Emil lieben lassen, so wie ich bin.
5. Für immer und ewig.

DANKSAGUNG

Bei jeder Danksagung habe ich das Gefühl, mich entschuldigen zu müssen, und tatsächlich fange ich diesmal auch gleich damit an: Zur Recherche für dieses Buch bin ich mit meinem Liebsten mehrmals in die Eifel gefahren – die ich sehr liebe! Dabei haben wir auch ein Dorffest besucht und uns heimlich unter die Leute gemischt. Einiges von dem, was ich hier verarbeitet habe, beruht auf realen Vorlagen. So zum Beispiel »Die zeitlose Schönheit« mit dem komischen Vibratorbürstendings. Ich muss mich also ganz besonders bei der netten Dame entschuldigen, die mich auf diesem Dorffest in die Finger bekommen hat, um an mir ihre Kosmetikprodukte zu testen. Ich habe die ganze Zeit dabei gelacht (was am Eifelwein lag), und sie hat mich tatsächlich gefragt, ob ich nicht für sie arbeiten möchte, weil ich so eine positive Ausstrahlung hätte (was ebenfalls am Eifelwein lag). Leider kann ich dieses Jobangebot nicht annehmen, obwohl der Gedanke sehr reizvoll ist.

Was sonst noch auf realen Vorlagen beruht, behalte ich aber lieber für mich.

Nun zum Dank: Ich danke wie immer meinem Mann Arndt, der hier fast alles alleine wuppt, damit ich schreiben kann, und meinen drei Söhnen, die sehr genügsam geworden sind. (Ich vermute ja, dass sie insgeheim froh sind, wenn ich von ihren Schandtaten abgelenkt bin, aber wir tun auf beiden Seiten so, als würden wir es nicht bemerken.)

Vielen Dank an meinen Nachbarn Jörg, der mir erlaubt hat, seinen Traktor zu fahren. Auf der Wiese hinterm Haus, ganz heimlich.

Danke an meine lieben Autorenkolleginnen Marah Woolf und Katrin Koppold, die mir mit ihrer Freundschaft und ihrem Ideenreichtum immer wieder über schwierige Phasen des Schreiballtags hinweghelfen.

Danke an meine Agentin Franka für ihre Unterstützung, ihre Blitztelefongespräche und dafür, dass sie für jedes Problem eine Lösung findet.

Danke an meine Lektorin Anne, die dafür gesorgt hat, dass ich meinen Opa Emil in einem Buch unterbringen konnte. (Auch wenn ich während des Schreibens natürlich nicht an ihn gedacht habe. Das wäre nun wirklich … also … das ginge ja so gar nicht!)

Ein besonderer Dank geht an Max + Johann, die mir erlaubt haben, aus ihrem wunderbaren Song »Wenn du schläfst« zu zitieren. Das Lied, gesungen von Vincent Malin, hat mich zu Emils Chillout Lounge inspiriert und mich über viele Wochen begleitet. Was für ein toller Song!

Wie zu fast allen meinen Büchern habe ich auch zu Emil einen Soundtrack zusammengestellt, den ich beim Schreiben gehört habe und den Sie bei Interesse auf meiner Website finden können: www.nikolahotel.de

Wenn Sie jetzt dieses Buch zuklappen, empfehle ich Ihnen, sich Emils Chillout-Playlist anzuhören und sich ansonsten nur an Olgas Anweisung zu halten: Wenn in Eifel kein Strand, dann Sie spazieren eben über Wiese. Spazieren gehen, ohne zu haben Ziel. Nennt sich *bummeln*. Das ist, was Sie machen jetzt: bummeln. Viel Spaß!